Sem Palavras

Obras da autora publicadas pela Editora Record

Avalon High
Avalon High – A coroação: a profecia de Merlin
Cabeça de vento
Sendo Nikki
Na passarela
Como ser popular
Ela foi até o fim
A garota americana
Quase pronta
O garoto da casa ao lado
Garoto encontra garota
A noiva é tamanho 42
Todo garoto tem
Ídolo teen
Pegando fogo!
A rainha da fofoca
A rainha da fofoca em Nova York
A rainha da fofoca: fisgada
Sorte ou azar?
Tamanho 42 não é gorda
Tamanho 44 também não é gorda
Tamanho não importa
Tamanho 42 e pronta para arrasar
Liberte meu coração
Insaciável
Mordida
Sem julgamentos
Sem ofensas
Sem palavras

***Série* Desaparecidos**
Quando cai o raio
Codinome Cassandra
Esconderijo perfeito
Santuário

***Série* O Diário da Princesa**
O diário da princesa
Princesa sob os refletores
Princesa apaixonada
Princesa à espera
Princesa de rosa-shocking
Princesa em treinamento
Princesa na balada
Princesa no limite
Princesa Mia
Princesa para sempre
O casamento da princesa
Lições de princesa
O presente da princesa

***Série* As leis de Allie Finkle para meninas**
Dia da mudança
A garota nova
Melhores amigas para sempre?
Medo de palco
Garotas, glitter e a grande fraude
De volta ao presente

***Série* A Mediadora**
A terra das sombras
O arcano nove
Reunião
A hora mais sombria
Assombrado
Crepúsculo

***Série* Abandono**
Abandono
Inferno
Despertar

MEG CABOT

Sem Palavras

Tradução de
Natalie Gerhardt

1ª edição

EDITORA RECORD
RIO DE JANEIRO • SÃO PAULO
2024

CIP-BRASIL. CATALOGAÇÃO NA PUBLICAÇÃO
SINDICATO NACIONAL DOS EDITORES DE LIVROS, RJ

C116s Cabot, Meg, 1967-
Sem palavras / Meg Cabot ; tradução Natalie Gerhardt. - 1. ed. - Rio de Janeiro : Record, 2024.

Tradução de: No words
ISBN 978-85-01-92007-2

1. Romance americano. I. Gerhardt, Natalie. II. Título.

24-89282 CDD: 813
CDU: 82-31(73)

Meri Gleice Rodrigues de Souza - Bibliotecária - CRB-7/6439

Título original: No Words

Texto revisado segundo o Acordo Ortográfico da Língua Portuguesa de 1990.

Impresso no Brasil

ISBN 978-85-01-92007-2

Seja um leitor preferencial Record.
Cadastre-se no site www.record.com.br e receba informações sobre nossos lançamentos e nossas promoções.

Atendimento e venda direta ao leitor:
sac@record.com.br

Este livro é dedicado a todos os amantes de livros do mundo.

AVISO SOBRE O CONTEÚDO

Embora esta seja uma comédia romântica, ela contém algumas descrições e discussões sobre assédio sexual, morte parental no passado (sem narração detalhada), depressão, um breve desaparecimento no mar, além de ameaça e cenas de violência (em um livro que os personagens estão lendo no decorrer desta história).

Festival Literário da Ilha de Little Bridge
"Construindo pontes entre autores e leitores"
Biblioteca Pública Norman J. Tifton
Ilha de Little Bridge, Flórida

Prezada Srta. Wright,

Saudações da nossa linda Ilha de Little Bridge, na Flórida!

Meu nome é Molly Hartwell e sou bibliotecária da seção infantil da Biblioteca Pública Norman J. Tifton. Como fã de longa data da sua série de livros infantojuvenis, *Kitty Katz, a babá de gatinhos*, escrevo para convidá-la para o primeiro festival literário promovido pela nossa biblioteca. Creio que a sua presença vá atrair um grande e merecido público infantojuvenil.

Embora este seja o primeiro festival promovido pela nossa biblioteca, o planejamento para este evento de três dias — com início na sexta-feira, 3 de janeiro, e término na tarde de domingo, 5 de janeiro — já está em andamento há algum tempo. Neste último ano, recebemos o status de organização sem fins lucrativos, além de um grande apoio financeiro de doadores que apreciam literatura como a sua.

Desse modo, podemos oferecer a você uma passagem de primeira classe para a Ilha de Little Bridge, uma suíte de luxo na Pousada Papagaio Preguiçoso e um cachê de dez mil dólares para participar de algumas mesas. Adoraríamos se também pudesse fazer uma sessão de autógrafos!

O que você me diz? Será um prazer responder qualquer dúvida que tenha. Também gostaria de convidá-la a visitar o nosso site. Lá, você encontrará mais detalhes sobre o festival.

A sua participação no primeiro Festival Literário da Ilha de Little Bridge significaria muito para mim, Srta. Wright. Sei que aqui é uma cidade pequena e que não contamos com os mesmos recursos que os grandes festivais dos quais costuma participar, mas nosso plano é compensar isso com nosso clima maravilhoso e nosso charme à moda antiga!

Atenciosamente,
Molly Hartwell
Bibliotecária da seção infantil
Biblioteca Pública Norman J. Tifton
molly.hartwell@lbilibrary.org

CAPÍTULO 1

Jo Wright:

Acabaram de me oferecer dez mil dólares para eu fazer uma palestra e dar autógrafos em um festival de livros na Ilha de Little Bridge. Acha que devo ir?

Rosie Tate:

Sua condição financeira atual permite que você recuse dez mil dólares?

Jo Wright:

Você é minha agente, então é você quem tem que me dizer isso. Quando recebo o próximo pagamento?

Rosie Tate:

Só quando você entregar o manuscrito do volume 27 de *Kitty Katz*.

Jo Wright:

E eu faria isso se conseguisse pensar em alguma coisa nova para Kitty fazer. Mas ela já fez de tudo.

Rosie Tate:

Não fez, não. Ela ainda não foi para o espaço.

Jo Wright:

E como uma gata adolescente iria para o espaço?

Rosie Tate:

A escritora é você. Invente alguma coisa.

Jo Wright:

Estou tendo um pouco de dificuldade nessa área no momento.

Rosie Tate:

Já deu para perceber. Você estourou todos os prazos. Os negociados e renegociados, várias vezes.

Jo Wright:

Então você está basicamente dizendo que é melhor aceitar participar deste festival, senão vou ficar sem dinheiro?

Rosie Tate:

Como você pode estar sem dinheiro? Os livros da Kitty renderam milhões de dólares nos últimos sete anos. Eu inclusive acabei de fazer mais um pagamento de direito autoral para você.

Jo Wright:

Eu sei, mas tive que comprar a parte do Justin do apartamento quando ele decidiu se mudar para Los

Angeles e tentar realizar o sonho de ser roteirista. O que significa ficar jogando videogame o dia todo largado num sofá da Costa Oeste, em vez de no meu.

Rosie Tate:

Que bom que você se livrou daquele parasita.

Jo Wright:

Não importa. Pelo menos fiquei com o apartamento. E ainda tenho dinheiro guardado, mas está tudo investido em fundos de pensão que não posso tocar até os 59 anos e meio, ou seja, daqui a 27 anos. Então, preciso de dinheiro para cuidar da mudança do meu pai para um lugar de clima quente. Ele não pode passar outro inverno aqui em Nova York. Já quebrou o pulso duas vezes no ano passado escorregando na neve. E como ele não tem idade suficiente para entrar no Medicare e tem um plano de saúde péssimo, o pagamento dos dois tratamentos saiu do meu bolso!

Rosie Tate:

Então acho melhor você aceitar participar do festival.

Jo Wright:

Pois é, né? Mas não posso aceitar, porque o festival vai acontecer na Ilha de Little Bridge.

Rosie Tate:

E qual é o problema de ser na Ilha de Little Bridge? Ouvi dizer que o lugar é lindo. Uma das minhas autoras me disse que a brisa tropical é inspiradora e que ela conseguiu escrever dois capítulos inteiros enquanto estava lá.

Jo Wright:

Ah, que bom para ela. Mas você sabe quem mora na Ilha de Little Bridge?

Rosie Tate:

Não. Eu deveria saber?

Jo Wright:

1 anexo

Autor famoso compra ilha particular nas ilhas Keys, na Flórida

Uma das propriedades mais incríveis — e caras — nas ilhas Keys finalmente foi vendida por impressionantes 6 milhões de dólares. Localizada a uma curta distância da costa de Little Bridge, essa maravilhosa ilha particular dispõe de uma opulenta mansão de oito quartos e nove banheiros, piscina, ancoradouro próprio e praia de areia branca, e agora é a residência do autor best-seller William Price. Conhecido tanto por gostar de se isolar quanto pelos romances sobre perdas e amores trágicos de sucesso internacional, William Price estava em busca de uma residência na região há algum tempo antes de bater o martelo e comprar a ilha.

Todos os sete livros de Price foram adaptados para o cinema e renderam centenas de milhões de dólares. O autor não estava disponível para comentar essas informações.

Rosie Tate:

Ah, ELE! Mas, Jo, já faz tanto tempo. Ninguém mais se lembra disso.

Jo Wright:

Foi no Congresso de Romancistas do ano passado. Todo mundo do mercado editorial se lembra do que aconteceu.

Rosie Tate:

Ele é um escroto. Mas é claro que você deveria ir. É bem provável que nem o encontre lá.

Jo Wright:

Você já foi a algum festival literário? É CLARO que vou encontrá-lo. Talvez eu até tenha que me sentar ao lado dele em alguma mesa-redonda idiota.

Rosie Tate:

Acho pouco provável. Você escreve histórias fofinhas para o público infantojuvenil sobre uma gata adolescente que vive aventuras emocionantes enquanto toma conta de lindos gatinhos. Ele escreve livros horríveis sobre mulheres de coração partido que se apaixonam por homens arrogantes e idiotas que, felizmente, sempre morrem no final.

Jo Wright:

Você sabe que nesses festivais eles obrigam todos os autores a sair para jantar e ir a festas com os doadores, não sabe? Então tenho certeza de que vou encontrá-lo em algum momento.

Rosie Tate:

Ah, se isso acontecer, você pode falar que não está se sentindo bem e ir para a sacada do seu quarto de hotel para escrever enquanto aproveita a maravilhosa brisa tropical! Só saia para participar das mesas e da sessão de autógrafos, e para receber o cachê.

Jo Wright:

Não, eu não quero arriscar. Você pode entrar em contato com os organizadores antes de eu responder, para ver se ele vai estar lá?

Rosie Tate:

Claro. Eu prometo: VOCÊ NUNCA MAIS VAI VER WILL PRICE.

SEIS MESES DEPOIS

Will Price, autor best-seller internacional de *Quando morre o coração* e *A traição*, lança livro atemporal e profundamente pessoal sobre amor e perda:

O instante

Levou apenas um instante para Johnny Kane perceber que Melanie West era a mulher mais linda que ele já tinha visto — e também que nunca poderia tê-la.

Porque, no instante seguinte, Johnny a traiu.

Agora ele precisa fazer uma escolha: admitir o próprio erro e viver com a tristeza de saber que ela nunca poderá ser dele... ou reescrever o destino de ambos e mudar aquele instante para sempre.

Elogios para *O instante*

"Um clássico instantâneo." — *USA Today*

"Surpreendentemente envolvente e tragicamente complexa, *O instante* é a obra mais importante e íntima de Will Price até agora."
— *Kirkus Reviews*

"Extremamente cativante e emocionalmente intenso." — *People*

"Em seu sétimo romance, Will Price conta uma história profundamente comovente, com uma complexidade moral impressionante." — *Publishers Weekly*

"Perfeito." — Reese Witherspoon

SEXTA-FEIRA, 3 DE JANEIRO

CAPÍTULO 2

— Com licença.

Levantei a máscara de dormir e me deparei com três adolescentes de pé no corredor, ao lado do meu assento.

— Pois não?

— Desculpa acordar você — disse a garota com um piercing no lábio e tranças que batiam quase na cintura. — Mas você não é a Jo Wright?

Fiquei me perguntando como ela sabia. Principalmente porque eu tinha prendido o cabelo em um rabo de cavalo — e, na minha foto oficial nos livros, o meu cabelo loiro-mel estava solto de um jeito sexy.

Mas aquela foto tinha sido tirada antes de Will Price destruir a minha vida e eu ter adotado o meu estilo atual de delineador preto forte, roupas pretas e o cabelo pintado de preto para combinar.

— Hum. — Peguei o copo no descanso do assento. — Sim, por quê?

— Eu não disse que era ela? — A garota trocou um olhar animado com as colegas antes de se virar para mim. — Você está indo para o Festival Literário na Ilha de Little Bridge, na Flórida, neste fim de semana, não está? Vi o seu nome no site do evento.

— Ah. — Fiquei decepcionada ao notar que praticamente só tinha gelo derretido no meu copo. — Sim, vou participar de duas mesas e uma sessão de autógrafos.

Vi um comissário de bordo no fim do corredor observando, com ar divertido, minha conversa com as meninas. Lancei um olhar significativo para o copo quase vazio.

O comissário assentiu e entrou na área de serviço, enquanto uma das meninas do grupo — a de óculos com armação grande e pesada — dava um gritinho.

— Não acredito! Não acredito que é a *Jo Wright*! Eu amava os seus livros.

— Ah — repeti.

Nunca sei bem como responder a alguém que diz que "amava" os meus livros. Na verdade, até doía um pouco ouvir que alguém "amava" o meu trabalho no passado. Era legal saber que já tinham amado, mas doía saber que não amavam mais.

Era assim que o elenco de *Friends* se sentia sempre que alguém os abordava para dizer o quanto já tinham sido fãs da série? Devia ser horrível.

Mas talvez não fosse tão horrível para eles quanto era para mim, porque *Friends* continuava rendendo mais direitos autorais do que os desenhos animados da Kitty Katz baseados nos meus livros jamais ganharam.

— Obrigada — contentei-me em dizer, e fiquei aliviada quando o comissário de bordo me entregou um copo de vodca com suco de laranja e levou o vazio. — Foi um prazer conhecer vocês. A gente se vê quando o avião pousar!

Tomei então um grande gole do meu drinque — o segundo, e tão gostoso quanto o primeiro! — e tentei puxar a máscara para cobrir meus olhos e voltar para o meu cochilo.

— A gente vai se ver, com certeza — disse a terceira garota, que estava com um colete de couro com franjas que chegavam quase até os joelhos. — Estamos vindo de Manitoba só por causa do festival!

Levantei a máscara de novo. As coisas estavam começando a ficar interessantes.

— Uau. — Os pais daquelas meninas deviam ser bem ricos. Viajar de avião do Canadá para as ilhas Keys em janeiro não era nada barato. O meu voo, que saiu de Nova York, custou ao festival quase dois mil dólares. Vi o valor na passagem. — Manitoba. Impressionante.

— Sabia que os livros da Kitty Katz salvaram a minha vida no sexto ano? — disse a garota de óculos. — É claro que eu sei que os personagens são gatos e tudo mais, mas eles, para mim, são *muito mais* do que gatos.

— Lauren adora gatos — assegurou-me a menina de tranças.

Foi nesse momento que notei que o cara sentado no assento da janela ao meu lado tinha pausado o filme a que estava assistindo no celular e acompanhava atentamente nossa conversa. Sem querer parecer esnobe nem nada, mas achei que ele estava meio malvestido para a primeira classe: bermuda cargo, camiseta do Batman (*O cavaleiro das trevas*, não o *Lego*, que, na minha opinião, é o melhor filme da franquia até agora, mas gosto não se discute), chinelo de dedo mostrando os pés brancos e um cavanhaque.

Não curto cavanhaque, mas minha amiga Bernadette diz que tenho que parar de julgar os homens que usam só porque meu ex, Justin, usava e acabou sendo um babaca.

E claro, *estávamos* em um voo para as ilhas Keys. Então eu poderia desculpar o estilo meio desleixado do meu companheiro de voo. Todo mundo vai para as Keys para relaxar e se divertir, não para trabalhar.

Todo mundo, menos eu.

— Jasmine tem razão — disse Lauren. — Sou apaixonada por gatos. E livros. A série *Kitty Katz* foi tão inspiradora para mim que decidi virar escritora!

Levantei as sobrancelhas.

— Sério? Isso é ótimo!

— Obrigada! Na verdade, estou escrevendo um livro.

— Ela está escrevendo mesmo! — Jasmine assentiu de forma tão enfática que as tranças balançaram.

— Que bom! — Tomei mais um gole do meu drinque. Meu drinque *grátis*!

— Meninas. — O comissário de bordo se aproximou. — Vamos pousar em Little Bridge daqui a alguns minutos. Lamento, mas vocês precisam voltar para os seus lugares.

— Aaaaaah! — As meninas não ficaram nada felizes, principalmente Lauren. — Eu ia pedir para tirar uma selfie.

— Bem, podemos tirar uma no festival literário — falei. — Não vai ser muito melhor do que aqui no avião? A iluminação aqui não é muito boa.

— Acho que sim. — Lauren continuou com uma expressão inconsolável, ou tão inconsolável quanto uma menina de doze anos, pele perfeita e pais ricos poderia ficar.

Mas se *Kitty Katz* havia sido sua série favorita no sexto ano, Lauren tinha que ter mais de doze anos. Era bem difícil calcular a idade das meninas hoje em dia. Com todos aqueles tutoriais de maquiagem no YouTube mostrando como usar uma base bronzeadora de forma perfeita em todos os cantinhos, a maioria parecia já ter idade para estar na faculdade ou até mesmo na pós-graduação.

Senti uma pontada de culpa pela decepção de Lauren. Tudo bem que ela disse que "amava" meus livros, no passado, mas pelo menos tinha gostado deles em algum momento e me reconheceu mesmo sem o crachá do evento — aquele que a equipe da biblioteca me instruiu insistentemente a usar, para que eu "fosse identificada o mais rápido possível" pelos voluntários do festival, que estariam aguardando por mim no desembarque.

— A gente pode tirar uma selfie agora, se você quiser — falei, apesar dos olhares fulminantes que todos os passageiros da primeira classe estavam me lançando. Eles não gostavam de ter o espaço sagrado invadido por adolescentes da classe econômica.

Todos, exceto o Cavaleiro das Trevas ao meu lado. Notei que ele estava sorrindo.

— Mas tem que ser rapidinho — acrescentei para que os outros passageiros insatisfeitos à minha volta ouvissem.

Lauren arfou de felicidade e se agachou ao meu lado.

— Diga Kitty Katz — exclamou ela, esticando o braço com o celular virado para nós.

— Kitty Katz. — Sorri para a câmera. A capa protetora era toda decorada com adesivos de uma banda coreana. Aquelas meninas eram mesmo adoráveis.

CLIQUE.

— Tá bom, meninas — disse o comissário de bordo, batendo as mãos. — *Já chega*. Está na hora de voltar...

Mas as meninas ainda não estavam dispostas a sair dali.

— Você vai participar de uma mesa com Will Price? — perguntou Jasmine.

Quase engasguei com o gole que eu tinha acabado de tomar do meu drinque.

— *Como é?*

— Will Price — disse Jasmine. — Sabe, Will Price, que escreveu *Quando morre o coração*. Ele também vai estar no festival.

— Hum, não. — Balancei a cabeça com veemência o suficiente para meu rabo de cavalo roçar no ombro do Cavaleiro das Trevas. — Desculpa — falei para ele, por causa do meu cabelo.

— Sem problemas. — O Cavaleiro das Trevas ainda estava sorrindo, acompanhando minha conversa com as meninas, como se aquilo fosse mais divertido do que o filme no celular.

Para as meninas, eu disse:

— Não. Quero dizer, não vou participar de uma mesa com Will Price porque ele escreve romances adultos e eu escrevo livros infantojuvenis. Além disso, Will não vai participar do festival.

Jasmine começou a piscar os olhos bem maquiados.

— Vai, sim.

— Não vai, não. — Dei um sorriso para não parecer antipática. Eu não costumava discutir com crianças; na verdade, nem tinha muito contato com elas, a não ser pela filha do zelador do prédio, Gabriella, que tomava conta da minha gata, Miss Kitty, quando eu precisava viajar. Mas, àquela altura, minha agente já tinha me garantido várias vezes que aquilo não ia acontecer, e Rosie nunca estava errada. — Will Price não vai participar do evento. Eu sei que ele tem uma casa na Ilha de Little Bridge, mas ele está na Croácia agora, no set de filmagem da adaptação do último livro dele.

O *último lixo de baboseira sentimental* era o que eu queria dizer, mas não fiz isso porque seria uma grosseria falar mal do trabalho de um colega escritor (pelo menos em voz alta), algo que Will Price obviamente não tinha aprendido, já que se sentira à vontade para falar mal do meu trabalho para um dos jornais de maior circulação do mundo.

— Não. — Jasmine estava sendo firme. — Will tem mesmo uma casa em Little Bridge. Bem, tecnicamente, é uma *mansão* em uma *ilha particular* perto da costa de Little Bridge. E ele *estava* na Croácia para as filmagens do filme baseado no último livro dele.

— Ai, meu Deus. — A menina de colete parecia prestes a ter uma experiência extracorpórea ali mesmo no avião. — O *instante* é o meu livro favorito de Will Price de todos os tempos. Quando Johnny finalmente conta a verdade para Mel, que ele se apaixonou por ela no instante em que a viu pela primeira vez, e que o motivo de eles não poderem ficar juntos foi porque ele...

Lauren deu um soquinho no braço da amiga.

— Meu Deus, Cassidy, sem spoiler! Alguém aqui pode não ter lido o livro ainda!

A maioria das pessoas na primeira classe parecia não ter o menor interesse em ler coisa alguma de Will Price. Na verdade, a maioria dos passageiros parecia mais interessada nos próprios drinques e no retorno das meninas aos seus respectivos assentos para que tivessem um pouco de paz antes da preparação para aterrissagem, e que o comissário de bordo as levasse embora.

— Mas acho que Will está de volta ou, tipo, voltando — continuou Jasmine. — Porque ele postou para os fãs hoje de manhã dizendo que não perderia o primeiro festival literário da ilha por *nada*.

O *quê?*

Fechei os olhos. Não. Aquilo *não* estava acontecendo.

Só que estava.

Que ótimo! Maravilha! Então Will Price estaria no festival literário. Apesar da promessa de Rosie, eu teria que vê-lo — não apenas vê-lo, mas provavelmente ficar no mesmo ambiente que ele e talvez até conversar com ele.

Eu quero morrer. Por favor, me deixe morrer agora.

— Eu. Estou. Tão. Animada! — A experiência extracorpórea de Cassidy estava se transformando em um êxtase divino bem parecido com o de Santa Teresa. — Agora posso conseguir um autógrafo no meu exemplar de O *instante*! Talvez eu peça a ele para autografar o meu peito. Você sabe que ele é hétero, né? E solteiro.

— Eca, que nojo, Cassidy. — Lauren pareceu ofendida pela amiga. — Ele é velho.

Cassidy sorriu.

— Não tão velho assim para mim.

Que ótimo. Muito legal para ela.

Mas eu só pensava em me afogar. Assim que o avião pousasse, eu ia sair do aeroporto, encher os bolsos de pedras, entrar no mar e me afogar igual a Virginia Woolf.

Uma voz masculina irritada nos sobressaltou, obrigando-me a abrir os olhos.

— Tá bom, meninas. Já *chega*. — O comissário de bordo estava irritado.

Ignorando os protestos delas, ele as acompanhou até seus respectivos lugares e depois voltou, fechando a cortina que separava a primeira classe da econômica.

— Peço desculpas por isso, Srta. Wright — disse ele para mim, parecendo sincero.

— Imagina. Tá tudo bem. — Dei um sorriso que indicava que aquilo acontecia com frequência e fiz um gesto para deixar para lá.

Mas era óbvio que não acontecia sempre. *Costumava* acontecer, mas não mais. Não desde que muitos leitores de *Kitty Katz, a babá de gatinhos* — que já tinha sido a série de livros best-seller número um para pré-adolescentes, um desenho animado de sucesso (na TV a cabo) e até um filme (para *streaming* e DVD) — tinham crescido e começado a ler os livros idiotas e depressivos de Will Price e a assistir aos seus filmes ainda mais idiotas e depressivos.

Tomei o resto do meu drinque, cobri os olhos com a máscara de dormir e recostei a cabeça. Por que eu estava tão preocupada? Eu não teria de ver Will Price. Rosie estava certa: tudo o que eu precisava fazer era participar das mesas e da sessão de autógrafos e, talvez, dar um ou dois mergulhos na piscina do hotel — não me julgue, as temperaturas em janeiro em Nova York estavam abaixo de zero; e fazia sol e uns 25 graus na Ilha de Little Bridge. Depois eu pegaria meus dez mil dólares e voltaria para casa.

E talvez... só talvez... eu até tentasse ver se aquela famosa brisa tropical de Little Bridge, da qual tanto ouvi falar, me daria um pouco de inspiração para escrever o volume 27 de *Kitty Katz*.

Tudo ia ficar bem. Muito bem. Eu só precisava ter uma *miau*-titude positiva. Era o que Kitty Katz faria. E Kitty sempre dizia que, com a atitude certa, tudo ficava *perrrfeito*!

Certo?

CAPÍTULO 3

Errado.

A Ilha de Little Bridge era tão pequena que nem tinha um aeroporto adequado, com corredores anexados à aeronave para que os passageiros pudessem desembarcar.

Em vez disso, tivemos de descer por uma íngreme escada de metal, que a equipe de terra encostara na porta, e caminhar pela pista de pouso.

Isso poderia ter sido charmoso e até mesmo divertido, como algo tirado do volume 12 de *Kitty Katz, Kitty de férias na ilha* — quando Kitty e seus amigos viajam para o Miauí —, se eu tivesse despachado a minha bagagem.

Mas depois de anos e anos de viagens a trabalho, aprendi a nunca despachar bagagem, porque ela costumava extraviar antes de eventos superimportantes relacionados à Kitty. Uma vez fui obrigada a dar uma palestra para mil livreiros da Barnes & Noble vestindo jeans e uma camiseta do Homem Marshmallow dos *Caça-fantasmas*, que eu já estava usando no avião, porque minha mala não foi encontrada.

Então, eu sempre colocava tudo de que precisava em uma mala de mão e, como consequência, a mala pesava uma tonelada. Como eu ia descer por aquela escadinha estreita e instável de metal usando salto alto? (Porque, claro, eu tinha escolhido meu par mais estiloso de botas de inverno, já que estava nevando quando saí de Nova York.)

Enquanto eu estava parada no alto da escada, estreitando os olhos por causa da claridade e do calor, amaldiçoando meu impulso de trazer mil marcadores de página promocionais para o próximo livro da série *Kitty Katz* (que eu ainda nem tinha começado a escrever, então a arte só dizia FIQUE *LIGATO*: EM BREVE, VOLUME 27 DE *KITTY KATZ*!), aconteceu um milagre.

— Aqui, deixa que eu te ajudo com isso.

O Cavaleiro das Trevas pegou a mala da minha mão.

— Ah, não! — Eu estava chocada. — Não precisa...

Mas antes que eu pudesse impedi-lo, o Cavaleiro das Trevas estava descendo a escada a toda velocidade, carregando minha mala em uma das mãos como se não tivesse nada além de erva-de-gato.

— Ah, muito obrigada. — Apressei-me para descer e me juntar a ele na pista, onde faixas amarelas nos guiavam em direção ao terminal de desembarque. — Você não precisava ter feito isso.

— Bem, não é todo dia que conhecemos uma celebridade.

— Não sou uma celebridade. — Enrubescendo, peguei a mala que ele carregava e puxei a alça para tirá-la do caminho dos outros passageiros que desembarcavam atrás de nós. — Eu só...

— Eu sei. — Ele tirou o que parecia ser uma vara de pescar e um estojo de ukulele do carrinho de bagagem no qual a equipe do aeroporto tinha começado a colocar as malas que tinham sido despachadas. — Você é só a Jo Wright, autora da série de livros *Kitty Katz*, e você está aqui para o Festival Literário da Ilha de Little Bridge.

— Isso. — Eu sabia que ele tinha ouvido a nossa conversa. E aquilo acabou sendo bem proveitoso para mim. Fiz um gesto com a cabeça apontando para a vara na mão dele. — E você está aqui para pescar?

— Entre outras coisas. Aliás, sou o Garrett.

— Oi, Garrett.

Garrett e eu começamos a andar com os outros passageiros pelo caminho que levava até o terminal de desembarque, eu puxando a minha mala atrás. Para todos os lugares que eu olhava, via palmeiras e até mesmo — ah, sim, lá estava, depois dos jatinhos particulares, no fim da pista de pouso e decolagem — o mar, tranquilo e azul, estendendo-se até onde a vista alcançava.

Mas eu não estava mais com vontade de entrar ali no estilo Virginia Woolf. As coisas estavam começando a melhorar. Não por causa de Garrett — embora ele fosse bem agradável aos olhos, apesar do cavanhaque e do chinelo.

Não. Era porque depois do ar frio e parado do avião — para não mencionar o vento frio de Manhattan —, o calor e a umidade de Little Bridge eram uma mudança mais que bem-vinda. Eu conseguia sentir meu cabelo começando a se arrepiar na raiz, em uma agradável surpresa. Ali estava: a brisa tropical que Rosie mencionara, a que inspirara uma autora dela a escrever dois capítulos inteiros em um dia.

E mesmo que o sol estivesse brilhando e eu estivesse começando a suar por baixo da jaqueta de couro, aquela brisa tropical beijando o meu rosto e o cheiro de algas e a maresia que vinham do mar faziam parecer quase...

Bem, como se eu estivesse voltando para casa.

O que era ridículo, claro. Sou nascida e criada em Nova York, acostumada com as entranhas profundas e sombrias do metrô e os ventos gelados assobiando por entre os arranha-céus. Os trópicos e eu *não* somos amigos.

Como se estivesse lendo meus pensamentos, Garrett perguntou:

— Primeira vez?

Tive que elevar minha voz, para ser ouvida por ele, acima do som de todos os motores de avião girando à nossa volta.

— Em Little Bridge? Sim. Mas já estive na Flórida antes. Tenho vindo muito para cá, procurando comunidades para idosos.

Garrett arqueou as sobrancelhas.

— Está um pouco cedo para você se preocupar com isso, não acha?

Dei uma risada.

— É para o meu pai. Ele não está lidando muito bem com o frio que faz no inverno onde moramos. Preciso encontrar uma nova casa para ele, antes que...

Minha voz falhou. Não porque eu tinha imaginado a morte iminente do meu pai, mas porque chegamos à porta do terminal e vi uma mulher pequena de cabelo escuro segurando um quadro branco com o meu nome.

Só que o meu nome não era o único escrito ali.

Eu esperava ver o nome de Bernadette Zhang, uma amiga e colega autora que tinha me mandado mensagem havia um tempo dizendo que também fora convidada para o festival. Tínhamos prometido passar todos os momentos livres em Little Bridge juntas, bebendo, pegando sol e tendo discussões nada literárias sobre outros autores de quem não gostávamos.

Em vez disso, vi um nome totalmente diferente abaixo do meu.

WILL PRICE.

Não. Não podia ser.

— Ei — disse Garrett, porque eu estava parada ali como uma estátua na frente dele, bloqueando a entrada do terminal. — Está tudo bem?

— Está. — Eu me recompus. — Claro. Desculpa. Está tudo bem.

— Você não parece nada bem.

— É, eu sei. — Comecei de repente a sentir muito calor com a minha jaqueta de couro. — Eu só vou ter que matar alguém. Só isso.

Garrett olhou na direção em que eu estava olhando, mas claro que não viu o que eu estava vendo.

— Alguém em particular?

Neguei com a cabeça.

— Não no local.

— Que alívio. — Ele riu.

Não achei a menor graça. Rosie tinha prometido — *prometido* — que Will Price não participaria do festival. Jurara pela própria vida que tinha verificado *mais de uma vez* com a equipe do festival.

Eu mesma tinha procurado no site do evento antes de aceitar o convite. Mas não havia nada: nenhum sinal de que Will Price participaria do Festival Literário da Ilha de Little Bridge. Nadinha.

Então, o que tinha acontecido?

Atrás de mim, ouvi Garrett murmurar:

— Hum, eu despachei uma mala, então é melhor eu ir pegar. Vejo você depois?

— Sim — murmurei. — Claro. A gente se vê depois.

Eu sabia que estava sendo grossa — afinal, o cara tinha carregado minha mala e tinha sido legal com Lauren e as amigas e com o meu rabo de cavalo batendo nele —, mas eu tinha problemas maiores com que me preocupar agora. O que eu ia fazer tendo que dividir um carro com Will Price? Eu teria mesmo que *falar* com ele? O que eu ia dizer?

Sinceramente, aquilo era demais para mim. Uma coisa era participar de um festival com ele. Mas *andar no mesmo carro*? Não.

Será que eu não devia simplesmente dar meia-volta? Eu poderia procurar o terminal de partidas e comprar uma passagem de volta para Nova York.

Só que eu perderia meus dez mil dólares, e eu estava mesmo precisando daquele dinheiro. Quem iria saber quando meu pai levaria outro tombo, e eu teria mais uma conta gigantesca do hospital para pagar?

Ah, pelas minhas sete vidas, como diria Kitty, eu ia ter de aguentar firme.

Mais uma vez lamentando profundamente várias das decisões que tomei na vida, principalmente a de vir para Little Bridge, fui puxando minha mala até a mulher que segurava o quadro. Precisei desviar e passar por dezenas de turistas, todos com casacos de inverno como eu, e todos lotando o pequeno terminal de desembarque, tentando alugar um carro na única agência local ou pegar as malas na única esteira barulhenta.

— Olá. — Alcancei a mulher segurando o quadro branco e apontei para o meu nome. — Essa sou eu.

— Ah, Srta. Wright! — A mulher abriu um sorriso radiante. — Bem-vinda a Little Bridge! Sou Molly Hartwell, a bibliotecária de livros infantis. Muito obrigada por vir.

A recepção da mulher foi tão calorosa que quase me esqueci do ódio que eu sentia por Will Price (eu disse *quase*).

— Oi, pode me chamar de Jo. Eu que agradeço pelo convite. É muito bom estar aqui. Você está esperando há muito tempo?

— Ah, não, não mesmo.

Mas logo notei que ela estava alternando o peso do corpo de um pé para o outro, e que estava grávida. Para os meus olhos não treinados (a não ser por muitas horas assistindo a *Call the Midwife*), ela parecia pronta para parir.

— Eu vou levá-la ao hotel. — O tom de Molly era tão alegre quanto o brilho em seus olhos escuros. — Você tem outras malas para pegar?

— Não. Tudo de que eu preciso está bem aqui.

Fiz um gesto orgulhoso com a cabeça na direção da minha mala de mão. Se dessem prêmios para autores de acordo com a habilidade em fazer malas em vez do conteúdo literário, eu com certeza teria ganhado todos.

— Ah. — Molly pareceu um pouco decepcionada e continuou a alternar o peso entre os dois pés. — Espero que não se importe, mas estou esperando mais dois autores que estão para chegar e pensei em buscar os três de uma vez. Isso evita que eu precise fazer três viagens para o hotel. E, você sabe, estamos tentando ser conscientes em termos ecológicos aqui em Little Bridge. Os autores devem chegar a qualquer momento...

Por causa da minha habilidade em fazer malas, já estive em situações parecidas. E foram tantas vezes que peguei o quadro branco das mãos de Molly e disse em resposta à expressão surpresa dela:

— Sem problemas. Eu espero por eles. Sei que você já está em pé aqui há um tempo e deve estar com vontade de ir ao banheiro.

Molly ficou vermelha.

— Ah, não, Srta. Wright! Estou bem! Não gostaria que você...

— Por favor, me chame de Jo. E está tudo bem. Will e eu já nos conhecemos há muito tempo. Eu tomo conta dele até você voltar.

Foi isso o que eu disse para ela. Na minha cabeça, eu estava dizendo: *Will e eu já nos conhecemos há muito tempo e, se ele aparecer enquanto você estiver no banheiro, vou matá-lo e, quando você voltar, só vai ver uma poça do sangue dele, mas ninguém será capaz de provar que eu sou a assassina, porque já vou ter me livrado do corpo e de todas as pistas.*

Mas claro que eu não faria uma coisa dessas, porque sou uma Wright: herdei da família bastante inglesa do meu pai um medo quase patológico de confrontos. Foi exatamente por causa desse medo de confrontos que meu pai não havia economizado nenhum dinheiro para aposentadoria e, em vez disso, dado tudo o que tinha para os melhores amigos e colegas de banda toda vez que precisavam sair de uma situação difícil (o que era frequente). A generosidade dele era admirável, só que agora ele precisava de mim — ou, para ser mais precisa, de Kitty Katz — para sustentá-lo (embora, em sua defesa, ele nunca tenha me pedido para fazer isso. Meu pai preferiria morrer de fome a pedir ajuda para alguém).

O que estava sempre em conflito com isso, porém, era minha herança do lado bem italiano da família da minha mãe: uma sede ardente por vingança.

A expressão de Molly era a de mais puro alívio.

— Ah, *muito obrigada*. Se você não se importar mesmo... estou muito apertada. O bebê parece mirar na bexiga. Vai ser só um minutinho...

— Sem pressa.

Levantei a placa para que qualquer um que passasse pela porta vindo da pista de pouso pudesse vê-la.

Pelo menos foi o que fiz até Molly virar de costas e seguir para o banheiro feminino. Baixei a placa e fiquei imaginando o que aconteceria se eu cuspisse no quadro branco e apagasse o nome dele com a manga da blusa.

Só que eu não podia fazer isso. Acabaria causando problemas para Molly, que parecia ser uma pessoa muito legal. Tinha sido dela o e-mail tão gentil que me oferecera dez mil dólares, além de declarar seu amor por *Kitty Katz*. Eu jamais faria uma coisa dessas com uma fã.

Mas seria muito bem feito se *alguém* mostrasse para Will Price que ele não é universalmente amado como achava que era, e que aqueles livros sobre gatos adolescentes eram *tão* importantes (para algumas pessoas) *quanto* os dele, sobre o que quer que fossem; eu ainda não sabia, porque nunca tinha lido nenhum... pelo menos não até o fim. Claro que dei uma olhada em um ou dois quando eu os encontrava em livrarias de aeroporto ao esperar alguma conexão. Li o suficiente para saber que a prosa dele era acessível. Ele não era uma pessoa *sem talento*.

Mas aqueles finais! Meu Deus.

Will insistia nas entrevistas — não que eu tenha lido alguma. Ah, tudo bem, talvez eu tenha passado os olhos em uma ou duas — que seus livros eram trágicas histórias de amor.

Mas não eram livros românticos. Ah, não. Não eram mesmo! Porque ele era homem, e a maioria dos autores de livros adultos preferiria cortar o próprio pescoço antes de admitir que tinha escrito um livro romântico, uma ficção feminina ou um drama familiar. Tudo que os homens escreviam, como muitos insistiam, era *ficção literária* (a não ser, é claro, que fosse ficção científica, terror ou mistério).

Tão repugnante.

Tentei assistir ao filme *Quando morre o coração* uma vez, quando eu estava zapeando pelos canais e parei na HBO, mas era tão deprimente — o mocinho morria no final (todos os mocinhos de todos os livros de Will morriam no final) — que eu precisei trocar de canal e maratonar o *Bake off Reino Unido* para me alegrar.

De qualquer forma, por que Will Price precisava de uma carona do aeroporto? Ele morava em Little Bridge. De onde ele estava vindo? Será que Lauren e as amigas estavam certas? Ele de fato tinha deixado o set de gravação do seu último filme para vir para o festival literário? Ele era tão controlador a ponto de não permitir que um festival literário na sua cidade acontecesse sem a sua presença?

E se esse fosse o caso, por que ele não podia pegar um Uber, um táxi, uma limusine ou fosse lá o meio de transporte favorito de autores extremamente bem pagos como ele? Por que ele precisava que um dos voluntários do festival o levasse no ônibus ou van de autores (o que, pela minha experiência, era sem dúvida o que estaria nos transportando)? Por que ele não podia...

BUUM.

As portas automáticas para a pista se abriram e lá estava ele, como uma espécie de deus, banhado pelo halo dourado do sol. Will Price, em carne e osso.

TUM-TUM! Meu coração disparou.

Sério? Só de vê-lo meu coração reagia assim? Por quê? POR QUÊ? Eu nem gostava dele. Will Price era só um idiota que escrevia livros ainda mais idiotas.

O único motivo de o meu coração ter feito aquele TUM--TUM era porque eu não o via (pessoalmente, digo, diferente dos milhões de fotos dele das quais eu aparentemente não conseguia escapar, fosse nas redes sociais, nas revistas *People* que o meu dentista tinha na sala de espera, nas revistas dos aviões, ou até mesmo, infelizmente, no *Library Journal*, já que as bibliotecárias menos sagazes pareciam adorá-lo também) desde o "incidente".

Infelizmente, ele estava tão bonito quanto antes.

Era fácil notá-lo no meio da multidão, não só por causa da luz dourada que parecia cercá-lo, mas também pela forma como a multidão parecia abrir caminho para ele, como se todos sentissem que estavam na presença de uma grandiosidade. Talvez fosse porque Will era bem mais alto do que os outros passageiros, mesmo sem contar o emaranhado de cabelo escuro e cacheado que parecia mais rebelde do que de costume. Fosse lá de onde estivesse voltando, ele parecia não ter tido acesso a um barbeiro e muito menos a uma lâmina de barbear, pois exibia uma barba de uns quatro ou cinco dias.

Ele estava olhando para a tela do celular enquanto caminhava, carregando uma mochila em um dos ombros ridiculamente largos. Fui obrigada a admitir que ele não parecia um multimilionário e muito menos um autor best-seller difamador com aquelas calças jeans, camiseta cinza e botas Timberland.

O que ele parecia era um deus, e todas as mulheres, talvez até alguns homens, no terminal sabiam disso.

Mas essa era a questão com Will Price: sua boa aparência era enganosa. Ele conseguira enganar muita, muita gente, fazendo-as acreditar que era um cara legal — como os mocinhos dos seus livros, que só existiam para adorar e venerar as mulheres... até os matar em algum trágico acidente, deixando a mocinha de coração partido, mas "mais forte por ter conhecido o verdadeiro amor".

Eca.

E agora a beleza de Will estava ludibriando Lauren e suas amigas. Dava para ver as meninas perto da esteira aguardando as malas junto com os outros passageiros.

Mas no instante em que Will passou pela porta, Lauren tirou os olhos do celular para observá-lo, como se tivesse algum tipo de radar para identificar autores e celebridades masculinas atraentes. Vi os olhos dela se arregalarem e o peito inflar quando ela suspirou.

— *Will!*

Quando dei por mim, as três meninas o cercaram, com Cassidy — a que queria um autógrafo no peito — gritando mais alto que as outras:

— Will, Will! — gritou ela. — Ai, Will, sou sua maior fã! Posso tirar uma selfie com você?

— Hum. — Will levantou o olhar do celular, os olhos escuros sombreados por cílios que deviam ser proibidos em um homem, parecendo confuso e surpreso, enquanto as adolescentes pulavam em volta dele. — Hã...

— Nós viemos para o festival literário — declarou Lauren. — Vamos a todos os seus eventos.

Will parecia tão animado quanto ficaria se ela tivesse dito que era uma cirurgiã-dentista prestes a fazer um enxerto ósseo nele.

— Ah — disse ele —, isso é formidável...

Claro que ele disse *isso é formidável*, em vez de *que legal*. Porque, como se não bastasse ser extremamente atraente, ele também era de um vilarejo pitoresco de algum lugar na Inglaterra, e tinha um sotaque que, pelo que eu soube, fazia algumas mulheres (e homens) suspirar e afirmar que era "a voz mais sexy que já tinham ouvido de um escritor".

— É uma pena mesmo — comentara certa vez uma pessoa do mercado editorial comigo — que Will Price não narre as próprias histórias nos audiolivros. Nós pedimos e insistimos, mas ele não aceita de jeito nenhum. Diz que odeia o som da própria voz. Dá para acreditar? Ele é tão humilde.

Ninguém nunca *me* pediu para narrar meus próprios audiolivros. Eu me ofereci várias vezes, sentindo-me bem confiante de que faria um bom trabalho, considerando o quanto as crianças pareciam adorar quando eu lia algum livro de *Kitty Katz* em voz alta para elas quando visitava escolas. Eu até fazia vozes diferentes para cada personagem: uma voz aguda para Kitty e uma grave para o namorado dela, Rex Canino, assim como o popular cumprimento "Patada Kitty Katz" que simbolizava a *miau*-titude positiva. Eu era *boa*!

No entanto, minha editora me disse de maneira gentil, mas firme, que era melhor "deixar essas coisas nas mãos de profissionais".

A não ser que você fosse Will Price, ao que parece, com uma voz grave e máscula e com sotaque inglês, como se estivesse sempre falando com um ovo na boca.

Eca de novo.

— Podemos tirar uma selfie? — As meninas estavam em volta de Will, com os celulares erguidos como machados de batalha. — Ah, que máximo!

Will estava apertando os olhos escuros e expressivos como se sentisse dor. Ficou claro que não estava acostumado a ser recepcionado no aeroporto por hordas de fãs adolescentes... Pelo menos não na cidade em que morava.

E coitadinho do Will! Não havia nenhum assistente por perto para impedir o ataque. Com certeza aquilo não tinha passado pela cabeça das mães das meninas, que eu supunha serem as mulheres atraentes e bem-vestidas ali perto, com os celulares erguidos para filmar as filhas pulando em volta do autor preferido. Elas não estavam fazendo nada.

Imaginei que, se estivesse ali, Molly, a bibliotecária, talvez tivesse tentado intervir. Mas ela ainda estava no banheiro.

E, sinceramente, como aquilo que estava acontecendo com Will poderia ser tão ruim? Ninguém dizia a ele que "amava" seus livros, no passado. Ninguém dizia que ele já tinha sido seu autor favorito. Ele deveria estar feliz por ter fãs, considerando o quão profundamente insatisfatórios eram os seus livros.

Mas, claro, ele não percebia isso, porque ele era Will Price.

— Acho melhor deixarmos as selfies para o festival, não acham, meninas? — disse ele em um tom condescendente que as pessoas usavam com criancinhas ou golden retrievers.

— Nããããão. — As meninas continuavam tirando fotos. — Só mais uma?

Ele parecia tão desconfortável e angustiado que não consegui segurar o riso. Aquilo era quase tão bom quanto apagar o nome dele do quadro branco.

Infelizmente, a risada foi um erro, porque, de alguma forma, ele me ouviu — não me pergunte como, considerando o barulho do terminal, o rangido da esteira de bagagens e o burburinho animado do resto dos passageiros pegando a chave dos carros alugados — e olhou diretamente para mim.

Foi assim que pude testemunhar o momento exato em que Will Price me reconheceu, apesar da cor do cabelo, que eu havia mudado de forma tão drástica desde a última vez que tínhamos nos visto.

E foi assim que eu vi aqueles olhos escuros se arregalarem enquanto ele olhava do meu rosto para o quadro branco e de volta para o meu rosto.

Então, ele ficou pálido, sob aquela barba por fazer, e a mochila pesada escorregou do seu ombro, como se ele tivesse perdido todo o controle muscular, caindo com um *baque* sólido no chão.

Uau.

Eu até esperava que ele sentisse *alguma coisa* ao me ver de novo. Um pouco de constrangimento, talvez (se ele fosse capaz de algum tipo de sentimento, o que, depois de tudo que ele fez comigo, eu duvidava muito).

Mas *isso*? Ele parecia ter visto um fantasma.

— Hã... — ouvi Will dizer, enquanto mantinha o olhar fixo no meu rosto. — Queiram me desculpar, meninas, mas agora não tenho tempo. Eu tenho que...

Ir? Você tem que ir embora, Will? Ah, por que será? Porque a mulher cujo trabalho você difamou para o *New York Times* está parada diante de você segurando uma placa com o seu nome, e você é covarde demais para se aproximar e pedir desculpas? É por isso? Que situação *perrrfeita* e *miau*-ravilhosa para você.

Para minha surpresa, porém, ele não seguiu para a saída, mas deu um passo na minha direção...

— Will? Ah, Will, aí está você!

Arqueei as sobrancelhas quando uma loira esguia atravessou a multidão e se jogou nos braços dele. Usando um biquíni branco quase inexistente, sobre o qual ela havia jogado um short rasgado e uma saída de praia vermelha e transparente, ela atingiu Will como um foguete.

— Will! — Ela se derreteu, abraçando-o pelo pescoço e envolvendo a cintura dele com as pernas muito longas. — *Desculpa* pelo atraso! — Fiquei surpresa ao detectar o sotaque inglês. — Estacionei o carro bem aqui fora. Podemos ir? Você não precisa pegar nenhuma mala, né?

— Hum, não. Não, Chloe, eu não despachei nenhuma mala.

Ele tentou se desvencilhar da garota, demonstrando, por incrível que pareça, certa irritação ao vê-la. O que era estranho, já que a maioria dos homens não se importaria que belas loiras de biquíni aparecessem no aeroporto e se jogassem em seus braços.

— Ótimo!

Chloe pousou os pés calçados com sandálias no chão e pegou a mochila gigantesca que ele tinha deixado cair. Era mesmo de esperar que Will Price fosse deixar uma garotinha franzina como aquela carregar a sua bagagem. Quem ela era, afinal? Assistente? Namorada? Acho que Cassidy estava errada, e, apesar de ser hétero, ele não estava solteiro no fim das contas.

Embora eu tenha notado com um interesse cínico que eles não se beijaram, mesmo que estivessem separados por tempo suficiente para que a barba dele crescesse um pouco. Talvez os consultores de mídia tenham avisado que era melhor não beijar nenhuma namorada na frente de fãs, pois isso arruinaria o sonho delas de que ele estava disponível.

— Vamos — disse Chloe, puxando-o pelo braço. — Eu parei em fila dupla. Temos que ir.

— Ah. — Ele me lançou um último olhar. — Hã, obrigado. — Ele se virou para as meninas que já estavam lançando olhares curiosos para Chloe, imaginando quem ela era e por que estava levando o queridinho Will embora. — Queiram me desculpar, preciso ir agora. Minha carona acabou de chegar. Com certeza nos veremos no festival.

As meninas responderam, decepcionadas:

— Aaaaaaah! — Mas logo se recuperaram, acenando com entusiasmo para o ídolo literário. — Tchau, Will!

— Vemos você amanhã!

— Vou comprar vários exemplares de O *instante* para você autografar para todas as minhas amigas.

Então, Will, parecendo bastante constrangido, foi levado do terminal pela linda e encantadora Chloe.

O que foi *aquilo*? Por que *ele* estava tão constrangido? Ele não tinha ficado nem um pouco constrangido ao falar mal da minha escrita. Por que ficou agora, ao me ver no aeroporto segurando o quadro branco com o nome dele?

— Era ele?

Eu me virei e vi alguém familiar ao meu lado.

— Ah, oi, Garrett. — Além da vara de pescar e do estojo de ukulele, ele carregava uma bolsa de lona gigantesca. Diferentemente de mim, ele parecia não sofrer da síndrome da bagagem perdida. — Ele quem?

— Will Price. Achei mesmo que *ele* não iria no ônibus dos autores com a gente.

Virei-me para olhá-lo.

— Como assim, com *a gente*?

Ele apontou para o nome abaixo do de Will no quadro branco que eu segurava, o nome que eu não tinha notado porque estava tomada demais pelo meu ódio por Will Price.

— Este sou eu.

CAPÍTULO 4

O nome completo dele era Garrett Newcombe.

— Escrevo e ilustro graphic novels para jovens adultos — disse ele. — *Escola de Magia das Trevas*? Você nunca deve ter ouvido falar. Nem de mim.

Claro que eu tinha ouvido falar dele.

Escola de Magia das Trevas estava no topo das listas de best-sellers infantojuvenis havia semanas. Gabriella, a filha do zelador do meu prédio, era louca pelas histórias. Não sei como não o reconheci pelas fotos de autor na quarta capa dos livros dela.

Em minha defesa, porém, o cavanhaque me atrapalhou. Era uma coisa nova.

— Ah, claro — respondi, como se soubesse o tempo todo quem ele era. — Prazer em conhecê-lo.

— O prazer é todo meu. Espere um pouco, tem um negócio na sua… — Ele estendeu a mão para tocar na minha orelha, mas desviei por instinto, porque nunca gostei muito de estranhos me tocando. Mas foi tarde demais.

— Hum, pronto. — Sorrindo, Garrett me mostrou uma moeda lustrosa de prata que ele fingiu tirar da minha orelha.

Credo! Ele escrevia livros sobre magia *e* era mágico? Não, obrigada. Eu escrevia livros sobre gatos falantes, mas isso não significava que eu acreditava em magia ou gostava de mágica. Gatos na verdade *conseguem* se comunicar. A minha Srta. Kitty me diz exatamente o que quer de forma bastante regular e vocal, em geral, às sete da manhã.

Já a magia, por mais que queiramos acreditar, é algo completamente inventado. Milagres não acontecem. As pessoas ficam doentes e morrem, e a única coisa que pode impedir que isso aconteça é a ciência. Veja só o que aconteceu com a minha mãe.

Mas como eu teria que lidar com aquele cara durante o fim de semana, forcei um sorriso.

— Ha-ha.

— Aqui. — Ele me entregou a moeda. — Pode ficar.

— Não, obrigada.

— Não, é sério. É uma relíquia comemorativa de *Escola de Magia das Trevas*, volume 11.

— Tranquilo, melhor dar para um dos seus fãs.

— Eu mandei duas mil dessas para a pousada distribuir para os fãs. Sério, pode ficar.

— Que bom.

Relutante, guardei a "relíquia" no bolso. Daria de presente para Gabriella. Ela ia adorar.

— Então, por que você está segurando isso? — Ele apontou para o quadro branco.

— Ah, a bibliotecária do festival precisou ir ao banheiro rapidinho. — Fiz um gesto para ilustrar a barriga e formei a palavra *grávida* com os lábios. — Então me ofereci para ficar no lugar dela.

— Que legal da sua parte. Legal mesmo. — Garrett estava me elogiando como se eu tivesse acabado de salvar uma criança de um afogamento. — Então, qual é o lance de Will Price sair daquele jeito com aquela garota? Ele é bom demais para o ônibus dos autores ou algo assim?

Dei de ombros.

— Ele mora aqui. Ela veio buscá-lo.

Ele arqueou as sobrancelhas.

— Eu não sabia que Will Price tinha namorada. Dizem por aí que ele tem fobia de relacionamentos ou algo do tipo. E ela pareceu novinha demais.

— Talvez seja irmã dele. — Claro que eu não acreditava nisso. Por que eu estava defendendo o cara? Ele era meu inimigo.

Garrett deu uma risada. E não foi uma risada muito agradável.

— Nenhuma das minhas irmãs me cumprimentaria assim no aeroporto. Ei, acho que ouvi dizer que rolou uma treta entre vocês dois um tempinho atrás.

— Entre mim e Will Price? Sei lá. — Eu não queria entrar nos detalhes sobre o que tinha acontecido. Não no meio do menor aeroporto do mundo com um mágico barra escritor best-seller de graphic novel. Olhei ao redor, procurando por Molly. Por que ela estava demorando tanto? — Tem certeza?

— Tenho. Eu sei que ouvi... Espera aí... Lembrei. — Garrett olhou para mim e estalou os dedos. Alguém plagiou o trabalho de vocês dois. Foi isso. Apareceu em todos os jornais.

Respirei fundo. Que ótimo.

— Sim, Nicole Woods.

— Isso mesmo. — Garrett bateu no joelho como se estivesse se divertindo muito. — Nossa, foi um escândalo enorme, uma autora best-seller como ela pega plagiando colegas? Mas foi meio engraçado, já que você e Will escrevem livros tão diferentes.

— É. Foi hilário. — Anda logo, Molly!

— E o Price não fez uns comentários sobre isso? Uns comentários não muito elogiosos... tipo, se a Woods queria plagiar, que ela pelo menos tivesse a decência de plagiar alguém que escrevesse bons livros?

Eu o cortei antes que ele pudesse terminar.

— É, foi isso mesmo. Uau, você tem uma ótima memória.

Qual era o problema daquele cara? Por que estava trazendo à tona um episódio que obviamente tinha sido desagradável para mim?

Mas essa era a questão em relação a escritores — não todos, mas muitos. Eles passavam todo o tempo atrás de telas de computador e muito pouco conversando com seres humanos de verdade, o que significava que eles não faziam ideia de como interagir com pessoas. Para ilustrar isso, podemos citar Justin, meu ex. E agora, ao que tudo indicava, Garrett Newcombe.

— Mas felizmente eles destruíram todos os exemplares do livro da Nicole — continuei com voz animada. — E ela conseguiu a ajuda de que precisava para o vício que tinha e, segundo ela, foi o que a levou a recorrer ao plágio.

Até parece, né, Nicole? Remédio para dormir. Foi por isso que você roubou trechos enormes do meu trabalho suado. Eu tomei remédio para dormir por um tempo depois que minha mãe morreu, e consegui passar por esse período difícil sem roubar nada de ninguém. Então, não sei se essa desculpa se sustenta.

— Mas são águas passadas agora — concluí.

— Ah. — Garrett parecia decepcionado por eu não estar mais chateada. Ele claramente queria ficar por dentro de uma fofoca dramática entre autores. — Sério? E o Price pediu desculpas?

— Ele não tem do que se desculpar. Ao contrário da Nicole, o Will não fez nada de errado.

— Nada de errado? Ele não disse que seus livros não eram...

Acho que, no fim das contas, Garrett não era tão ruim assim em ler emoções humanas como eu achava, já que pareceu notar minha carranca e tentou mudar o rumo da conversa.

— Não que eu concorde com ele. Acho seus livros ótimos. De verdade. Já li todos para as minhas sobrinhas. Elas não se cansam da Kitty Katz. Aliás, quando é o próximo lançamento?

— Ainda não temos uma data definida.

— Mesmo assim — continuou Garrett. Ele era o tipo de cara que não calava a boca. — Você deve ter ficado com vontade de dizer poucas e boas para ele, né? Você sabe, depois, quando ouviu o Price dizer que seus livros não eram bons o suficiente para serem plagiados. Eu pessoalmente não suporto autores assim, que torcem o nariz para a literatura infantojuvenil e acham que só os romances literários valem a pena.

Ha-ha! Como se os livros de Will Price fossem literários.

— Se tivesse sido comigo — continuou ele —, eu teria confrontado o filho da mãe, pelo menos nas redes sociais, e exigido um pedido de desculpas.

Dei de ombros.

— Não achei que valia a pena.

— *Não valia a pena?*

— Achei mais elegante deixar para lá, sabe? É o que a Kitty sempre faz nos meus livros. Gosto que ela dê um bom exemplo para os leitores, sempre ficando acima dos *haters*.

Eu não queria admitir o verdadeiro motivo de nunca ter respondido ao que Will dissera: que o método dos Wright de lidar com aquele tipo de coisa era ferver de ódio em silêncio enquanto planeja uma vingança.

Só que naquele momento parecia que eu talvez tivesse uma chance de conseguir isso.

Mas como? Minha mãe era ótima em se vingar das pessoas. Ela era da Sicília e, por lá, eles...

Felizmente, Molly, a bibliotecária, voltou correndo do banheiro feminino, com o rosto corado.

— Ah, *muito obrigada*! Estou me sentindo bem melhor agora. — Ela pegou o quadro branco de volta e abriu um sorriso radiante para o Sr. Magia das Trevas. — Olá! Você deve ser Garrett Newcombe. É uma honra recebê-lo.

— É uma honra estar aqui.

Garrett sorriu com o que eu agora começava a considerar como sua cara de fuinha, embora fosse um exagero da minha parte. Eu só estava de mau humor por ele ter me lembrado que eu ainda não havia conseguido me vingar de Will Price.

— Então é isso? — perguntou ele. — Podemos ir para o hotel agora? Porque eu já estou pronto para minha primeira margarita oficial das ilhas Keys.

Molly pareceu abatida.

— Ah, sinto muito, Garrett. Ainda não. Precisamos esperar por mais um autor. O voo dele já deve ter chegado, não sei por que ele está demorando tanto…

Fiz minha expressão mais inocente.

— Ah, você quer dizer Will Price?

O rosto de Molly se iluminou.

— Sim! Vocês se conhecem?

Molly parecia estar com alguma confusão mental gerada pelos hormônios da gravidez. Eu já tinha contado a ela que eu e Will nos conhecíamos há muito tempo.

— Só um pouco. — Ignorei Garrett, que estava com um sorrisinho debochado. — Ele já passou por aqui enquanto você estava no banheiro. Alguém veio buscá-lo… uma loira?

O sorriso feliz de Molly não vacilou.

— Ah, a Chloe?

Dei de ombros, tentando manter a expressão cuidadosamente neutra.

— Não sei. Ele não a apresentou. Pode ser que ela se chame Chloe.

— Ótimo, então! Tudo resolvido. — Molly pegou minha mala de mão. — Vamos.

— Ei, pode parar. — Peguei minha mala de volta. — Eu consigo carregar minha própria mala, Molly. E com certeza não vou deixar uma grávida fazer isso.

Molly riu.

— Este fim de semana não é sobre mim, ele foi todo planejado para homenagear nossos amados autores. Agora, queiram me acompanhar, a carruagem aguarda vocês.

— Não sei quanto a você — disse Garrett para mim enquanto eu seguia Molly pelas portas automáticas do terminal e saía para o sol brilhante do estacionamento —, mas estou preparado para ser homenageado.

— Eu também.

Antes de sair, eu me virei para me despedir de Lauren e do resto das fãs de Will Price, que ainda estavam esperando as bagagens na esteira.

— Vejo vocês no festival, meninas!

Mas elas não me ouviram, porque estavam ocupadas demais olhando para o celular, criando legendas para as fotos que tinham tirado com o ídolo delas.

CAPÍTULO 5

Por quê? *Por que* eu comecei a ler o livro idiota dele?

Mas não foi culpa minha. A editora de Will tinha mandado para os organizadores do festival exemplares suficientes de O *instante* para que fosse incluído nas sacolas de brindes de todos os participantes. Encontrei a minha esperando por mim na cama quando entrei no meu quarto do hotel.

Como eu poderia resistir a dar uma folheada?

Sério, era impossível não fazer isso, com aquela capa ridícula — como todos os livros de Will — mostrando um casal absurdamente atraente de pessoas brancas (um homem e uma mulher, obviamente), com os lábios quase se tocando, mas ainda não se beijando.

Eu não *queria* ter começado a ler. Mas tinha decidido de propósito não trazer nenhum outro livro comigo. As palavras de Rosie sobre sua outra autora — aquela que tinha vindo para Little Bridge e escrito dois capítulos inteiros em um dia — continuavam me assombrando. Se eu não tivesse nada para fazer, talvez ficasse tentada a escrever.

Só que, bem na minha sacola de brindes, encontrei o livro do meu inimigo. Como eu poderia resistir?

E a Pousada Papagaio Preguiçoso era o cenário perfeito para ler um livro sobre "a jornada de um homem para a redenção". Tinha sido difícil prever pelas fotos do site como seria o hotel. Ele com certeza *parecia* agradável (principalmente porque eu não estava pagando), mas as pessoas e os lugares quase sempre pareciam melhores no mundo virtual do que no real.

Mas fiquei encantada ao chegar e descobrir que a Pousada Papagaio Preguiçoso era igualzinha ao anunciado. Uma adorável mansão vitoriana com detalhes esculpidos em madeira, ventiladores de teto girando preguiçosamente e cadeiras fundas e confortáveis na varanda, transmitindo uma sensação de "oásis relaxante" da melhor forma possível. Guarda-chuvinhas coloridos de papel decoravam os drinques que podíamos pedir no bar *tiki* perto de uma grande piscina ovalada no meio do luxuriante jardim interno da pousada — uma piscina que não só era aquecida (mesmo que fosse desnecessário, considerando a temperatura quente da ilha para o inverno), mas também contava com uma cascata e uma banheira de hidromassagem adjacente.

Assim que bati o olho na piscina da Pousada Papagaio Preguiçoso, soube que era ali que eu passaria a maior parte do meu tempo livre durante o festival. Não que meu quarto não fosse superluxuoso — quarto 202, uma suíte no segundo andar que tinha vista para os telhados do centro de Little Bridge e se estendia até o oceano, com uma cama de dossel, uma banheira de hidromassagem particular e uma cozinha compacta (além de um frigobar abastecido que incluía M&M's normais e de amendoim, meu lanchinho favorito quando estou escrevendo).

Mas a piscina! A piscina e a hidromassagem! Eu ia me enfiar lá dentro até meus dedos ficarem todos enrugados.

E não era porque eu estava me escondendo de Will Price. Não mesmo. Era quase certo que eu teria de enfrentá-lo. Não apenas enfrentá-lo, mas me vingar dele pelo que ele tinha feito... ou pelo menos fazer algum comentário bem mordaz.

Mas ainda não. Porque eu precisava desse descanso. Eu merecia. Eu vinha trabalhando muito, não apenas tentando criar uma trama nova para o volume 27 de *Kitty Katz,* mas também tentando convencer meu pai de que seria melhor para ele passar o inverno em um lugar quente, como aquela ilha.

Então, tudo bem eu tirar uma folga e ficar em uma boia naquela linda piscina, tomando uma margarita enquanto lia o novo livro incrivelmente ruim de Will. Ninguém me julgaria por isso.

E ninguém fez isso mesmo, já que eu parecia ser a única hóspede da Papagaio Preguiçoso que teve o bom senso de pensar em ir relaxar na piscina. Assim que chegamos, Garrett tinha dito que ia "trabalhar um pouco" e desaparecido no próprio quarto — o 102, logo abaixo do meu, que dava para o pátio, então eu sabia que ele não tinha a mesma vista maravilhosa que eu.

Claro. Tanto faz, cara. Manda ver. Vou ficar aqui na piscina, lendo O *instante*.

Eu obviamente não tinha dito nada disso para ele por medo de ele tentar me fazer companhia. Em vez disso, só respondi um animado "É claro!" quando ele me perguntou se eu o encontraria mais tarde no saguão na hora de pegarmos o ônibus dos autores para irmos ao primeiro evento do festival — um coquetel de confraternização, seguido por um jantar com os benfeitores.

No entanto, mesmo no momento em que assegurei a ele que eu estaria lá, eu não sabia se teria coragem de aparecer. E agora, boiando no sol, eu tinha ainda mais certeza. Por mais grata que eu me sentisse por ser convidada para esses eventos — a autora que todo mundo *amava* no passado —, não podia deixar de temê-los, mesmo quando não incluíam Will Price. Assim como muitos escritores, eu era péssima em conversas casuais e ainda pior quando precisava comer e beber enquanto conversava.

Eu tinha a esperança de que uma ou duas horas boiando ao sol me ajudassem a despertar o que Rosie me contara que tinha acontecido com sua outra autora: uma onda repentina de inspiração artística que me desse uma ideia para o novo livro de *Kitty Katz* e que fosse empolgante o suficiente para eu escrever. Dois capítulos em um dia? Eu aceitaria isso em um estalar de dedos.

Só que o que aconteceu, na verdade, foi que fui sugada pela prosa insípida e viciante de Will Price.

Miiiiii-AU!

Infelizmente, já fracassei na regra número um do relaxamento nos trópicos: ficar longe do celular. Percebi isso quando ouvi o toque oficial da Kitty Katz vindo da toalha que eu tinha deixado à beira da piscina.

Miiiiii-AU!

Por causa do livro que eu estava segurando — com a capa cuidadosamente dobrada para trás, para que ninguém visse que era o último romance de Will Price —, tive que remar com apenas uma das mãos até alcançar o celular. Demorei um bom tempo para chegar lá.

Miiiiii-AU!

Ah, não. Perdi uma ligação do meu pai. Eu me apressei em ligar de volta.

— Oi, pai. Sou eu. Tá tudo bem?

A voz dele, rouca por causa dos muitos anos como vocalista da banda de rock folk (que nunca fez sucesso suficiente para ganhar dinheiro, mas que tinha fãs suficientes para mantê-lo esperançoso), disse calmamente:

— Claro que está tudo bem. Foi você que não ligou para avisar que tinha chegado. Achei que tínhamos combinado. Você sempre precisa me ligar.

— Claro. — Fiz uma careta de culpa. — Desculpa, pai. Eu cheguei bem. Adivinha onde estou agora?

— Hum, deixa eu pensar. Boise, Idaho.

Dei uma risada.

— Não, pai, eu disse antes de vir. Vim para um festival literário nas ilhas Keys. Mas adivinha onde estou neste minuto.

— Já que está nas ilhas Keys, vou chutar que está em um bar. No Papagaio Verde em Key West? Sabe, teve uma vez que o pessoal da banda e eu tocamos lá. O Sonny ficou tão bêbado que...

— Não. Estou em uma boia na piscina do hotel, na Ilha de Little Bridge, tomando uma margarita.

— Que horror! Saia já daí!

— Pai, para com isso. — Eu ainda estava rindo. Por mais que meu pai às vezes me deixasse frustrada, ele sempre conseguia me fazer rir. — Sabe que essa poderia ser sua vida se você seguisse meu conselho. Você chegou a ver o tour virtual daquele lugar em Mount Dora?

— Ah, eu vi.

Ele não parecia satisfeito. Mesmo assim, insisti, mantendo a voz animada.

— E aí? O que achou? É um lugar muito maneiro, né? Melhor do que o último.

— Não exatamente.

— Como assim, não exatamente? Esse tem tudo que você pediu: não tem escada, tem um bom quintal e tem até uma garagem para você poder tocar.

— É — disse meu pai —, mas você deu uma olhada nas latas de lixo dos vizinhos?

— Como assim, as latas de lixo dos vizinhos?

— Depois do tour, eu usei aquele negócio do Google Maps que você me mostrou para dar um zoom na casa e vi as latas de lixo dos vizinhos — contou ele. — E foi lá que eu vi: um adesivo de algum fã da banda Grateful Dead.

Ah, não.

— Pai.

— Os vizinhos têm adesivos da Grateful Dead nas latas de lixo! Você *sabe* como me sinto em relação a essas bandas de *jam* dos anos sessenta.

— Pai — suspirei. De repente, meu momento agradável de relaxamento não parecia mais tão relaxante assim. — Tenho certeza de que as fotos do Google Maps são bem antigas. Os donos dessas latas de lixo talvez nem morem mais lá. Mount

Dora é uma graça, eu já estive lá. A cidade tem um monte de festivais de arte e música folk, e a temperatura média é de 24 graus. É tão charmosa...

— Eu não acho. Acho que vou ficar em Nova York mesmo. — Meu pai começou a tossir, o que infelizmente acontecia com frequência assim que as temperaturas da cidade começavam a ficar congelantes. — Aqui faz frio, mas eu conheço todos os meus vizinhos e eles respeitam música *séria*. E tem festivais aqui em Nova York também, sabe?

— Pai, tem certeza de que o motivo são esses adesivos e não o fato de que você é teimoso demais para deixar sua filha comprar uma casa para você? Porque você sabe o que a mamãe diria sobre isso.

— Ah, ela daria um chute no meu traseiro por estar sendo um porco chauvinista! — Meu pai riu. — Então, claro que não é por isso. Mas eu acho que você deve guardar o seu dinheiro, filha.

— Pai, eu tenho dinheiro de sobra. Quero gastar um pouco com você. Nada me faria mais feliz.

— Mas é uma bobagem. Você precisa economizar para quando se casar e tiver filhos.

Como se isso fosse acontecer tão cedo. Àquela altura, eu estava tão propensa a me casar e ter filhos quanto Melanie West, cujo marido foi atropelado e morto (acidentalmente ou de propósito?) por Johnny "Ace" Kane enquanto contrabandeava aguardente no primeiro capítulo de O *instante*. No primeiro capítulo! Will parecia gostar de introduzir seus traumas bem cedo nas histórias.

— E se eu não quiser me casar e ter filhos? — perguntei. — Sabe, pai, para um músico, você tem a mente bem fechada. Já passou pela sua cabeça que esses milhões de pessoas que amam a Grateful Dead talvez sejam...

— Hum, desculpe interromper.

Olhei para cima e vi uma mulher de origem asiática, baixinha, com cabelo curto pintado de roxo, parada na beira da piscina. Estava usando um belo vestido cor-de-rosa e um colar com adagas de aparência muito letal, mas de plástico.

— Está quase na hora de entrarmos no ônibus que vai nos levar para o jantar — disse ela, apontando para o *smartwatch* (que, claro, estava longe demais para eu ver). — Você já vai sair para se arrumar, ou vai de biquíni mesmo para a festa?

— Bê! — Quase caí da boia na pressa de remar para o outro lado. — Pai, eu tenho que desligar.

— A gente se fala depois, filha. Quero que me conte como foi o resto do festival. — E desligou.

— Bernadette! — Abri os braços para um abraço de boas-vindas. — Que bom te ver!

— Também estou feliz em te ver, mas não *tão* feliz assim. — Bernadette deu alguns passos para trás. — Você vai me molhar toda. E eu estou toda arrumada.

Eu ri. Para Bernadette, qualquer coisa que não fosse calça de ioga e uma camiseta era "toda arrumada". Eu me sentia da mesma forma a maior parte do tempo.

Fazia muito tempo que eu conhecia Bernadette, uma autora inteligentíssima e mais durona do que parecia. Embora vivêssemos em extremos opostos do país, trocávamos mensagens quase todos os dias e nos víamos várias vezes ao ano nos diversos eventos literários. Autora de várias séries de livros muito populares para jovens adultos, a mais recente apresentava uma assassina adolescente que vivia em uma galáxia distante. Daí o colar de adagas.

— Quando você chegou? — perguntou ela.

— Há algumas horas. E você?

— De manhãzinha. Peguei o voo noturno de São Francisco para Miami, e de lá peguei um aviãozinho para cá. Já fiz um passeio de bonde pela cidade, degustei rum na destilaria e comprei uma linda pintura de uma artista de cabelo cor-de-rosa chamada Bree em uma galeria aqui perto. Este é o melhor dia de folga que tive em anos.

— Sério?

— Claro. Eu acabei de entregar a minha última revisão, a May está conseguindo pegar o jeito para usar o penico, Sophie entrou no jardim de infância *e* estamos finalmente dando o novo acabamento no piso de madeira. Tudo tem sido só *drama, drama e mais drama*.

Dei um sorriso. Sophie era minha afilhada e, mesmo que não fôssemos parentes de sangue, ela parecia ter me puxado. Tudo com Sophie era ou brilhante ou um desastre.

— Amo aquela casa e as minhas filhas, mas meu Deus! Estou feliz por deixar Jen tomando conta das coisas este fim de semana. — A esposa de Bernadette, Jen, era anestesista e a parceira de vida dos meus sonhos. Sempre alegre, Jen apoiava incondicionalmente a companheira, ganhava bem, sabia cozinhar e ainda podia prescrever receitas em caso de emergência. — É tão bom ver você.

— Também é bom ver você. Já faz um tempão, né? A última vez que nos encontramos foi no Festival Literário de Decatur?

— Exatamente. Meu Deus, foi demais, né? Achei que fôssemos ser expulsas do hotel. Enfim, o que você ainda está fazendo na piscina? Eu sei que você odeia itinerários, mas a confraternização é em meia hora. Você vai se atrasar para pegar o ônibus.

Eu dei de ombros, sentindo outra pontada de culpa. Eu nunca olhava a programação dos festivais se eu não tivesse que olhar. Gostava de viver perigosamente quando não estava em casa, presa à minha rotina normal de acordar-escrever-comer-dormir (ou não escrever, dependendo do caso).

Além disso, eu sabia que, como Bernadette estava aqui, eu nem precisava me preocupar. Ela era o tipo de pessoa que tomava as rédeas e ia me dizer tudo que eu precisava saber — e o que eu não precisava também.

— Acho que não vou à confraternização — respondi.

— Oi? — Bernadette ficou me olhando, chocada. — Como assim? Você *tem* que ir à confraternização, Jo.

— É. — Fiquei observando enquanto o gatinho do hotel, um filhote de pelo cinzento malhado, encontrava um pequeno lagarto marrom e dava o bote, só para vê-lo escapar com facilidade para um lugar seguro. — É só que a Rosie me disse que conhece uma autora que veio para cá e ficou muito inspirada para escrever. Então, estou esperando isso acontecer.

— Mas vai ter bebida de graça. A gente sempre vai nos eventos que servem bebida de graça!

— Eu sei. Mas não é *obrigatório* que eu vá.

— Claro que não é *obrigatório*. Mas tem bebida de graça! E eles nos trouxeram para cá na primeira classe, não foi? — Bernadette estava com sua "cara de mãe", que ela usava quando Jen ligava para dizer que uma das meninas estava fazendo pirraça. Percebi que eu estava prestes a levar um sermão. — Eles nos hospedaram nesse hotel maravilhoso. Estão pagando um cachê bem generoso, em troca de quê? Algumas horas de trabalho? Vai ter uma mesa e uma sessão de autógrafos amanhã e outra no domingo. Não tem muito *trabalho*. E a confraternização vai ser na mansão de um dos benfeitores ricos. Você não quer conhecer uma mansão superchique de um benfeitor ricaço? É provável que o bufê sirva alguma comida estranha que a gente possa zoar. Você sabe o quanto adora debochar de comida esquisita de bufê.

— É, eu sei. É só que...

— O quê?

— É só que Will Price está aqui.

— *Aqui?* — Bernadette arfou e começou a olhar em volta da área da piscina, totalmente horrorizada, como se Will Price fosse saltar de trás de algum arbusto a qualquer momento.

— Não, não *aqui*. Eu quis dizer que ele está na ilha. Ele vai participar do festival.

Bernadette arregalou os olhos. Ela sabia como eu me sentia com relação a Will — e ela sabia por que eu me sentia assim. Ela estava no congresso quando ele disse o que disse.

— Não. — Ela balançou a cabeça, incrédula. — Não *mesmo*. Eu achei que a sua agente tivesse verificado e dito que ele estaria em...

— Bem, a Rosie estava errada. — Lancei um olhar sombrio para a minha margarita. A taça de plástico estava vazia agora. — Eu o vi no aeroporto.

— Ah, mas isso não quer dizer nada. Ele mora aqui, não mora? Talvez ele estivesse....

— Não, eu confirmei. O nome dele foi incluído no site do festival. Ele vai estar em todos os eventos. E você deu uma olhada na sacola de brindes? Tem um exemplar de cortesia de *O instante*.

— Ai, meu Deus. — Bernadette demonstrou um incômodo adequado. — E o que você vai fazer?

Apontei para a boia na qual eu estava relaxando.

— Já estou fazendo. Vou ficar bem aqui, onde é seguro, a não ser quando eu tiver que participar de uma mesa ou sessão de autógrafos. — Não acrescentei que eu ia continuar lendo *O instante* para descobrir se Johnny confessava a Melanie que havia matado o marido dela. Eu, na verdade, não me importava com aquilo. Pelo menos, não muito.

Bernadette contraiu os lábios, o que era um sinal claro de que estava entrando no modo maternal.

— Nada disso — disse ela, fazendo que não com a cabeça até as franjas roxas balançarem. — De jeito nenhum. Você *não* vai fazer isso. Você não vai se esconder de um *homem*.

Ai, meu Deus. Ali estava uma parte não muito legal da ótima personalidade da Bernadette. Ela sempre ficava assim quando eu me recusava a confrontar alguém. Meu bife estava um pouco malpassado demais, mas eu não queria devolver? Bernadette fazia um auê até eu mandar de volta. Os copos de água não estavam sendo reabastecidos, mas era óbvio que os garçons estavam sobrecarregados? Bernadette estava sempre pronta para chamar o gerente, ao passo que eu, que tinha pago minha faculdade trabalhando como garçonete, sentia que aquilo era injusto.

Agora ela iria investir pesado contra o meu plano de evitar Will Price durante o fim de semana.

— Ainda mais um homem que desrespeitou você! — exclamou ela. — Não apenas você, mas toda a literatura infantojuvenil. Pois você vai sair dessa água agora mesmo, vai se arrumar e vai à confraternização comigo, nem que eu tenha que te *arrastar* daí.

— Tá legal, tá legal — respondi, já começando a remar até a escada da piscina. — Eu vou, mas não vou falar com ele.

— Claro que vai. — Bernadette me fulminou com o olhar enquanto eu me enrolava na toalha. — Você também vai estar linda e distante e vai fazê-lo se arrepender de cada uma das escolhas que ele fez na vida, enquanto diz para todo mundo disposto a ouvir que o motivo de os seus livros venderem tão bem por tantos anos em tantos países é que eles dão esperança e oferecem conforto com lições de vida gentis e finais felizes, algo que os livros de Will Price com certeza *não* fazem. Agora vá se trocar antes que atrase a saída do ônibus dos autores.

— Tá — disse eu. Estou indo.

Mas a verdade era que, naquele momento, era *eu* quem estava me arrependendo de muitas escolhas que fiz na vida... principalmente a que me fez concordar em vir para a Ilha de Little Bridge para começar.

O instante, de Will Price

Nunca na minha vida eu tinha visto uma mulher mais linda. Não estou falando do tipo convencional de beleza. Ela não era uma estrela de cinema, passando fome para se encaixar no padrão da moda. A beleza dela vinha de dentro, brilhando através daqueles olhos azuis com inteligência e perspicácia. A calidez do sorriso dela era capaz de iluminar uma cidade. O fato de ela sorrir com frequência, e para mim, era o suficiente para me fazer perceber como eu era sortudo... até me lembrar do que eu tinha feito.

Quando ela descobrisse, nunca mais sorriria... pelo menos não para mim.

CAPÍTULO 6

Não nos atrasamos para pegar o ônibus dos autores, mas só porque, em vez de secar o cabelo, preferi prendê-lo em outro rabo de cavalo, sem me preocupar se alguém notaria que estava molhado, e desci correndo para me encontrar com Bernadette.

— Agora, sim. — Ela me avaliou de cima a baixo, passando os olhos pela pantalona e blusa pretas. — Acho que ninguém vai perceber que você passou o último ano sofrendo de ansiedade incapacitante, depressão e baixa autoestima.

— Você se esqueceu do bloqueio de escrita.

— *Oi?* Você não está escrevendo *nada*?

Dei de ombros.

— Nada que eu seja paga para escrever. O prazo para o volume 27 de *Kitty Katz* venceu no ano passado e só o que tenho conseguido escrever é um *Razão e sensibilidade* apocalíptico ou um livro sobre uma menina cuja mãe morre de câncer, deixando-a aos catorze anos para ser criada pelo pai, um músico cabeça de vento que nunca guardou um centavo para a aposentadoria.

— Tá legal — disse Bernadette. — Um pouco sombrios, mas eu leria os dois.

— Valeu, mas parece que ninguém mais quer ler. Rosie está tentando vendê-los, mas foram rejeitados por todos. Não são *Jo Wright* o suficiente, ao que tudo indica.

— Como algo escrito por Jo Wright pode não ser Jo Wright o suficiente?

— Ah, você sabe. Alegrinho.

Bernadette caiu na risada.

— As pessoas acham que *você* é alegrinha?

— Bem, as pessoas que só conhecem a Jo Wright, autora de *Kitty Katz, a babá de gatinhos,* mas não conhecem a Jo Wright, pessoa.

— Ah, entendi. Quando você fica conhecida por escrever um determinado tipo de coisa, é difícil vender quando escreve algo totalmente diferente.

— Exatamente. Eu até entendo o que eles querem dizer. Os livros da Kitty Katz são conhecidos por animar os leitores. Eu não ia querer escrever algo que deixasse as pessoas para baixo.
— Como as baboseiras que saem daquela cabeça linda do Will Price.

— Acho que você não conseguiria escrever algo que deixasse alguém para baixo.

— Ah, sei lá. Eu tenho andado bem sombria ultimamente.
— Pensando em maneiras de matar Will Price, por exemplo.

— Talvez você pudesse tentar publicar esses livros usando um nome diferente — sugeriu Bernadette.

— Pois é, mas eu teria que começar todo o trabalho de redes sociais do zero com esse nome.

— E fazer um site novo também — disse Bernadette com um suspiro.

— E tirar novas fotos de autora.

— Você está precisando mesmo. — Bernadette puxou a ponta do meu rabo de cavalo preto. — Mas eu entendo. Dá muito trabalho.

— Exato. Talvez seja melhor continuar com a Kitty, mesmo que a fonte pareça ter secado. — A não ser que a magia da Ilha de Little Bridge funcionasse comigo.

Pena que magia não existia.

Seguimos para o saguão do hotel, onde dava para ver pelas portas duplas os outros autores se reunindo para esperar o ônibus que nos levaria ao evento.

— Você acha que o seu bloqueio de escrita é por causa de tudo que está acontecendo com o seu pai? O fato de ele não estar muito bem e, ainda assim, recusar ajuda? Ou acha que é por causa do que aquele idiota do Price disse sobre a sua escrita? — perguntou Bernadette.

Olhei para ela de cara feia.

— Você está tentando me analisar? Porque acho que você sabe muito bem que, como uma boa nova-iorquina, eu já tenho um terapeuta.

— Claro que tem. Eu só estava tentando entender.

— Quem sabe? Espero que seja por tudo que está acontecendo com o meu pai. Se for por causa do que Will Price disse, que tipo de profissional eu sou por perder o foco do trabalho tão facilmente?

— Esse tipo de coisa pode fazer qualquer um perder o foco. Ele disse o que disse para o *New York Times*, pelo amor de Deus.

Chutei uma folha caída no caminho.

— Bem, eu sempre me orgulhei muito do meu profissionalismo.

— Você *é* profissional. Foi *ele* que…

— Vamos deixar isso para lá. Olha, estou melhorando. Parei de me entupir de M&M's. Não estou mais comendo massa de biscoito no café da manhã. E até consegui levantar do sofá para ir fazer o pé antes de viajar. Tá vendo? — Levantei a bainha da pantalona para mostrar as unhas pintadas nas sandálias de plataforma pretas.

— Esmalte preto — Bernadette deu uma risada irônica. — É claro.

— Claro, né? — Abri um sorriso maldoso. — Para contrastar com a minha personalidade alegrinha.

— Aí estão vocês.

Assim que chegamos ao saguão, um homem branco mais velho, vestido todo de preto, como eu, se apressou para nos cumprimentar. Eu reconheci na hora o escritor de livros de terror mundialmente famoso com quem eu já havia participado de muitos eventos antes.

— Estávamos procurando vocês! — Saul Coleman (não o pseudônimo sob o qual ele escrevia) parecia ansioso. — Onde vocês estavam? O ônibus dos autores acabou de chegar!

— Ah, para com isso, Saul. — A mulher de Saul, Frannie, uma mulher baixa de cabelo castanho, tão elegante que parecia ter saído direto das páginas da *Vogue*, se aproximou e nos deu beijinhos no rosto. — Jo, Bernadette, que bom ver vocês aqui.

— É maravilhoso ver vocês também. — Apertei de leve os dedos cheios de anéis caros de Frannie. — Você está linda. — Para Saul, eu disse: — Desculpa pelo atraso. Eu dei um mergulho e precisei trocar de roupa.

— Um *mergulho*? — Saul arregalou os olhos, assim como a mulher dele. — Você entrou na *piscina*?

Frannie apertou mais minha mão, puxando-me para perto antes de dizer com um sussurro:

— Não acredito que você entrou na água, Jo. Você não ouviu falar dos vírus carnívoros que existem na Flórida?

— Tenho quase certeza de que eles só são encontrados em lagos — cochichou de volta Bernadette. — Mas posso confirmar com a Jen se você quiser.

— Você faria isso? — Frannie lançou um olhar desconfiado para a recepcionista, que tinha sido muito gentil e solícita comigo durante o check-in. — Nunca dá para ter certeza nos trópicos. Até mesmo os *insetos* podem matar. Dengue, Zika, vírus do Nilo Ocidental… A lista não acaba nunca!

Bernadette e eu trocamos sorrisos cúmplices. Assim como eu, Frannie era uma nova-iorquina da gema, mas os Hamptons eram o lugar mais ao sul que ela estava disposta a se aventurar fora da cidade.

Só que, como Saul a amava e sempre a queria ao lado dele, ela corajosamente o acompanhava em todos os seus eventos literários. O casamento deles, assim como o de Bernadette, era algo que eu invejava.

Depois do meu desastroso relacionamento de cinco anos com Justin, porém, eu não estava disposta a mergulhar em um novo relacionamento tão cedo... Eu mergulharia apenas em piscinas de verdade, com bastante cloro e, obviamente, um bar *tiki* por perto.

— Queria saber que tipo de comida vai ser servida nesse evento de hoje. — Frannie estava preocupada. — Eles não têm nem uma padaria com bagels nesta ilha. Não tem bagels aqui! Dá para acreditar? Não que os bagels seriam bons *se* fizessem aqui. Vocês sabem que os bagels só são bons em Nova York por causa da nossa água. Todo mundo sabe que a nossa água de torneira é a mais segura e saborosa de todo...

— Fran, dá para parar? — Saul revirou os olhos de um jeito carinhoso para demonstrar a frustração com a esposa. — Tenho certeza de que a comida vai ser boa.

— Sei lá, talvez você esteja certa, Sra. Coleman. — Bernadette adorava dar corda para Frannie. — Como estamos em uma ilha, desconfio que vão servir muito peixe fresco. Mas quem sabe o que tem na água? Considerando todos os cruzeiros que passam por aqui... Talvez...

Frannie empalideceu.

— Ai, meu Deus. Eu só vou comer frango. Ah, não, eu vi umas galinhas correndo soltas pelas ruas! Por que tem galinhas correndo pelas ruas daqui? Que tipo de lugar permite que galinhas corram à solta pelas ruas?

Bernadette começou a explicar:

— No tour que fiz hoje mais cedo, eles explicaram que isso aconteceu quando foi permitida a entrada de mercados com refrigeração na ilha. Os residentes soltaram as galinhas que mantinham em galinheiros no quintal para ter ovos e para garantir o jantar de domingo. E, desde então, as galinhas...

— Pare. — Frannie ergueu uma das mãos. — Não quero mais saber.

— Oi, gente. — Garrett Newcombe apareceu no saguão. Tinha trocado a camiseta do Batman e a bermuda cargo que estava usando no avião por calças cargo e uma camisa azul de botão, o que era um avanço.

Mas ele ainda estava de chinelo de dedo, e também carregava a sacola de brindes que recebemos no quarto do hotel.

— Oi, eu sou Garrett Newcombe — disse ele sem a menor necessidade, já que o nome estava escrito no seu crachá. Todos nós estávamos usando, conforme instruído pela equipe do festival. — Da série *Escola de Magia das Trevas*?

— Ah, Garrett! — Frannie sorriu encantada. — Nosso neto ama os seus livros! Eu sou Frannie Coleman, e este é o meu marido, Saul. Talvez você o conheça como Clive Dean.

Garrett ficou boquiaberto, fixando o olhar em Saul. O nome Clive Dean tinha a tendência de provocar essa reação em homens (e algumas mulheres) de certa idade.

— Ah, Sr. Dean. É uma honra enorme. Seus livros que me inspiraram a me tornar um escritor.

Saul ficou radiante e estendeu a mão para cumprimentar Garrett.

— Ah, não é maravilhoso? É sempre bom ouvir isso.

Eu era obrigada a parabenizar o Garrett por essa. Ele não poderia ter dito nada mais perfeito para Saul.

Mas então ele conseguiu arruinar tudo ao acrescentar:

— Talvez seu neto goste disso.

Ele estendeu a mão e tirou uma moeda da orelha de Frannie, sem parecer notar que, à medida que a mão dele se aproximava do rosto dela, Frannie ia se encolhendo por instinto, exatamente como eu fizera, para se afastar dele.

— *Tchan-tchan!* — exclamou ele, entregando a moeda para ela. — É uma relíquia comemorativa oficial de *Escola de Magia das Trevas,* volume 11. Tenho certeza de que seu neto vai adorar.

— Com certeza — respondeu Frannie secamente, colocando a "relíquia" comemorativa na bolsa. Assim como eu, Frannie não gostava que homens estranhos a tocassem, mesmo que os estranhos em questão afirmassem amar os livros do marido dela.

Seu marido, porém, estava encantado.

— Nossa, que truque bom, Garrett! — exclamou Saul. — Me mostra como você fez isso.

— Ah, não posso, Sr. Dean. — Garrett deu uma piscadinha para nós. — Um bom mágico jamais revela seus segredos. Mas fiquem ligados porque vou fazer um truque no jantar de amanhã que vai deixar todo mundo impressionado.

Saul riu.

— Legal!

Fiz uma anotação mental para me manter o mais longe possível do jantar de amanhã à noite. Eu já tinha visto mágica suficiente por um período de 24 horas.

Frannie parecia estar pensando o mesmo, já que se aproximou de mim e de Bernadette para cochichar:

— Qual é o problema desse cara?

— Hum-hum. — Bernadette fingiu brincar com uma mecha do cabelo roxo. — Pelo que fiquei sabendo, muita coisa.

Fingi brincar com o meu cabelo também.

— Tipo o quê?

— Dizem que ele é pegador.

Frannie e eu trocamos um olhar, depois olhamos para Garrett e caímos na gargalhada.

— É sério — insistiu Bernadette. — Estava todo mundo falando no Congresso de Romancistas do ano passado. Um autor best-seller dando mole para as fãs.

Isso nos fez parar de rir na hora.

— *Oi?*

— É verdade. Seja lá quem foi o cara, aparentemente tinha muito jeito com as mulheres.

Fiquei olhando para Garrett enquanto ele tirava uma moeda da orelha de Saul, fazendo uma demonstração em câmera lenta do truque.

— Bem, acho que não deve ter sido o Garrett. Olha só para ele. Ele está indo de *chinelo* para o jantar de um dos benfeitores.

— Verdade. Mas dá para perceber como, para uma jovem inexperiente e impressionável, ele talvez pareça... impressionante.

Ainda não conseguia acreditar. Se havia uma regra no mundo editorial — além de não plagiar — era que você nunca, *jamais*, devia dormir com fãs.

Ah, não havia problema em *socializar* com eles, desde que você mantivesse tudo no nível estritamente profissional. Tive alguns almoços e até jantares com fãs da Kitty Katz, às vezes por terem ganhado uma refeição comigo em algum leilão de caridade ou porque os pais tinham entrado em contato de alguma forma — uma leitora doente, ou deprimida, ou apenas precisando de uma dose de conselho e amor da Kitty, algo que eu sempre ficava feliz em dar. Mesmo nos meus piores momentos neste último ano e meio, eu conseguia passar um pouco de batom, entrar em um táxi ou ficar on-line para tentar fazer um dos meus adoráveis fãs do Kitty Klub se sentir melhor.

Mas nunca havia qualquer tipo de contato físico, a não ser talvez um abraço rápido, principalmente se os leitores fossem menores de idade. Isso era o básico na Cartilha do Escritor Profissional.

— E como foi que eu não fiquei sabendo disso? — Exigi saber. — Eu estava no congresso do ano passado, e ninguém me falou nada sobre o assunto.

— Não, não — disse Bernadette. — Você foi no congresso do *ano retrasado*. Você não quis ir no do ano passado, lembra? E você não ficou sabendo do que aconteceu porque tinha que lidar com seus próprios problemas.

Assenti, sem me ofender. Nada do que ela estava dizendo era mentira. O escândalo de Nicole Woods e o subsequente desentendimento com Will Price me mantiveram afastada de tudo, a não ser das minhas próprias redes sociais por meses. Eu não queria ler nada relacionado ao mercado editorial. E, logo depois, tive de lidar com meu término com Justin e com todo o drama médico do meu pai.

— Mas *eu* estava no congresso do ano passado com o Saul — disse Frannie. — E não ouvi nada disso.

— Foi uma coisa que apareceu mais no Twitter — disse Bernadette.

— Ah, *Twitter*. — Frannie revirou os olhos. — Não é de estranhar que a gente não tenha visto. Nosso filho é quem cuida das redes sociais do Saul. Mas tem certeza de que foi *ele*? — Ela lançou um olhar de desdém para Garrett. — Ele está longe de ser um Chris Hemsworth, ou Chris Evans, ou seja lá o Chris de que todas vocês estão sempre falando.

Bernadette — que não tinha interesse em nenhum Chris — balançou a cabeça.

— Não, eu não tenho certeza. Mas não é uma questão de aparência, Fran. Para uma fã ingênua, alguém como Garrett pode parecer glamoroso. Ele poderia fazer promessas. Tipo de apresentar para o editor dele ou oferecer um papel no próximo filme. Os boatos falavam de um autor best-seller do *New York Times* que tinha um novo filme...

Ofeguei.

— Mas poderia ser qualquer um. Até mesmo *Will Price*.

— Não foi Will Price — disse Bernadette. — Eu sei que você odeia o cara, Jo, mas todos os boatos foram unânimes em dizer que era um autor de livros *infantojuvenis*.

— Esse público também lê os livros de Will. Tinha umas adolescentes no meu voo que eram superfãs do Will Price.

Pelo menos elas pareciam e agiam como adolescentes. Eu ainda não sabia bem quantos anos Lauren e as amigas tinham.

Frannie também estava ofegante, mas por um motivo diferente.

— Vai ter um filme da *Escola de Magia das Trevas*? Ai, meu neto vai ficar muito feliz.

Bernadette nos ignorou.

— Olha, quem quer que tenha sido, o que ele fez foi assédio sexual. Mas como nenhuma das mulheres se pronunciou, nada aconteceu. E ficou tudo na base dos boatos.

— Então como sabemos se isso é verdade? — perguntei.

— Essa é a questão. *Não* sabemos.

Nós três ficamos olhando para Garrett enquanto ele tirava outra moeda da orelha da recepcionista (sem pedir autorização). Tudo bem que ela não era jovem — a julgar pelas rugas profundas na pele bronzeada do decote, ela poderia ter entre 50 e 75 anos.

Mas ela riu, adorando a atenção.

— Então, acho que a gente vai ter que ficar de olho nele, não é? — disse Frannie.

— Ah, com certeza, nós vamos — concordou Bernadette.

E de olho também em Will Price, pensei sombriamente com os meus botões, lembrando-me dos atos desprezíveis de Johnny Kane em O *instante*. Afinal, Johnny estava apaixonado pela mulher cujo marido ele havia matado (mesmo que de forma acidental). Que pessoa esquisita criava uma história daquela?

Mas que pessoa esquisita escrevia 26 livros sobre uma gata adolescente falante?

Foi então que um homem alto e bonito com um uniforme de delegado entrou no saguão do hotel. Ele segurava uma prancheta e estava com uma expressão resignada no rosto.

— Estão todos aqui para pegar o ônibus para a confraternização do festival literário? — perguntou ele.

— Estamos! — Frannie levantou a mão e acenou. — Estamos todos aqui.

— Certo, então. — O cara com uniforme de delegado colocou a prancheta embaixo do braço e fez um gesto circular com um dedo. — Vamos andando.

Frannie estreitou os olhos como se achasse que estávamos todos prestes a ser sequestrados.

— Espere aí. Quem é você? Onde está Molly, a bibliotecária que nos buscou no aeroporto?

O policial uniformizado suspirou.

— Molly me pediu para dirigir o ônibus esta noite porque ela já está no local do evento, ajudando a arrumar tudo. Sou o delegado John Hartwell, marido dela.

A tensão desapareceu do rosto de Frannie. Percebi que ela estava encantada com a ideia de ter um policial armado para conduzi-la. Frannie se sentia insegura em qualquer lugar que não fosse a cem metros da Saks da Quinta Avenida... e, claro, do Madison Square Garden e seus amados Knicks.

— Ah! O *delegado*! E é *marido* da Molly. *Bem,* isso é bem melhor. Vamos, então.

Enquanto entrávamos no ônibus dos autores — na verdade, apenas uma minivan alugada —, eu com o máximo de cuidado porque o salto da minha sandália era ainda mais alto do que o da bota, Saul disse para a mulher:

— Frannie, o que você acha que vai acontecer com a gente? Olhe para este lugar, pelo amor de Deus. Parece tirado de um filme do canal Hallmark.

Ele estava certo. Talvez eu não tivesse notado tanto no caminho do aeroporto porque o sol estava ofuscante de tão forte.

Agora, porém, depois do pôr do sol, consegui ver que o centro de Little Bridge parecia mesmo um lugar tirado diretamente de uma comédia romântica de Natal, com casas e lojas peculiares em tons pastel, a maioria vendendo doces e sorvete. Postes de luz antigos não eram as únicas coisas cintilando com luzes natalinas: havia cordões de luz enrolados nas palmeiras que ladeavam a rua e, de vez em quando, passávamos por algum comércio com um golfinho ou uma sereia com gorro de Natal na vitrine, todos feitos de LED brilhante.

— Eu não sei bem. — Frannie enfiou a mão na bolsa em busca do batom. — Onde *está* todo mundo? Quase não vi alma viva por aqui.

— Se você olhar lá para fora por meio minuto, talvez se surpreenda.

Com expressão de impaciência, Frannie levantou a cabeça, olhou pela janela e ficou boquiaberta. Turistas, ainda aproveitando as férias escolares ou do trabalho, lotavam as calçadas. Enquanto passeavam, paravam para ouvir músicos tocando em restaurantes ou bares a céu aberto, ou apenas para apreciar a vista do mar e a brisa cálida e agradável.

— Uau. — Bernadette, ao meu lado no ônibus, também estava olhando pela janela, observando as mesmas famílias felizes enquanto devoravam o que pareciam ser fatias de torta de limão congelada, mergulhadas em chocolate em um palito. — Estou começando a me sentir um pouco culpada por ter deixado a Jen e as crianças em casa.

— Fala sério. Você é a pior mãe do mundo — provoquei.

— Acho que vou ter que voltar um dia aqui com elas.

— Ou só com a Jen — sugeri, quando passamos por um casal de mãos dadas segurando cocos de verdade com canudinhos encaixados em um buraquinho na parte de cima. — Deixe as crianças com a sua mãe.

— É, parece uma ideia melhor, na verdade.

— Eu venho muito para cá — informou Garrett, entrando na conversa. — Faço mergulho, sabe? E aqui é ótimo para pescar também. Você já deve ter visto na programação de amanhã que o Will Price vai levar todos nós para um piquenique no *cat* dele depois das mesas.

Fiquei olhando para ele.

— No *quê*?

— No catamarã dele. — Garrett me olhou com pena. — É um tipo de barco.

Tentei esconder minha decepção por *cat* não ter nada a ver com um gato, embora obviamente eu ficaria sem saber como faríamos um piquenique em um gato. Mesmo assim, nunca se sabe. A Flórida é um lugar estranho.

— Ah.

— Pelo que ouvi, o do Will é uma belezura de sessenta pés e novinho em folha. Deve ter custado uns dois milhões. Mas não se preocupem. — Garrett parecia ter confundido o nosso silêncio estupefato (Dois milhões de dólares? Por um barco?) com medo de mar e continuou: — Não vamos nos afastar muito da costa. Na verdade, é provável que a gente fique bem perto dos manguezais, então, se vocês preferirem mergulhar com *snorkel* ou algo assim, tudo bem. Posso até ajudar se quiserem aprender a mergulhar com cilindro. Sou mergulhador certificado para o mar aberto.

— Nossa — disse eu. — Que gentil. Mas acho que vou ficar no hotel e tentar escrever um pouco. — Ou terminar de ler o horrível livro do Will.

— Eu vou! — Saul era tão ingênuo que não tinha percebido que o convite não se estendia a ele. — Eu adoraria mergulhar.

Para ser justa, Garrett pareceu surpreso, mas não retirou o convite só porque Saul era do sexo masculino.

— Vai ser ótimo — disse ele. — Vou adorar ensinar a você, Saul. E a você também, Sra. Coleman.

Mas Frannie não queria saber de nada daquilo.

— Saul, você *não* vai pular de barco nenhum amanhã para mergulhar com cilindro! Você vê os noticiários? Você não vê toda aquela gente que cai no mar e é pega por correnteza, se afoga ou é devorada por tubarões todo ano na Flórida?

— Na verdade, ainda não perdemos um único cidadão para tubarões — declarou o delegado Hartwell, com a voz calma, no banco do motorista. Ele tinha parado o ônibus. — Por aqui, temos cação-lixa, mas eles nunca atacam, a não ser que sejam provocados. Eles têm mais medo de você do que você deveria ter deles. De qualquer forma, chegamos. Na casa de Will Price.

CAPÍTULO 7

FESTIVAL LITERÁRIO DA ILHA DE LITTLE BRIDGE, ITINERÁRIO PARA: JO WRIGHT

Sexta-feira, 3 de janeiro, das 18h às 21h

Coquetel e jantar de confraternização e boas-vindas

Os organizadores do Festival Literário da Ilha de Little Bridge lhe dão as boas-vindas à casa de um de nossos benfeitores de maior prestígio.

Como é que é?

— Peraí — pedi. — *Onde* é que nós estamos?

— Na casa de Will Price. — Garrett pegou a sacola e começou a se levantar, ansioso como o aluno que quer impressionar o professor no primeiro dia de aula. — Você não sabia que o jantar de hoje à noite ia ser aqui?

— Não. — Tentei controlar o pânico que crescia dentro de mim. — Achei que estávamos indo para a casa de um dos doadores do evento.

— Exato. Você não sabia que o maior doador do Festival Literário da Ilha de Little Bridge é Will Price?

— Mas... mas... — Eu estava confusa. — Eu li que Will mora em uma ilha.

Garrett sorriu de forma condescendente.

— Esta *é* uma ilha, Jo.

— Não na Ilha de *Little Bridge*. Uma ilha diferente. — Só o que eu conseguia ver pelas janelas do ônibus era um muro alto de estuque, que presumi que cercava uma casa, mas eu tinha certeza de que o ônibus não tinha entrado em uma balsa. — Esta parece ser a mesma ilha na qual estávamos.

— Nós atravessamos uma ponte — informou Garrett, com a paciência de quem estava falando com uma criança muito pequena. — A ilha de Will só é acessível por barco ou por uma ponte particular. Você não notou que a gente estava passando por uma longa ponte com segurança privada?

— Hum. — Lancei um olhar de pânico para Bernadette, que estava observando, de olhos arregalados, pela janela, exatamente como eu. Ficou óbvio que ela também não fazia ideia do que estava acontecendo. — Não.

— Saul! — chamou Frannie, ao perceber que o marido estava cochilando. — Saul. Acorde! Chegamos!

— Oi? O quê? Ah. — Saul acordou. — Bem, o que você esperava? Você me fez acordar às *cinco* da manhã para ir para o aeroporto...

— Claro. Tudo é culpa minha. — Frannie revirou os olhos para nós. — A culpa é sempre minha. Vamos lá, garotão, é hora do show.

Saul se levantou e seguiu a mulher para descer do ônibus.

— Eu não estava dormindo — assegurou ele para mim e Bernadette quando passou pela nossa fileira. — Só estava descansando os olhos.

— Merda — disse Bernadette quando ficamos sozinhas no ônibus. — Desculpa, Jo. Eu não fazia ideia. O que você quer fazer?

— O que *podemos* fazer? — Um olhar para o assento do motorista revelou que o delegado já tinha desembarcado junto com os outros e desaparecido com eles pelo portão de madeira do muro de estuque. — Tenho quase certeza de que o delegado não vai nos levar de volta para o hotel.

Bernadette, sempre uma boa amiga, se inclinou e colocou a mão no meu braço descoberto.

— Quer voltar a pé? — perguntou ela. — Acho que não é tão longe. Ou podemos chamar um Uber ou um táxi... Se permitirem que passem pela ponte particular.

— Não seja boba. — Abri um sorriso encantador, mas totalmente falso. — Já estamos aqui. Então é melhor a gente entrar e fazer Will Price se arrepender de todas as escolhas de vida dele, né?

— Acho que sim. — Bernadette mordeu o lábio inferior, incerta. — Se você acha mesmo que...

— Vai ficar tudo bem.

Eu não tinha confiança nenhuma de que ficaria tudo bem, mas que escolha eu tinha?

Além disso, Kitty Katz nunca permitiria que uma coisa dessas a abalasse. Ela ajeitaria os bigodes e seguiria em frente, com a cauda erguida.

Então eu segui Bernadette pelo enorme portão de estilo espanhol e entrei...

No Jurassic Park.

Foi o que me pareceu à primeira vista, pelo menos. Tochas *tiki* flamejantes iluminavam o caminho de pedra por entre plantas e árvores tropicais exuberantes e altas.

Só que, em vez de alarmes disparando para nos alertar do nosso destino iminente nas mandíbulas de um tiranossauro rex, eu ouvia o que parecia uma pequena banda — incluindo uma vocalista — tocando um repertório conhecido de jazz.

E, em vez de *velociraptors*, havia moças bem novas ao longo do caminho, a cada poucos metros, usando uniforme de líder de torcida nas cores vermelha e branca com a letra *S* estampada no peito, segurando bandejas de canapés.

— Oi — disse a primeira líder de torcida pela qual passei. — Bem-vinda à Ilha de Little Bridge. Gostaria de provar uma torrada com patê de peixe?

— Hum, não — respondi. Meus santos bigodes, mas o que é isso? Então acrescentei: — Obrigada — só para não parecer grossa.

— Sem problemas — disse a garota atrevida de cabelo castanho, ainda sorrindo. — Só para você saber, o patê de peixe é feito apenas com ingredientes orgânicos, produzidos localmente, e a torrada é sem glúten.

— Ah, que ótimo — comentei.

O quê. Estava. Acontecendo?

Mais adiante, no caminho de pedra que serpenteava pelo que parecia ser um agrupamento de plantas selvagens do Pleistoceno — tudo tão grande, escuro e primitivo —, tive o primeiro vislumbre de uma casa espaçosa e moderna, de um andar só, em um estilo de rancho da metade do século XX.

Era toda feita de vidro, aço e pedra — Will Price obviamente não tinha adotado a estética vitoriana que parecia dominar o resto da Ilha de Little Bridge —, cada aposento tinha iluminação aconchegante e dava para ver as pessoas dentro e fora da casa.

Ficou evidente que não estávamos prestes a cair na boca de um vulcão nem sermos soterrados por um deslizamento de terra (ambos os destinos enfrentados pelos mocinhos no final dos livros de Will Price).

Mesmo assim, eu não ia comer nem beber nada que me fosse oferecido. E se estivéssemos prestes a ser drogados e oferecidos como sacrifício humano?

Perto do fim da trilha, vi o delegado que havia nos trazido em uma conversa profunda com uma das líderes de torcida; e ela carregava, aparentemente, uma bandeja de espetinhos de camarão. Tanto a moça quanto o delegado estavam rindo, talvez a visão mais perturbadora que eu já tinha visto em Little Bridge até aquele momento: aquela foi a primeira vez, durante toda a noite, que eu tinha visto o delegado sorrir.

Puxei Bernadette pelo cotovelo.

— O que está acontecendo aqui? — cochichei. — Por que o delegado parece tão feliz? E que lance é esse com as líderes de torcida?

Ao contrário de mim, Bernadette havia aceitado todos os canapés oferecidos. Então, com a boca cheia de uma bolinha de muçarela e tomate, ela respondeu:

— Hum, sei lá. Acho que talvez tenham se oferecido para trabalhar para arrecadar fundos para a escola delas. Vi uma placa ao lado de um jarro de gorjeta em uma mesa lá trás. Você trouxe algum dinheiro? Deixei tudo no hotel. Acho que deveríamos dar cinco dólares.

Fiz que não com a cabeça.

— Não. E o que você está fazendo, comendo tudo isso?

— Como assim?

— Você não ouviu nada do que a Frannie disse?

Bernadette engoliu e começou a rir.

— Ah, fala sério. Você conhece a Frannie. Ela se preocupa demais. Mas essas coisas estão deliciosas. Você deveria provar. E a menina disse que é tudo orgânico.

— É no que querem que a gente acredite! A verdade é que a gente acabou de descer do ônibus e nos deparamos com algum tipo de culto sexual estranho liderado por Will Price em sua ilha particular.

— Hum — disse Bernadette, lambendo os dedos. — Acho que não é nada disso. Tenho certeza de que aquela ali é a filha do delegado.

— Hã? Por que você acha isso?

— Porque acabei de ouvir a garota o chamando de "papai".

— Ai, meus gatinhos do céu! — Revirei os olhos diante da ingenuidade dela. — Não é de estranhar que Will Price more aqui. Este lugar é o inferno, e ele é o diabo em pessoa. Venha, vamos embora. — Peguei-a pelo braço, tentando puxá-la para o portão.

— Espera um pouco. — Bernadette parou. — Tudo bem que Will Price é um babaca metido à besta. Mas, já que viemos até aqui, vamos pelo menos tomar uns drinques antes de irmos embora. E ele está pagando por tudo. Essa é a melhor forma de se vingar do patriarcado: fazer os homens gastarem dinheiro com a gente.

Antes que eu pudesse impedi-la, ela foi até uma das líderes de torcida, uma menina negra linda com uma bandeja de taças de champanhe, e disse:

— Oi, sou a Bernadette Zhang. Qual é o seu nome.

— Ai, meu Deus! — A menina arregalou os olhos. — Bernadette Zhang! Você é autora da série *Coroa de estrelas e ossos*!

— Isso mesmo. — Bernadette pegou uma das taças de champanhe. — Obrigada por ler.

— Que máximo conhecer você! Eu amo seus livros! Sou a Sharmaine.

— Oi, Sharmaine. Obrigada pelo champanhe. Por que vocês estão vestidas de líder de torcida?

— Ah, não somos líderes de torcida. Somos as Parguitas, o grupo de dança da escola. E isso não é...

Bernadette já estava fazendo uma careta quando tomou um gole da bebida.

— Eca!

— Desculpa, eu já ia avisar você. — Sharmaine parecia constrangida. — Isso não é champanhe, é espumante de maçã sem álcool.

— *Argh*. — Bernadette devolveu a taça à bandeja. — Isso é o que minhas filhas bebem. Elas adoram esse treco, mas eu detesto. É doce demais.

— É, peço desculpas por isso — disse Sharmaine. — Não podemos servir bebidas alcoólicas aqui porque somos menores de idade. O bar fica logo ali, mas, se você...

— Muito obrigada. — Eu me apressei para pegar o braço de Bernadette de novo. — Foi um prazer conhecer você.

— Espera. — Sharmaine ficou olhando para mim... bem, para a credencial balançando no meu pescoço, a laminação plástica cintilando sob as luzes das tochas *tiki*. — Você é *a* Jo Wright, a autora de *Kitty Katz, a babá de gatinhos*?

Claro que eu não poderia mais voltar correndo para o ônibus depois disso.

— Sou eu, sim — respondi. — Prazer, Sharmaine.

— Ai, meu Deus! — Sharmaine se abaixou para colocar a bandeja de espumante de maçã sem álcool no chão. — Desculpa, mas será que vocês se importam? Eu simplesmente *preciso* tirar uma selfie com vocês duas. Vocês não entendem, *Kitty Katz* era a minha série preferida *de todos os tempos* quando eu era criança. E a série *Coroa de estrelas e ossos* é, tipo, a minha vida agora.

— Sem problemas — disse Bernadette, abraçando a menina pela cintura enquanto Sharmaine tirava um celular do elástico do short, o erguia e se inclinava para uma selfie rápida e tirada com perícia, sorrindo como uma estrela do Instagram, o que sem dúvida ela era.

— Sério — disse ela um segundo depois. Minhas amigas vão *morrer.* Vocês nem *fazem ideia.* — Então, enquanto guardava o celular e se abaixava para pegar a bandeja, ela cochichou: — Só queria pedir para não comentarem que tirei uma foto com vocês duas, pode ser? Porque eles foram bem firmes com a gente dizendo que não deveríamos fazer isso. O Sr. Price doou, tipo, vinte e cinco mil dólares para o grupo de dança em troca da nossa ajuda com o festival neste fim de semana, e eu não queria mesmo decepcioná-lo.

Bernadette me cutucou com o cotovelo antes que eu tivesse a chance de dizer o que eu queria, que era: *Espera, Will Price?* Will Price *doou dinheiro para o grupo de dança? Tem certeza?*

Porque Will Price é o satanás em forma de gente e jamais faria uma coisa legal.

A não ser, é claro, que fosse uma forma de tirar vantagem de uma jovem tão legal quanto Sharmaine. *Nisso* eu poderia acreditar.

— Pode deixar — disse Bernadette para Sharmaine. — A gente entende. Vamos, Jo. Vamos encontrar o bar.

E Bernadette me arrastou pelo caminho que levava à casa e ao som da banda de jazz.

— M-mas — gaguejei. — Você ouviu o que ela disse?

— Ouvi, sim. — O caminho se abriu e saímos da parte que parecia uma selva, chegando a uma espécie de grande clareira que levava à casa, no meio da qual havia um grande grupo de pessoas bem-vestidas, na maioria idosas e brancas, rindo e conversando ao som da banda, formada por um baixista, um baterista e uma deslumbrante vocalista latino-americana de curvas exuberantes. — Deixa isso pra lá.

— Claro que não vou deixar pra lá. Você espera mesmo que eu acredite que *Will Price* apoia atletas femininas? Ou artistas? Ou seja lá como devemos chamar as integrantes do grupo de dança da escola? Não mesmo. Ele só quer ver adolescentes de short curto o servindo na festa que ele está dando em sua ilha particular.

— Você não acha que talvez esteja deixando sua antipatia por ele atrapalhar um pouco o seu julgamento? — Bernadette pegou uma tortinha de queijo da bandeja de uma Parguita que passava.

— Não. Eu vi quem foi buscá-lo no aeroporto. Uma menina menor de idade.

— Não estou dizendo que você esteja errada. Só estou dizendo que precisamos de mais informações antes de tomarmos a decisão final. E, quando digo mais informações, quero dizer ir para o bar e beber de graça, tá?

— Não. Nada disso. Você já...

— Eu já o quê?

Eu estava prestes a perguntar se ela já tinha lido O *instante*, mas percebi o que eu estaria admitindo: que eu tinha lido (ou começado a ler, na verdade).

E aquela era uma confissão humilhante demais para fazer em voz alta. Então, em vez disso, trinquei os dentes — algo que eu vinha fazendo com tanta frequência que meu dentista recomendou que eu usasse um mordedor noturno contra bruxismo — e fulminei com o olhar os felizes convidados à minha volta. Não reconheci a maioria, mas consegui localizar Saul e Frannie exatamente onde eu esperava encontrá-los — na fila do bar — e Garrett também em um lugar que não me surpreendeu — tirando uma "relíquia" comemorativa de trás da orelha de uma mulher mais velha e bem-vestida que só podia ser uma doadora do evento, e é claro que ela deu um gritinho de surpresa, parecendo encantada com o "truque".

Lá estava Molly, conversando com um homem mais velho vestido com um dólmã e uma calça preta — o responsável pelo bufê, já que eles estavam na cozinha perfeita de Will Price, toda cromada e em aço inoxidável, e que eu conseguia ver muito bem, já que a casa dele era quase toda feita de portas de vidro deslizantes e nenhuma das cortinas havia sido fechada. Foi assim que consegui ver que cada aposento era muito bem decorado com tons masculinos de bege, cinza-claro e escuro, sem nada fora do lugar, até mesmo nos quartos, onde cada cama — *king-size*, é claro — estava bem arrumada, com os travesseiros enfileirados, todos voltados para uma parede na qual pendia uma obra de arte moderna executada com maestria. Nada de televisões de tela plana na casa de Will (eu tinha uma em cada aposento, obviamente, e as mantinha ligadas o dia todo, a não ser que eu estivesse trabalhando, o que hoje em dia nunca acontecia).

Mas onde estava nosso anfitrião? Como eu poderia fazê-lo se arrepender de todas as escolhas que fizera na vida se eu nem conseguia encontrá-lo?

— Jo! Bernadette!

Viramos para ver quem estava nos chamando, e um homem negro esbelto se afastou do grupo perto do bar e se aproximou de nós. Era Jerome Jarvis, o poeta que havia recebido o prêmio nacional do ano, com um copo de cerveja na mão.

— Estava mesmo me perguntando quando vocês duas iam chegar — disse ele com um sorriso.

— Eu poderia dizer o mesmo de você. — Bernadette ficou na ponta dos pés e deu um beijinho no rosto dele. — Por que você não estava no ônibus dos autores?

— Vim caminhando do hotel. Foi uma viagem longa de Iowa para cá. Não tinha voo direto. Eu precisava esticar um pouco as pernas. Infelizmente, não fui o único que teve essa ideia...

Um grito agudo cortou o ar.

— Bê! Jo!

Uma loira atraente que eu reconhecia muito bem de eventos anteriores se afastou de outro grupo e veio em nossa direção. Era Kellyjean Murphy, autora de romances com bruxas e lobisomens (escritos sob o pseudônimo de Victoria Maynard) que estavam na moda.

— Ah, meu Deus — exclamou Kellyjean, cambaleando um pouco, não porque estivesse bêbada. Kellyjean, mãe de quatro e aromaterapeuta do Texas, não consumia bebidas alcoólicas nem outras "substâncias não naturais". Não, ela cambaleou porque não estava acostumada a usar as sandálias douradas de salto alto como aquelas. — Dá para acreditar neste lugar? Will Price deve estar ganhando uma fortuna! Tipo, eu sei que os filmes dele faturam muito, mas que tipo de adiantamento vocês acham que ele está recebendo? Vocês já viram a piscina? Aquela cascata? A praia? Toda aquela areia branquinha. Ouvi dizer que ele mandou trazer das Bahamas. Talvez seja uma boa ideia começar a matar alguns dos meus personagens, se isso rende tanta grana assim. Haha. Estou brincando, é claro.

Jerome lançou um olhar cansado para mim e para Bernadette.

— É — disse ele. — Kellyjean está aqui. Ela veio andando comigo. — A expressão de sofrimento no rosto de Jerome demonstrava o quão longo o passeio devia ter sido.

— Ai, meu Deus! — Kellyjean, quando começava, era como uma torneira quebrada, que ninguém conseguia fechar. Ela simplesmente jorrava e jorrava palavras. Seu acentuado sotaque texano tornava a enxurrada mais divertida, ou insuportável, dependendo da perspectiva. — Jerome e eu viemos andando até aqui! E, gente, foi um erro. Eu não achei que era tão longe, mas, minha nossa, no meio daquela ponte, meus dedos estavam me matando. — Ela massageou um dos pés cansados. — Mas a vista era *espetacular*. — Então, vocês vão aceitar o convite do Will para o passeio de barco amanhã? Eu com certeza vou. A água aqui é *incrível*, totalmente cristalina, talvez até dê para ver uma sereia lá embaixo, mas só se formos para bem longe da costa.

Kellyjean era uma mulher adulta que acreditava não apenas em bruxas e lobisomens, mas também em sereias. Fiquei sabendo disso por já ter participado de outros eventos com ela. Havia uma série na Netflix baseada nos livros dela, e diziam que era uma das mais bem avaliadas do serviço de streaming.

Kellyjean, porém, não era boba — ninguém com uma carreira tão bem-sucedida quanto a dela seria. Ela só era uma daquelas pessoas que acreditava em tudo que era místico.

— Ah, que pena — disse Jerome, depois de mais um golinho de cerveja. — Acho que vou participar de uma mesa amanhã à tarde.

— Não vai, não! — Kellyjean colocou o pé no chão e deu um tapa brincalhão no ombro dele. — Ninguém aqui tem mesa amanhã à tarde. Vão ser todas pela manhã.

— Ah. — Jerome parecia decepcionado por sua desculpa não ter funcionado. Aquela também não era a primeira experiência dele com Kellyjean.

Ela olhou com expectativa para mim e Bernadette.

— E vocês duas? Embora você talvez já esteja enjoada do Will até amanhã, Jo, já que vai se sentar ao lado dele a noite toda.

Olhei para ela sem saber se aquela era mais uma das fantasias de Kellyjean ou um fato. Com ela, era sempre difícil saber.

— Como assim?

— Você não viu a organização das mesas da festa? — Kellyjean estava fazendo uns alongamentos de ioga, embora estivéssemos em um evento público e ela usasse um vestido máxi. Mas era do tipo esvoaçante, para combinar com a identidade dela de autora de romances sobrenaturais. — Elas estão na praia, atrás da piscina com aquela cascata brilhante. Eu sempre vejo onde vou me sentar assim que chego a um jantar, para confirmar meu prato vegetariano com o responsável pelo bufê, e vi o seu nome quando estava procurando o meu. Você vai ficar na mesa Ernest Hemingway, no lugar de honra, bem ao lado de Will Price.

CAPÍTULO 8

Sentar-me ao lado de Will Price era tudo, menos uma honra para mim.

Mas Kellyjean não sabia disso.

Nem a pessoa que organizou a disposição das mesas do jantar de boas-vindas.

— Hum... — disse eu, lançando um olhar rápido para a piscina.

Ela era comprida e retangular; ocupava quase toda a extremidade oposta do pátio e lançava reflexos ondulantes turquesa nos ladrilhos brancos de cerâmica, assim como nas exuberantes copas das palmeiras verdejantes e frondosas acima. Um muro de uns dois metros ficava atrás dela, coberto de buganvílias e azulejos brilhantes com padrões iridescentes em tons de verde. Um fluxo constante de água descia do topo dessa parede e caía na piscina.

Era atrás daquele muro que Kellyjean tinha indicado que as mesas do jantar estavam postas.

— Vocês podem me dar licença por um minuto? — perguntei. — Vou só procurar um banheiro.

Bernadette me fulminou com o olhar. Ela sabia exatamente para onde eu estava indo e sabia que não era o banheiro.

— Ah, sim — disse Kellyjean. — Fica bem ali. — Ela apontou em direção à casa de Will. — Espera só para ver. Will tem o melhor sabonete. É da Provença, na França, e é feito de ingredientes orgânicos: lavanda pura, que, como você bem sabe, alivia a tristeza e também ajuda a espantar os mosquitos.

— Que ótimo — respondi, afastando-me dos três. Eu tinha uma missão.

Essa missão, porém, seria mais difícil de cumprir do que eu havia previsto, porque eu tinha um crachá pendurado no pescoço.

A cada dois passos de progresso que eu fazia em direção à área do jantar — onde minha intenção era trocar o cartão do meu nome com o de outra pessoa —, eu me atrasava em um passo ao ser cumprimentada por uma leitora entusiasmada — só que nem sempre pelos meus livros.

— Jo Wright! — A senhora que eu vira conversando com Garrett agarrou meu cotovelo. Ela segurava um minipoodle fofo e estava vestida no estilo mais elegante da Flórida: um cafetã com muito brilho, uma pantalona branca esvoaçante e sandálias com pedrarias. — Ouvi tantas coisas magníficas a seu respeito. Que maravilha você ter conseguido vir!

— Obrigada — agradeci educadamente, apertando a mão que ela estendeu para mim. O crachá dela informava que era Dorothy Tifton e que era uma Benfeitora Ouro, o que provavelmente significava que ela estava ali por causa disso. Será que ela era a responsável pelo meu cachê de dez mil dólares? — Foi muita gentileza de sua parte me convidar.

— Ah, isso foi tudo obra do Will — disse a mulher fazendo um gesto modesto com a mão. — Para ser sincera, eu nunca tinha ouvido falar de você até ele mencionar o seu nome e dizer que tínhamos de convidá-la. Eu só leio livros de mistério... e romances, é claro. Seus livros têm mistério e romance?

Will? *Will* que tinha me convidado?

Eu estava em algum tipo de pegadinha? Talvez eles estivessem começando uma nova versão daquele programa, só que agora para autores. Mas quem assistiria uma coisa daquelas?

— Hum... — comecei. — Meus livros têm romance e mistério, mas são voltados para o público infantojuvenil. — O que tornava ainda mais estranho o fato de Will ter sido o responsável por me convidar. Ele deixara bem claro que livros infantojuvenis não eram dignos da atenção dele e que nem os considerava literatura. — E são sobre gatos que falam.

— Ah, então eu *com certeza* não vou lê-los. — A Sra. Tifton deu uma risada alegre. — Como pode ver, prefiro cachorros! Dê um oi para a Daisy.

— Oi, Daisy — obedeci, distraída, olhando para a cachorrinha no colo dela.

— Ah, veja! — A Sra. Tifton começou a balançar a cachorrinha para cima e para baixo, que arfou e começou a abanar o rabo. — Ela gostou de você.

— Ah, que bom. Eu também gosto de você, Daisy. — Eu tinha desembarcado do avião e entrado em uma realidade alternativa? Agora eu estava conversando com uma cachorrinha.

— Bem, tenha uma ótima noite — disse a Sra. Tifton. — Daisy e eu estamos ansiosas para ver você nos eventos de amanhã.

— Muito obrigada — agradeci e, quando a Sra. Tifton acenou com a patinha da cachorra ao passar por mim, retribuí o aceno.

Claro. Aquilo era completamente normal. Uma conversa completamente normal na Ilha de Little Bridge, um lugar completamente normal.

Não. Não, esse lugar era uma *loucura*. Eu precisava de uma bebida. Agora mesmo.

Só que ainda tinha um monte de gente no bar, e o Garrett estava lá, tirando mais moedas comemorativas do que nunca das orelhas das pessoas.

Não. Abortar, abortar e voltar para a missão original. Pelo menos confirmei que o que Sharmaine tinha dito era verdade: não havia líderes de torcida — perdão, integrantes do grupo de dança da escola — servindo ou se servindo de bebidas alcoólicas.

Então eu me preparei e contornei a piscina, seguindo para o local onde Kellyjean dissera que o jantar seria servido.

Era um mundo diferente. Depois do barulho e do calor da festa — as conversas e a música — era como sair de uma boate lotada e quente e entrar no refúgio de uma praia paradisíaca que parecia ter saído de Bali.

Pequenas ondas quebravam com suavidade na areia branca da praia. Luminárias redondas pendiam em cordas presas às palmeiras altas e frondosas, sob as quais havia seis grandes mesas redondas arrumadas, cada qual coberta por uma longa toalha branca e cercada por dez ou doze cadeiras. Taças de vinho e talheres marcavam cada lugar e cintilavam sob a lua crescente que podia ser vista por entre as folhas das palmeiras.

Eu era obrigada a admitir que o efeito era lindo. No centro de cada mesa havia um lampião de aparência antiga, com uma única chama bruxuleante, e, ao lado, uma pilha de livros encadernados em couro. Os convidados deveriam verificar em qual mesa ficariam em uma placa na entrada da área do jantar, na qual havia um mapa de assentos pendurado em uma pequena palmeira. Cada mesa tinha recebido o nome do autor cujos livros a adornavam — a maioria era de autores já falecidos com algum tipo de ligação com a Flórida, como Tennessee Williams, Wallace Stevens e Zora Neale Hurston.

Graças a Kellyjean, eu já sabia que eu ia me sentar à mesa Ernest Hemingway. Não demorei muito para encontrá-la — nem para descobrir que Kellyjean tinha dito a verdade. Alguém havia me colocado bem ao lado de Will Price. Que ótimo.

Eu já tinha consultado o mapa e visto que Bernadette estava na mesa Elizabeth Bishop. Peguei o cartão com o nome de alguém ao lado de Bernadette (Drew Hartwell. Não fazia ideia de quem ela fosse. Talvez alguma parente do delegado? Todo mundo naquela ilha tinha algum grau de parentesco entre si?) e estava seguindo para a mesa Ernest Hemingway com a intenção de trocar o cartão pelo meu quando uma voz me fez parar.

— Oi?

Eu me virei e me deparei com uma das integrantes do grupo de dança da escola, carregando, com cuidado, uma bandeja de saladas.

— Hum — respondi. — Oi.

Foi então que percebi, horrorizada, que aquela não era uma dançarina qualquer, mas sim Chloe, a loirinha do aeroporto que tinha se jogado em Will Price.

Chloe? *Chloe* estava *no ensino médio*? Will Price estava namorando uma *aluna do ensino médio*?

Então eu estava certa a respeito dele. Espere só até eu contar para Bernadette... e depois para todo mundo. Minha vingança estaria completa!

— O que você está *fazendo*? — perguntou ela com um sotaque inglês bem marcado. A pergunta não foi feita com hostilidade. Ela parecia mais curiosa do que qualquer coisa.

— Hum... — falei, sentindo os cartões na minha mão começarem a ficar úmidos de suor. Não. Não, não, não, não. — Eu estou...

Felizmente, naquele momento outra Parguita apareceu do nada, também carregando uma bandeja de salada. Aquela era a menina de cabelo castanho que reconheci de antes, a que Bernadette dissera ter ouvido chamar o delegado de "papai". Ela também parou e arregalou os olhos quando me viu.

— Ai... meu... Deus.

Chloe lançou um olhar inquisidor para ela.

— Que foi?

— Chloe... — A garota ofegou. — É *ela*.

Em um movimento, Chloe se virou para me olhar.

— Não. Mesmo.

— Não, sério. É ela, sim. — A garota de cabelo castanho apoiou a bandeja de salada no quadril. — Você é Jo Wright, autora da série *Kitty Katz*, não é?

Nunca na minha vida fiquei mais feliz por ser quem eu era. Porque eu tinha certeza de que, dessa vez, isso me tiraria de uma situação constrangedora.

— Sou — respondi. Sou eu mesma. E vocês são...?

— Sou Katie Hartwell — disse ela. Ela não conseguiu estender a mão para me cumprimentar graças à bandeja de salada, mas parecia querer fazer isso. — E essa é minha amiga Chloe Price, e... Nós. Somos. Suas. Maiores. Fãs. Sério mesmo. Menos talvez a nossa amiga Sharmaine...

— É verdade. — Chloe parecia na dúvida se gritava ou chorava. Ela mal conseguia segurar a bandeja. — *Kitty Katz* é a minha série favorita de todos os tempos. Eu li todas as aventuras dela umas cem vezes, *pelo menos*.

Não pude deixar de notar que nenhuma das duas usou o tempo passado. Também não pude deixar de notar uma outra coisa.

— Chloe *Price*? — perguntei. — Você é parente do Will Price?

— Ah, sim. — Chloe parecia feliz. — Ele é meu irmão. Também é escritor. Você conhece o Will?

Então a loirinha, que eu tinha certeza de que era a namorada de Will Price, era na verdade sua irmã caçula?

Nenhuma das informações biográficas de Will dizia que ele tinha irmãos. Não que eu tivesse lido todas. Tudo bem, eu tinha lido todas, procurando alguma dica sobre o que havia acontecido com ele no passado para torná-lo uma pessoa tão amarga e cheia de si. Não encontrei nada. Ele teve todos os privilégios do mundo: cresceu em alguma área rural da Inglaterra que me pareceu incrivelmente idílica (como só estive na Inglaterra algumas vezes em turnê, indo apenas às principais cidades, eu não fazia ideia, mas as fotos pareciam idílicas); frequentou ótimas universidades (na Inglaterra, obviamente); publicou o primeiro livro (após um leilão de sete dígitos), que depois se tornou um best-seller internacional.

Eu não fazia ideia do porquê de ele sempre escrever livros superangustiantes, que, em geral, se passavam nos Estados Unidos, e não no país dele. Mas, sério, o cara era basicamente um #abençoado.

— Eu conheço um pouco o Will — menti. — Mas não sabia que ele tinha uma irmã.

— Ah, ninguém sabe da Chloe. Will é muito protetor — assegurou Katie. — Ele é muito rico e tem medo de que ela seja sequestrada. Embora ninguém aqui fosse fazer uma coisa dessas.

— *Katie*. — Chloe parecia estar sem graça.

— Ué, mas é verdade. — Ficou evidente que Katie era uma daquelas pessoas que achava que, se alguma coisa fosse verdade, não tinha problema nenhum em dizê-la. — Meu pai é o delegado, e ele não permitiria isso. Mas você já viu o patrimônio do Will?

— Hum... não — respondi, mas claro que eu já tinha visto. Muitas vezes. O patrimônio dele era o mesmo que o meu, só que eu tinha escrito quatro vezes mais livros do que ele (embora os meus fossem bem mais curtos, já que eram para pré-adolescentes) e eu tinha guardado todo o meu dinheiro de forma segura em planos de benefícios definidos, nos quais eu não poderia tocar até ter idade mais avançada do que meu pai tinha no momento. Eu não saí por aí desperdiçando o dinheiro que ganhei de direitos autorais em coisas bobas e fúteis como *mansões* em *ilhas particulares* e *barcos*.

— Então — continuou Katie. — Você sabe que ele é cheio da grana. Ele está praticamente pagando pelo festival literário inteiro. Bem, ele e a Sra. Tifton.

— Katie! — Chloe parecia horrorizada.

— É verdade.

— Sim, mas é falta de educação ficar falando sobre essas coisas.

— Mas...

— Está tudo bem — interrompi, não só porque eu não queria que as meninas entrassem em uma discussão, mas porque eu não conseguia acreditar no que estava ouvindo. Will Price estava pagando pelo festival literário?

Claro que eu sabia que ele tinha emprestado a casa e, aparentemente, o barco para o passeio dos autores que aconteceria no dia seguinte, e também feito uma generosa doação para o grupo de dança da escola.

Mas doar dinheiro para promover livros — livros *infantojuvenis,* os quais ele havia declarado de forma bem pública que nem eram literatura "de verdade".

Por quê? O que Will estava tramando?

— Desculpa. — Katie estava olhando para mim com uma expressão de arrependimento. — Chloe está certa. Eu não deveria ter dito nada.

— Não mesmo. — Chloe parecia furiosa com a amiga. — Você não deveria ter dito nada mesmo, Katie. Meu irmão é muito discreto. Não só comigo, mas também com... bem, *tudo.*

Ah, que interessante. Sobre o que Will tinha que ser tão discreto? Nunca li uma palavra sobre ele ter esposa ou filhos — todos os artigos se referiam a ele como "ocupado e dedicado demais à carreira" para compartilhar a vida "com uma parceira", como ele dizia.

Mas eu conseguia entender aquilo. Eu tinha tentado morar com um "parceiro" também, e não tinha dado muito certo. Meu "parceiro" vivia me chamando para sair e fazer coisas com ele (às minhas custas) quando só o que eu queria era ficar em casa e escrever aventuras divertidas de uma babá de gatinhos.

E Justin depois tivera a audácia de *me* acusar de ser a esquisita no nosso relacionamento!

Balancei a cabeça.

— Não, não se preocupe com isso — falei. — Está tudo bem. Foi muito... legal da parte do seu irmão, Chloe, ter me incluído.

As palavras quase ficaram presas na minha garganta. Mas ela parecia uma menina doce de verdade, então fui obrigada a dizer alguma coisa agradável sobre o irmão dela, por mais que me doesse.

— Você está falando sério? — Chloe me lançou um olhar incrédulo. — *Claro* que ele incluiu você. Você é a minha autora favorita! Você nem imagina... Os seus livros me ajudaram a passar por um dos piores momentos da minha *vida*.

Uau.

De repente, percebi que eu não poderia fazer o que estava pensando em fazer um momento antes, que era colocar o cartão com o nome de Drew onde eu o tinha encontrado, sair discretamente da ilha e chamar um Uber de volta para o hotel.

E não só porque eu tinha certeza de que àquela altura a tinta do nome escrito à mão no cartão já tinha passado para a minha mão suada, mas porque, quando alguém diz uma coisa daquelas, você tem que ficar.

Além disso, já era tarde demais. As pessoas que estavam participando do coquetel inicial — que parecia ter acabado — estavam começando a entrar e a procurar seus lugares para o jantar.

E, na frente de todos — mais alto do que todo mundo, parecendo calmo e relaxado apesar do calor —, estava ninguém menos do que o homem do momento, Will Price.

CAPÍTULO 9

Estava tudo bem. Tudo ia ficar ótimo.

Eu só precisava agir normalmente, como se não soubesse que meu inimigo mortal, Will Price, tinha financiado a minha vinda e a dos meus amigos.

Peraí. Ele também estava pagando nosso cachê?

Em nome de todos os gatinhos do céu e da terra, o que estava acontecendo?

Não importava. Melhor deixar para lá. Eu ia conseguir fazer isso. Com toda certeza, eu ia.

Ainda bem que tinha vinho. A equipe do bufê — usando camisa branca e calça preta — circulava por entre as mesas com garrafas, perguntando aos convidados que estavam se sentando nos seus devidos lugares se preferiam tinto ou branco.

Perfeito. O vinho ia ajudar. Vodca pura seria melhor, mas vinho dava para o gasto.

Soltei o cartão de indicação de lugar, todo amassado, que eu estava segurando, e ele caiu na areia — não era nada além de um cartão manchado de tinta, mas de material biodegradável. Peguei uma taça na mesa pela qual eu estava passando a caminho da que me fora designada e a estendi para a garçonete mais próxima.

— Tinto ou branco? — perguntou ela com um sorriso radiante. — Hoje temos um saboroso Pinot Noir e um Sauvignon Blanc.

— Tanto faz — respondi. — Os dois. Não me importo.

A garçonete sorriu e serviu uma generosa dose de vinho tinto na minha taça, metade da qual consegui beber em um só gole bem na hora que Molly se aproximava sorridente.

As coisas teriam dado certo — eu teria conseguido conversar com uma bibliotecária da seção de livros infantis naquela hora — se eu não tivesse visto Will Price andando bem atrás dela, parecendo casualmente majestoso sob o brilho da iluminação e do luar.

Tudo bem, eu disse para mim mesma. Chegou a hora. A hora do show. Eu ia descobrir exatamente o que estava acontecendo ali, e depois ia falar tudo que estava entalado na minha garganta. Ele não ia se sentir mais tão majestoso quando eu acabasse com ele. É isso mesmo, colega, já saquei qual é a sua. É melhor você ter um pedido de desculpas e algumas explicações prontas sobre o que está acontecendo ou é *você* quem vai ser expulso e colocado de volta no ônibus dos autores.

— Ah, Srta. Wright, aí está você — disse Molly com animação. — Eu a procurei por todo lado. Já conhece Will Price? Além de escritor, ele faz parte do conselho do nosso festival literário.

Peraí. Will Price era um doador *e* membro do conselho do evento?

E Molly realmente não conseguia lembrar que eu já tinha dito que o conhecia? Ela não estava ciente do escândalo de plágio que, para meu desgosto eterno, havia ligado o meu nome ao de Will para sempre? Ela não sabia que todos nós tínhamos recebido um exemplar de O *instante* em nossas sacolas de brindes, e que alguns de nós estavam lendo cada palavra?

Só que Molly era uma bibliotecária que morava em uma pequena ilha nas Keys, no sul da Flórida, que parecia estar a milhões de quilômetros do resto do mundo. E, a julgar pelo sorriso do delegado e como ela parecia estar prestes a dar à luz, ficou claro para mim que ela andava bem ocupada com outras coisas.

— Nós já nos conhecemos, sim — respondi, estendendo corajosamente a mão direita manchada de tinta para Will enquanto estampava no meu rosto o sorriso que Rosie apelidou de "Jo Fingida". Tenho que fazer com que ele se arrependa de todas as escolhas que fez na vida, lembra? — Como vai, Will?

— Muito bem, obrigado.

Ele apertou minha mão. A pele dele era quente, mas seca, diferente da minha, já que eu estava suando a rodo. Maldita umidade da Flórida.

Ele tinha trocado a roupa do aeroporto que eu vira naquela manhã. Não havia conseguido fazer nada com o cabelo — os cachos rebeldes e escuros ainda caíam ao redor do rosto bonito e anguloso —, mas pelo menos tinha feito um esforço para se livrar da barba por fazer. Tinha trocado a calça jeans e as botas Timberland por uma camisa de algodão branca, com as mangas dobradas até o cotovelo, para revelar antebraços musculosos e bronzeados, e uma calça de linho azul-clara. Parecia sereno, calmo e controlado.

Não era justo. Ele tinha a vantagem de estar no próprio território e sabia disso.

Mas eu não ia deixá-lo vencer, assim como Kitty Katz jamais permitiu que Raul Wolf, seu inimigo mortal, vencesse quando se enfrentavam nos debates da escola e nas competições de soletração.

— Fico muito feliz que tenha vindo — disse Will com aquela voz grave que seus fãs tanto amavam.

— Obrigada por me convidar. Sua casa é linda. — Como eu queria atirar pedras naquelas janelas de vidro. — Acabei de conhecer sua irmã, Chloe, agora há pouco.

As sobrancelhas escuras de Will se levantaram, mostrando surpresa. Mas antes que ele tivesse chance de responder qualquer coisa, Molly exclamou:

— Ah, Chloe! Ela não é um doce? Ela e minha enteada, Katie, se tornaram inseparáveis desde que Will e Chloe se mudaram para cá. Somos tão sortudos por termos os dois na ilha. Will se tornou um grande benfeitor da comunidade literária, e a Chloe... Bem, a Chloe é a Chloe!

Não consegui evitar: abri um sorriso debochado. *Will Price, um benfeitor da comunidade literária? Está mais para um malfeitor.*

Eu sei. Muito madura. Mas não consigo evitar. Escrevo para crianças.

Infelizmente, Will pareceu notar meu sorrisinho, já que vi seus olhos escuros se estreitarem para mim.

— Mas é claro — falei, apagando o sorriso do rosto. Eu não devia ter tocado no vinho. — Imagino.

— Agora, se me derem licença — disse Molly —, preciso ajudar todo mundo a encontrar seus devidos lugares. A Srta. Wright está na mesa Hemingway, bem...

— Ah, sim. Eu sei. E já disse que pode me chamar de Jo, por favor.

— Sim! Jo! — Molly deu uma piscadinha e seguiu até Kellyjean, que estava atrapalhando o fluxo de convidados, não porque não sabia onde devia se sentar, mas porque suas sandálias finalmente a tinham vencido, e ela havia se sentado no meio da praia para tirá-las.

Isso nos deixou, Will Price e eu, a sós pela primeira vez desde que nos encontramos naquele camarim no Congresso de Romancistas um ano e meio atrás.

Bem, tão a sós quanto duas pessoas poderiam ficar em um jantar com mais de cinquenta pessoas circulando ao redor delas.

Assim como não estávamos a sós de verdade naquele camarim. As pessoas entravam e saíam.

Mas eu, pelo menos, achava que tínhamos nos dado bem. Além de nos comiserar por causa do café horrível, conversamos sobre como era difícil acordar tão cedo para dar uma palestra para tanta gente. (O Congresso de Romancistas era um dos maiores eventos anuais para fãs do setor editorial, e não havia honra maior do que dar a palestra de abertura no primeiro dia do evento, no horário do café da manhã, mas não era nada glamoroso. Aquilo exigia que estivéssemos no camarim às seis da manhã, enquanto o público de cinco mil pessoas encontrava seus devidos lugares no auditório por volta das oito).

Will tinha até elogiado meu vestido. Eu havia esbanjado pela primeira vez e me dado o luxo de contratar uma estilista que me garantiu que o vestido transpassado "verde primavera" de grife escolhido por ela, e comprado por mim (por uma quantia exorbitante, ou pelo menos parecia ser, para uma mulher que só comprava roupas na liquidação dos outlets), destacaria o azul dos meus olhos e as mechas mel do meu cabelo naquela época.

Parecia ter funcionado, porque eu tinha pegado Will me olhando disfarçadamente.

E eu não me importei, porque eu mesma estava admirando os ombros largos dele no blazer azul-escuro, a forma como o canto de seus lábios se elevava ao sorrir, e, sim, confesso, o volume bem notável na frente da calça jeans ajustada com perfeição ao corpo dele.

Mas por que não deveríamos olhar um para o outro? Tínhamos mais ou menos a mesma idade e estávamos no mesmo ramo de trabalho. E, claro, ambos tinham sido plagiados pela mesma pessoa. Até nos aproximamos por causa disso (ou foi o que pensei) enquanto esperávamos ser chamados para nossas palestras, descrevendo como cada um de nós descobriu (ele tinha sido informado pela editora dele, e eu fiquei sabendo pela postagem de um fã) e que loucura a Nicole ter achado que ia se safar com aquilo.

Eu honestamente havia pensado que, apesar dos livros horríveis dele (simplesmente não eram do meu gosto, considerando que eu vivenciara de perto a morte de um ente querido e não queria reviver aquele trauma através da ficção), Will Price parecia uma pessoa legal.

Que pena, pensei na época, *que estou presa ao Justin, que diz que é escritor, mas nunca escreve nada e depois reclama que nunca saímos porque estou ocupada demais escrevendo o tempo todo. Talvez eu consiga me ver com um cara como Will. Ou até mesmo com o próprio Will.*

Foi só na semana seguinte, quando a matéria foi publicada no *New York Times*, que descobri como *aquela* linha de raciocínio estava equivocada.

Tomei mais um gole do vinho — a garçonete tinha voltado para completar minha taça — e decidi que Will deveria ser o próximo a falar. Também decidi que, se o que ele dissesse não fosse um pedido de desculpas, eu não falaria mais com ele pelo resto da noite, o que seria estranho, considerando que eu ia me sentar bem ao lado dele.

Ele falou em seguida, mas não para se desculpar. Em vez disso, ele declarou:

— Chloe contou tudo, não contou?

Aquilo foi tão inesperado que acabei me esquecendo da decisão de não falar nada até que ele pedisse desculpas.

— Contou o quê?

Ele ficou olhando para o meu rosto por um momento, os olhos castanhos — tão escuros quanto as sombras atrás das mesas festivamente iluminadas — me analisando em busca de alguma pista de que eu soubesse… o quê?

Então, depois de parecer concluir que eu de fato não sabia de nada e que ele tinha se safado, Will pegou, aliviado, uma das taças de vinho que tinham sido servidas em uma mesa próxima de nós, mesmo que aquele nem fosse o lugar dele, e tomou um belo gole.

— Deixa pra lá — disse ele.

Agora eu tinha me esquecido totalmente da ideia de não falar com ele até receber um pedido de desculpas. Ele achou que eu não sabia o que a adorável irmã dele havia me contado — que ela era uma fã ardorosa dos meus livros! Depois de todas as coisas horríveis que ele havia dito sobre mim e a minha escrita (bem, tudo bem, foi só uma coisa horrível, mas era mais do que o suficiente), ele acabou descobrindo que a irmã dele me adorava e amava meus livros!

— Na verdade, ela me contou — declarei, sentindo uma onda de satisfação. — Ela me contou *tudo*.

O efeito não poderia ter sido mais satisfatório. Aqueles maravilhosos olhos escuros se arregalaram, e os cantinhos daquela boquinha — como um homem tão grande podia ter uma boca tão pequena? —, que ficavam geralmente levantados, viraram-se para baixo.

— *Contou?*

— Ah, contou. — Eu estava adorando aquilo. Os ancestrais da minha mãe estavam certos. Vingança era um prato que se comia frio. — Com certeza. E não posso dizer que estou surpresa.

Ele pareceu se esquecer da taça de vinho na mão e a baixou tanto que o pouco líquido que restava começou a se derramar na areia clara.

— Você... não está?

— Claro que não. — Eu estava impressionada com o quão assertiva estava sendo. Bernadette ficaria tão orgulhosa. — Eu tenho fãs da idade dela no mundo todo... alguns em lugares ainda mais distantes do que a Inglaterra. E sua irmã não é a primeira a me dizer que meus livros a ajudaram a passar por um momento difícil... o mais difícil de toda a vida, acho que foi como ela descreveu. O que faz com que eu me pergunte se as coisas não ficaram um pouco estranhas para você em casa depois que ela descobriu como você me jogou para os urubus no *New York Times* na última vez que nos encontramos.

Ele voltou a segurar a taça de vinho direito e ergueu a cabeça, que tinha curvado junto com os ombros enquanto eu falava até se parecer com um dos santos pagando penitência em tantos quadros no Metropolitan Museum of Art — um santo pecaminosamente lindo. Mas, ainda assim, um santo.

Só que então ele se empertigou e perguntou em tom de surpresa, estreitando os olhos escuros:

— Espera... foi *isso* que Chloe contou? Que ela é fã dos seus livros?

— Sim, claro. — O que havia de errado com ele? — O que você achou que ela tinha dito?

— Nada. — Ele colocou a taça então vazia em uma mesa próxima e pareceu soltar um suspiro de alívio.

— Por quê? — Exigi saber, ríspida. — Vai dizer que não é verdade? Porque ela estava bem na minha frente quando me contou. Ela, a filha do delegado e a outra amiga dela, Sharmaine, todas elas disseram...

— Ah, não. — Ele chutou um pouco da areia molhada de vinho. — É verdade.

Então por que, em nome de todos os gatinhos do universo, ele parecia tão aliviado? Ele deveria estar envergonhado... envergonhado por ser uma pessoa tão cheia de ódio e julgamentos em relação à literatura voltada para garotas (e alguns garotos e, obviamente, crianças e adolescentes não binários também).

— Então, o que aconteceu? — perguntei. — Você achou que nenhuma de nós ia notar quando decidiu falar mal de *Kitty Katz* para a imprensa? Porque posso te assegurar que eu notei. Meu próprio *pai* escreveu para me contar. Ele tem um alerta no Google para o meu nome. Você faz ideia de como é receber uma mensagem do seu próprio pai e ficar sabendo que o autor best-seller internacional, Will Price, que eu *achei* que fosse um amigo, andava dizendo por aí que Nicole Woods deveria ter um gosto melhor do que me plagiar? Como você acha que eu me senti?

Ele finalmente olhou para mim. E, dessa vez, quando olhou, consegui ver que havia calor naqueles olhos escuros. Que tipo de calor — vergonha, raiva, humilhação, os três sentimentos juntos —, eu não saberia dizer. Mas havia algo se acendendo ali, nas profundezas da escuridão.

— Desculpa — disse ele em uma voz tão baixa que eu mal consegui ouvir por cima do bate-papo animado dos outros convidados do jantar, do rangido das cadeiras de madeira quando eles se sentavam e do tilintar dos talheres enquanto atacavam as saladas. — Sinto muito pelo que aconteceu com você. Não deveria ter acontecido.

Peraí. O que estava acontecendo? Ele estava *se desculpando?*

— Eu estava passando por um momento pessoal muito difícil. — Ele ainda estava falando, a voz grave tão baixa que era quase um ronronar. — Eu não escolhi bem as palavras como deveria. Mas percebo que isso não é desculpa.

— Peraí — falei, confusa.

Percebi que eu devia estar olhando boquiaberta para ele, mas nada daquilo estava indo conforme o plano. Ele não deveria pedir desculpas nem dar explicações. Ele deveria me ignorar de forma arrogante ou talvez chamar um mordomo para me expulsar daquela imensa propriedade tropical.

Ele não deveria *se desculpar.*

Eu não fazia ideia de como reagir, a não ser continuar dizendo todas as coisas que eu tinha ensaiado mil vezes na minha cabeça... embora eu obviamente nunca o tivesse imaginado *se desculpando,* então nada do que eu tinha planejado fazia mais sentido... ainda mais porque estava tudo embolado na minha mente com o que ele tinha acabado de dizer.

— Você estava passando por um *momento difícil*? Você acabou comigo e com toda a literatura infantojuvenil porque *estava passando por um momento difícil*? Eu também já passei por momentos difíceis, Will, e consegui guardar minhas opiniões sobre os livros de outras pessoas para mim mesma. E acredite, minhas opiniões sobre os *seus* livros não são particularmente positivas.

Eu não ia dizer que não conseguia parar de ler O *instante.* Aquilo não vinha ao caso. Ainda mais agora que eu havia notado que Bernadette, sentada na mesa Elizabeth Bishop, observava minha interação com Will com muita atenção, fazendo expressões interrogativas e perguntando algo com os lábios que parecia ser: *Tá tudo bem?*

Nesse meio-tempo, Garrett, na mesa Tennessee Williams, estava me aplaudindo de forma irônica por estar enfim me defendendo do grandioso Will Price. Nenhum dos dois estava perto o suficiente para ouvir o que eu estava dizendo, mas aparentemente minha linguagem corporal estava me denunciando.

Eu estava com tudo. Aquela era a minha grande chance de dizer para Will Price o que eu achava dele.

Só que nada daquilo fez com que eu me sentisse bem como eu imaginara.

Mesmo assim, continuei. Eu precisava continuar. Em nome de todas as mulheres e da literatura infantojuvenil, e da minha mãe e da Sicília e, claro, em nome de todos os gatos.

— Você estava *drogado* ou algo assim? — Exigi saber. — Você está tentando me dizer que *remédios para dormir te fizeram fazer aquilo,* como a Nicole? Porque eu já tomei remédio para dormir e isso nunca me fez dizer coisas cruéis sobre o trabalho de outros escritores para jornalistas.

— Não, eu não estava drogado.

Agora a voz grave de Will tinha se transformado em um rosnado. E não era muito difícil notar como ele estava se sentindo. O calor em seus olhos havia desaparecido. E seu olhar estava mais frio do que o aço e o concreto usados para construir a casa dele.

Ele também não parecia mais um santo em penitência. Parecia muito mais o demônio com olhos de carvão que eu sempre soube que ele era. O maxilar reto estava tão contraído que um músculo saltava, como uma mola prestes a se soltar.

— Olha — sussurrou ele. Tinha que ser um sussurro porque Kellyjean estava se aproximando de nós, tropeçando descalça pela areia e com um olhar questionador no rosto. Conhecendo Kellyjean, era bem provável que ela fosse perguntar para Will se havia espíritos aquáticos habitando a piscina dele ou algo assim porque ela tinha acabado de ver um. — Sinto muito pelo que eu disse. Eu deveria ter me desculpado há muito tempo, mas eu… bem, eu nunca fui muito bom com palavras…

— Peraí. Nunca foi muito bom com palavras? *Will, você é um dos escritores mais vendidos do mundo.*

— Mesmo assim. — O músculo do maxilar dele estava saltando. Seus olhos pareciam duas brasas idênticas. — Às vezes eu tenho dificuldade para me expressar. E eu…

— Desculpa interromper. — Kellyjean veio flutuando até nós com os pés descalços e o vestido longo e esvoaçante. — Mas você não é Will Price?

Claro que Will era um dos poucos que não estava usando o crachá de identificação. Por que deveria? Ele era Will Price, e todo mundo o reconhecia porque os seus livros estavam expostos em todas as livrarias de todos os aeroportos e supermercados do mundo. Às vezes havia até pôsteres de papelão em tamanho natural colocados ao lado dos expositores dos livros dele — pôsteres que eu gostaria muito de socar, mas nunca tive coragem.

Kitty Katz, obviamente, teria tido.

— Eu só queria me apresentar — continuou Kellyjean, parecendo não notar a animosidade entre mim e Will, que deixava o ar carregado, mesmo que Kellyjean insistisse que ela estava sempre em contato com a aura das pessoas. — Você talvez me conheça como Victoria Maynard, autora da série *Os prados de Salem*, mas meu nome verdadeiro é Kellyjean Murphy. Tenho certeza de que já ouviu falar dos meus livros… Tem uma série na Netflix baseada neles.

— Olá, Kellyjean. — A voz de Will soou tensa, apesar do sorriso caloroso de alguém que de fato poderia ter ouvido falar e gostado da série *Os prados de Salem*, o que eu duvidava muito, já que seu público-alvo de leitores/espectadores eram mulheres entre 18 e 54 anos, e a produção contara com muita computação gráfica para o sexo entre lobos metamorfoseados. Eu nunca perdi um episódio. — Prazer em conhecê-la.

— O prazer é todo meu! Muito obrigada por nos receber esta noite e por me convidar. Sua casa é linda. Mas estou encantada com a piscina. Estou me controlando para não arrancar o vestido e mergulhar agora mesmo.

— Bem, fique à vontade. — Ele manteve o sorriso falso enquanto eu observava o músculo do maxilar dele saltando igual à Srta. Kitty perto de erva-de-gato. — Quero que todos os meus convidados se divirtam.

Kellyjean deu uma risadinha nervosa quando Will colocou a mão em um dos meus braços descobertos.

Will Price estava me tocando. Por que Will Price estava me tocando? Por que eu estava *gostando* do fato de Will Price estar me tocando.

— Se não se importa — disse ele para Kellyjean —, precisamos ir para os nossos lugares. Sei que o pessoal do bufê está ansioso para que terminemos a salada e eles possam começar a servir o prato principal enquanto ainda está quente.

— Ah, claro! — Kellyjean começou a se afastar. — Mas vou cobrar esse convite para um mergulho na piscina!

— Claro — respondeu Will. — Quando quiser.

Então ele começou a me guiar em direção à nossa mesa, falando comigo naquele tom baixo e intenso que usara antes:

— Veja bem, eu sei que não estou em posição de pedir um favor, mas vou pedir mesmo assim: aceite meu pedido de desculpas. Se não puder, eu entendo, mas, por favor, tente pelo menos fingir que me suporta durante este fim de semana, no qual eu e muitos outros nos esforçamos bastante para torná-lo o mais agradável possível para você. Se não puder fazer isso por mim, faça pela minha irmã. Ela passou por muita coisa... mais do que você imagina... e ela adora você e ama os seus livros.

Fiquei olhando para a frente enquanto eu registrava essas últimas palavras.

Mas, por todos os bigodes de gato, o que tinha acabado de acontecer? Will Price pediu desculpa, e eu permiti? E só fiz isso porque a irmã dele passou por um período difícil (e ele também) e, além do mais, porque ela gostava dos meus livros?

Era o que parecia.

Porque eu agora estava permitindo que ele me levasse à nossa mesa e puxasse a cadeira para mim, e se sentasse ao meu lado, e me entregasse o guardanapo, e conversasse com os outros ao nosso lado, que eram Molly e seu marido delegado, a Sra. Tifton com a cachorrinha, alguns amigos dela, e Saul e Frannie.

E agora eu estava permitindo que ele me servisse de mais vinho e perguntasse se eu preferia molho vinagrete ou de queijo na salada (havia pequenas molheiras com os dois tipos na mesa).

— Hum, vinagrete está ótimo. — Eu me ouvi murmurar.

Então ele *colocou o vinagrete na minha salada*. Como se fosse o meu garçom!

E eu fiquei sentada ali, com meu garfo na mão, pensando: "Será que eu devo começar a comer? Ou pegar a minha bolsa e sair correndo dali para salvar a minha vida?"

Porque essa não era a ordem natural das coisas. Will Price se revelando uma pessoa gentil e que realmente se importava com os meus sentimentos — e com o dos outros — não era algo que eu jamais tivesse considerado ser possível.

Parecia haver apenas um único curso de ação razoável naquelas circunstâncias, e era beber o máximo de vinho possível.

O instante, de Will Price

Finalmente a convenci a jantar fora comigo. Mas enquanto o garçom servia cada um dos pratos à nossa frente, eu não sentia o gosto de nada. Ela era o meu prato. Meus olhos se deleitavam com a imagem dela sempre que eu achava que ela não notaria meus olhares.

O mais incrível era que ela parecia gostar de mim também. Ela ria das minhas piadas, seu sorriso irradiava pela mesa como um segundo sol. Mesmo quando não estava rindo, seu rosto se iluminava de animação, cada sentimento refletido nos lindos olhos azuis, como um peixinho em um lago.

Eu não era o único olhando para ela. Todos os presentes se viravam para admirá-la enquanto eu a ajudava a colocar o casaco, tanto homens quanto mulheres. Achei que eu fosse explodir de orgulho com o fato de que ela estava ali comigo.

O único problema era como — e quando — contar a ela como eu me sentia.

CAPÍTULO 10

O vinho foi uma péssima ideia.

Consegui me controlar durante a salada e o prato principal — as opções eram peixe com legumes grelhados ou filé mignon. (Saul e eu escolhemos o peixe; Frannie, o filé mignon.)

Fiquei em silêncio enquanto Will se levantava e dava as boas-vindas a todos e agradecia a presença de cada um de nós. Mantive um nível apropriado de dignidade durante a sobremesa (torta de limão) e não perguntei para as pessoas que não comeram se eu poderia ficar com a fatia delas.

Eu até consegui subir no ônibus dos autores (dessa vez, o motorista não era o delegado nem Molly, mas um bibliotecário chamado Henry) sem cair nem pagar mico.

Mas quando chegamos ao hotel e Saul insistiu para que todos nós tomássemos um último drinque antes de dormir (o favorito dele: Baileys com gelo), eu perdi a compostura.

— Muito bem, todo mundo pega o celular — pedi quando nos sentamos com nossos drinques gelados e supercremosos e mergulhamos os pés descalços na piscina. — Vocês todos são ótimos escritores e pesquisadores incríveis. Então preciso que me ajudem a pesquisar que tragédia horrível aconteceu com Will Price e a irmã dele há cerca de um ano e meio ou dois anos atrás.

Saul já tinha desmaiado em uma das espreguiçadeiras, segurando o drinque intocado, e Garrett tinha voltado para o quarto com a desculpa de que precisava trabalhar mais — não no livro dele, na verdade, mas no grande truque de mágica que faria na noite de sábado, o truque ao qual eu não tinha a menor intenção de assistir.

Kellyjean, porém, estava sentada com a gente, mesmo sem beber. Ela disse que queria ficar e assistir a uma chuva de meteoros que um de seus filhos tinha dito que daria para ver das ilhas Keys naquele fim de semana.

No instante que ela ouviu o que eu queria que ela pesquisasse, porém, ela afastou o olhar do céu noturno.

— O que te faz achar que algo trágico aconteceu com Will Price e a irmã dele?

— Ele mesmo disse. Ele e a irmã disseram, na verdade. Parece que meus livros a ajudaram a passar por um dos períodos mais difíceis da vida dela, e, na mesma época, Will disse que também estava passando por um período tão difícil que perdeu a cabeça e falou mal de mim para o *New York Times*.

— Não entendo — disse Kellyjean. — Por que você não pergunta para ele?

— Eu perguntei — respondi. — Ele não quer falar no assunto. Parece que ele é bem cauteloso com relação à própria privacidade.

— Bem, então é isso. — Kellyjean voltou o olhar para as estrelas. — Você não deveria bisbilhotar. Todo mundo tem direito à privacidade.

— Hã... Como é? — Eu realmente deveria ter parado na primeira taça de vinho, depois de todos os drinques que bebi no avião, e a margarita na piscina, e é claro que eu deveria ter recusado o Baileys naquele momento. Mas não fiz isso. Eu tinha bebido duas ou três... ou quatro... taças do melhor Pinot Noir californiano, e tudo subiu direto à minha cabeça. — Então você está dizendo que eu não mereço uma explicação pelo motivo de Will Price ter jogado meu nome na lama?

— Ele te disse — argumentou Kellyjean. — Alguma coisa tão profundamente trágica aconteceu que ele nem quer falar no assunto, e foi por isso que ele tomou uma atitude ruim.

— Se estivéssemos falando só da irmã dele, eu respeitaria o direito dela à privacidade. Mas não é. Tenho o direito de saber por que Will disse o que disse.

— Ele pediu desculpas?

— Ah, pediu. Mas eu ainda preciso saber.

— Mas por quê, meu Deus do Céu?

— *Porque,* Kellyjean, eu sou uma *escritora!* Eu sou curiosa com relação às pessoas e o que as motiva.

— Eu também sou escritora, e acho que você deveria deixar pra lá.

— Você diz isso porque não foi o *seu* nome que foi jogado na lama.

— Acho que tem mais coisa aí — disse Kellyjean com afetação.

— Ah é? Tipo o quê?

— Tipo, você está apaixonada por ele.

— *Eu estou apaixonada por ele?* — Comecei a rir. — Kellyjean, de onde você tirou que eu estou apaixonada por Will Price?

— Eu enxergo, né? Vi como você olha para ele. Quando vocês dois estavam conversando na praia e fui até lá, antes do jantar, dava para sentir a tensão sexual entre vocês.

— Aquilo era ódio, Kellyjean. O mais puro e genuíno ódio.

Kellyjean balançou a cabeça.

— Acho que não. Sou escritora de romances, Jo, não se esqueça disso. Sou especialista nessas coisas.

Atônita, olhei para Bernadette pedindo ajuda.

— Você está ouvindo isso?

— Hum, Kellyjean — disse Bernadette. — Sou obrigada a concordar com Jo nisso. Este não é um dos seus romances paranormais. Ninguém vai se transformar em lobo. Posso garantir que Jo não suporta o Will.

Eu realmente não suportava. Sem sombra de dúvida.

Mas eu era obrigada a admitir que algumas partes dele eram bem atraentes. Ficar sentada ao seu lado a noite toda me fez prestar muita atenção às mãos dele — grandes e fortes demais para um homem que parecia não fazer nada o dia todo além de digitar.

E os ombros largos que eu admirara pela primeira vez naquele camarim não tinham ficado menos irresistíveis. Nem seus olhos escuros como a noite.

Eca, eca! O que eu estava fazendo, descrevendo os olhos de Will Price como escuros como a noite? Parecia algo tirado diretamente de um dos livros dele... era tanto um clichê quanto uma mentira. Os olhos de Will eram castanhos. Castanhos e pronto.

Não que eu não tivesse pensado naqueles olhos, e com frequência. Às vezes, quando eu me deparava com alguma foto de Will em revistas de companhias aéreas (sempre o entrevistavam, e eu sempre lia essas entrevistas quando pegava um avião para algum evento literário), eu rabiscava de preto aqueles olhos castanhos e até os dentes com qualquer caneta que eu tivesse à mão, depois deixava a revista lá para o próximo passageiro ler. *Quem odiava tanto o autor best-seller Will Price a ponto de fazer algo assim?*, eu imaginava algum passageiro se perguntando ao ver a foto vandalizada. O *que ele fez para essa pessoa?*

Ah! Muita coisa!

Argh, eu precisava beber um pouco de água, mas o Baileys era tão mais gostoso.

— Acho que seria bom Jo descobrir o que Will está escondendo — dizia Frannie quando eu voltei a prestar atenção na conversa. — Imagina se ele tiver atropelado o marido dela em segredo?

— Acontece. — Jerome balançou a cabeça. — Acontece o tempo todo. Esses brancos são doidos.

Kellyjean pareceu confusa.

— Jo, você é *casada*?

Eu ri.

— Não, Kellyjean. Eles estão falando sobre o novo livro do Will, O *instante*.

— Ah, eu não acho que esse assunto seja brincadeira — declarou Kellyjean. — Se Will não quer que você saiba o que aconteceu com ele e com a irmã dele, você não deveria tentar descobrir. É uma invasão de privacidade, e é errado.

Frannie suspirou.

— Odeio admitir, mas acho que Kellyjean está certa, mas não pelos motivos que ela pensa. É errado porque não vai adiantar nada. Vejo o nome de Will Price nos noticiários quase toda semana, por fazer doações de caridade ou ir à estreia de algum filme ou ser considerado um dos homens mais sexys do mundo pela revista *People*. Se algo de ruim tivesse acontecido com ele, a gente já saberia.

— Ei — interveio Jerome. — A *People* também *me* considerou um dos homens mais sexys que existem e vocês nem viram.

— Que engraçado, Jerome — disse eu. — Muito engraçado.

Bernadette já estava com o celular na mão.

— A única coisa negativa que consigo encontrar na internet sobre Will é aquele lance do plágio.

— Ele é cuidadoso demais com a própria privacidade — disse eu. — Então deve ser alguma coisa que a imprensa não sabe.

— Eu também sou cuidadoso com a minha privacidade — comentou Jerome. — Tanto que, quando a revista *People* tentou me nomear como um dos homens mais sexys do mundo, eu recusei.

Frannie deu risada.

— Isso foi porque sua mulher não queria compartilhar você, Jer.

— Ah, isso é verdade.

Kellyjean pareceu confusa.

— Eu não sei se vocês estão falando sério ou se estão debochando de mim.

Bernadette ainda estava rolando pelas notícias no celular.

— Eles estão debochando de você, Kellyjean. Jerome não foi considerado um dos homens mais sexys do mundo pela revista *People*. E eu não consigo encontrar nada de ruim sobre Will Price a não ser o lance com Nicole Woods, Jo. Ele nunca namorou ninguém, nunca trabalhou em nada fora do mundo editorial. É quase como se ele tivesse se formado na universidade e seguido direto para o mundo de autor best-seller. Ele lançou o primeiro livro aos 23 anos e foi um sucesso instantâneo. Mais ou menos o que aconteceu com você, Jo.

— Ah, não tem nada a ver com o que aconteceu comigo. *Kitty Katz* foi rejeitada centenas de vezes antes de se tornar um sucesso. — Eu me recostei e fiquei olhando para as folhas das palmeiras balançando ao vento. Não vi nenhum meteoro, mas os sapos coaxavam à nossa volta, o único barulho além da cascata que caía na jacuzzi e o som das nossas próprias vozes no pátio do hotel. — Mas não importa. Vou mandar uma mensagem para a minha agente. Vocês sabem como os agentes sabem os maiores podres. Tenho certeza de que ela vai ter uma informação para mim até amanhã de manhã.

— Ainda não entendi por que você tem que ficar bisbilhotando a vida do pobre coitado — disse Kellyjean. — Afinal, o que foi que aconteceu na mesa Hemingway hoje à noite?

— Nada — respondi.

E era verdade. Minha noite tinha sido muito tranquila depois que Will pediu para que eu esquecesse o que tinha acontecido no Congresso de Romancistas. A conversa à mesa tinha sido leve — Saul compartilhando histórias engraçadas do mercado de livros de terror, Molly e o delegado Hartwell contando como se conheceram, e Dorothy Tifton compartilhando uma história bizarra, mas divertida, sobre como ela tinha ajudado a capturar um ladrão ali da região.

Exceto pelo discurso de boas-vindas, Will quase não falou, só riu nas horas certas das histórias dos outros e perguntou se eu tinha gostado da comida ou se eu precisava de alguma coisa. Era quase como se eu estivesse sentada ao lado de um mordomo muito atencioso. Um mordomo muito bonito da Inglaterra, que passava boa parte do tempo observando, com ar de preocupação, a irmã mais nova toda vez que ela passava com uma bandeja ou um prato.

Mas depois de Chloe passar sem deixar nada cair nem passar vergonha nenhuma, notei que ele relaxou um pouco. Chegou a tirar os sapatos ali debaixo da mesa e esfregou os pés na areia. Acho que ele não imaginou que alguém notaria, até porque não devia pensar que alguém estava prestando tanta atenção nele assim.

Mas eu estava. Não conseguia evitar, por mais que eu desejasse o contrário. Assim como eu não consegui deixar de notar que ele tinha pés muito sexys. Meu Deus, o que havia de errado comigo?

— Não estou entendendo nada — declarou Kellyjean. — Acho que vocês todos estão sendo cruéis com o pobre Will, ainda mais considerando o fato de ele ter nos convidado para a casa dele e para este festival literário, oferecendo a todos nós cachês bem generosos.

Eu ri, debochada.

— Ah, faça-me o favor. Você só pode estar louca para achar que o Will pode me fazer esquecer tudo o que ele fez comigo com um cachê de dez mil dólares.

Todos ficaram em silêncio em volta da piscina. O coaxar dos sapos pareceu ficar muito alto, assim como o som da cascata caindo na banheira de hidromassagem.

Percebi então que eu tinha dito algo muito, muito errado.

— Espera um pouco. — A voz de Bernadette soou bem diferente do costumeiro tom casual e irreverente. — Você vai receber um cachê de *dez mil dólares* por vir aqui?

— Hum. — Olhei em volta para as expressões chocadas dos meus amigos e colegas autores e senti um frio na barriga. Ops. — Sim. Vocês não?

— Claro que não! — Saul de repente se sentou ereto. Mesmo tendo cochilado, ele com certeza estava bem acordado agora. — Eu só estou recebendo *mil e quinhentos*!

Frannie deu um tapinha no joelho do marido.

— Calma, calma, querido. Mil e quinhentos não é de se jogar fora. E estamos aqui com todas as despesas pagas, umas belas férias de primeira classe. E pense em quantos livros você vai vender na sessão de autógrafos amanhã e no domingo.

— Eu também só vou receber mil e quinhentos. — Bernadette olhou para Jerome. — E você?

Ele assentiu.

— Também. E você, Kellyjean?

Kellyjean estava olhando para as estrelas de novo.

— Eu não sei. É minha agente que cuida disso. Mas acho que não é nada perto de dez mil dólares. — Ela olhou para nós. — Por que vocês acham que Will Price pagaria tão mais para Jo do que para nós? Sem querer ofender, Jo, você sabe que eu te amo. Mas eu tenho uma série na Netflix e você, não.

Balancei a cabeça, minha garganta de repente seca. Eu não fazia ideia do porquê... e não queria criar uma teoria, já que todas em que eu conseguia pensar soavam absurdas.

— *Eu sei por quê.* — Uma nova voz masculina ecoou das trevas.

Dei um pulo de susto, achando por um instante que Will Price tinha saído da própria mansão para se juntar a nós para um último drinque e ouvido tudo o que dissemos.

Mas era só Garrett que estava saindo das sombras, usando o roupão do hotel e um short amarelo tão chamativo que chegava a ser ridículo. Ao que tudo indicava, ele tinha decidido fazer uma pausa nos ensaios do truque de mágica para dar um mergulho noturno na piscina.

— Não é óbvio? — Garrett parecia indignado. — Ele queria mesmo que você viesse.

Kellyjean deu um pulo e jogou o cabelo loiro e comprido para o lado para olhar para mim.

— Mas é claro! Jo não está apaixonada pelo Will. *É o Will que está apaixonado por ela!*

— Ah, fala *sério* — respondi.

— É, Kellyjean — repreendeu Frannie. — Agora você está exagerando.

— Não é exagero nenhum. — Garrett largou em uma espreguiçadeira a toalha que trouxera consigo e se sentou. — Eu não sou o escritor de romances aqui, mas acho que é uma explicação bem boa, não é?

— Para ser bem sincera, Garrett — falei —, acho que você está errado. Will deixou bem claro que me detesta tanto quanto eu o detesto. E nós só nos encontramos uma vez antes disso, há quase dois anos, e esse encontro durou menos de uma hora, depois do qual ele falou mal de mim para um jornalista. Você acha mesmo que isso parece o ato de um homem apaixonado?

— Isso não significa nada. — Saul balançou a cabeça. — Eu fiquei caidinho pela Frannie por anos depois de só tê-la visto uma vez, mas ela nem cogitou sair comigo porque eu disse a ela que os Knicks eram uma merda. Tive que jurar fidelidade a um time de basquete de que eu não gosto só para ela pensar em sair comigo.

Frannie deu tapinhas na mão dele.

— E você nunca se arrependeu disso, não é, querido?

— Will só deve ter resolvido me pagar um cachê tão alto para que de fato eu viesse e ele pudesse tirar um peso da consciência — insisti. — Ele me disse que já tinha pensado em se desculpar, mas queria fazer isso pessoalmente. — Não mencionei o que ele também havia dito sobre não conseguir encontrar as palavras. Ninguém acreditaria em mim.

— Bem — disse Jerome —, esse foi um pedido de desculpas bem caro.

— E se alguém merece isso, esse alguém é a Jo — afirmou Bernadette com voz carinhosa. — Tipo, Jo está com um bloqueio de escrita terrível desde que Will disse todas aquelas coisas horrorosas sobre os livros dela.

Lancei um olhar de advertência para Bernadette. Eu era grata pelo apoio, mas meus assuntos particulares já tinham sido compartilhados o suficiente com o grupo.

Só que era tarde demais.

— Ah, não! — exclamou o Garrett. — Foi por isso que não saiu um novo livro da *Kitty Katz* este ano, Jo?

— É, eu estava me perguntando a mesma coisa. — Jerome parecia preocupado. — É a série de livros favorita da Aesha. Ela sempre me pergunta quando vai sair um novo.

Eu não achei que as coisas poderiam piorar a partir dali, mas pioraram. Kellyjean se levantou às pressas e correu para me abraçar.

— Ah, minha pobrezinha. — Ela continuou me abraçando. — Eu não fazia ideia de que você estava com um bloqueio. Você quer usar algum dos meus óleos essenciais? Eu tenho um de *Rosa damascena* que ajuda a abrir a pessoa para a inspiração e a alegria. Você trouxe um difusor?

Eu já estava completamente envolvida pelo óleo essencial ou perfume que Kellyjean costumava usar, e o cheiro forte estava fazendo meus olhos lacrimejarem, não ajudando a me abrir para a alegria.

— Hum...

— Não tem problema — continuou Kellyjean. — Você pode usar o meu. Me lembra quando subirmos que eu levo para o seu quarto.

— Não, sério, está tudo bem...

— Eu *insisto.* — Felizmente, Kellyjean me soltou, mas continuou segurando uma das minhas mãos, que ela apertou. — Nós somos *artistas*, Jo. Temos que *ajudar* uns aos outros em momentos de necessidade, e não jogar ninguém para baixo.

Que ótimo. Agora eu estava me sentindo péssima por ter pedido a eles que me ajudassem a bisbilhotar a vida pessoal de Will.

Eu me sentia ainda pior por ter deixado escapar o quanto eu estava recebendo a mais para participar do festival literário. Mas como eu ia adivinhar que eles não tinham um cachê igual (ou até maior) que o meu? Autores homens no mercado editorial costumavam receber adiantamentos e cachês muito mais altos do que as autoras. Era estranho que daquela vez fosse o contrário.

— Então, estamos todos lendo aquele livro do Price que veio na sacola de brindes? — perguntou Jerome do nada.

Fiquei com a boca fechada. Aprendi há muito tempo que o truque de ser escritora era ficar quieta e observar.

— Saul está. — Frannie deu uma piscadinha para o marido. — Ele está amando.

Saul deu de ombros.

— Não me julguem. O cara sabe contar uma história envolvente.

— A personagem que faz o par romântico, Melanie, lembra vocês de alguém? — perguntou Jerome.

— Melanie? — Saul parou para pensar. — Na verdade, não. Deveria?

— Acho que sim. — Jerome olhou para mim. — E você, Jo? Está lendo?

Dei de ombros, desconfortável.

— Dei uma folheada. — Que mentira. Eu já estava no décimo capítulo e devorando cada palavra.

— E você não acha Melanie parecida com ninguém? — perguntou ele. — Fisicamente, quero dizer.

— Na verdade, não. Ela é tão idiota. Como que ainda não descobriu que Johnny matou o marido dela? É tão inverossímil.

— Ah, mas eu não acho que foi o Johnny — disse Jerome.

— *Claro* que foi — retruquei. — O próprio Johnny *conta* que foi ele!

— Johnny *acha* que foi ele.

— Como assim?

— Acho que Johnny vai acabar sendo inocente. Pode esperar para ver.

— Peraí... Você leu o final? Jerome! Sem spoiler!

— E com isso — disse Frannie, se levantando —, Saul, acho que é melhor irmos para a cama.

— Você tem razão. — Ele abraçou a mulher pela cintura. — Temos um dia cheio amanhã, uma mesa e uma sessão de autógrafos, além do tour pela parte histórica de Little Bridge, já que você não vai me deixar passear no barco do Will.

— Só penso no seu bem, querido. — Frannie deu um beijo no rosto do marido. Aqueles dois eram um verdadeiro exemplo de relacionamento. Eram tão fofos.

— Não esqueçam que o ônibus dos autores sai amanhã de manhã cedo — lembrou Bernadette. Ela pegou a bolsa e também se levantou. — Nada de atraso. — Claro que ela olhou para mim ao dizer aquilo.

— Estou doido para ouvir as falas de vocês amanhã — disse Garrett. Ele também se levantou para voltar para o quarto. Pelo jeito, tinha desistido do mergulho noturno. — Acho que as mesas de vocês vão ser muito informativas.

Minha nossa, tinha como ele ser mais puxa-saco?

Então me dei conta de que *todo mundo* estava indo embora.

— É isso? A noite acabou?

— Você e eu estamos na primeira mesa, Jo — avisou Bernadette nos degraus que levavam ao quarto dela. — Logo depois do discurso de abertura. Você deveria ir para a cama. Eu sei como fica quando não dorme direito.

Eu amava Bernadette, mas ela às vezes se esquecia de que eu não era uma de suas filhas. Acenei para a minha amiga.

— Valeu! Mas está tudo bem. Vou encontrar você no saguão às oito.

— Claro que vai. — Bernadette revirou os olhos enquanto pegava a chave do quarto na bolsa.

— *Vou, sim!*

Kellyjean apertou minha mão de novo e abriu um sorriso gentil.

— Posso ajudar você a acordar cedo amanhã, se quiser, Jo. Eu sempre levanto ao amanhecer para ver o nascer do sol. E, se você quiser, posso levar meu difusor para o seu quarto agora e mostrar como funciona. Prometo que os meus óleos vão ajudar você a voltar a escrever.

Sorri para ela, embora a ideia de ter um difusor no meu quarto exalando cheiros fortes não me atraísse em nada.

— Obrigada, Kellyjean, mas acho que sou uma causa perdida. Não acho que o cheiro de óleo de rosas ou qualquer coisa assim vai fazer alguma…

— Olha! — Kellyjean ofegou e estendeu o braço, apontando para o céu noturno. — Um meteoro. Você viu?

Segui a direção do dedo indicador dela e fiquei chocada ao ver não apenas uma, mas duas estrelas cadentes cruzando o céu escuro e aveludado antes de desaparecerem atrás das folhas de palmeiras acima das nossas cabeças.

— Eu vi dois! — Apertei a mão de Kellyjean de tão animada que eu estava. — Dois.

— Eu vi três! — gritou ela. — Ah, o Barnabas vai ficar tão feliz quando eu contar para ele. Agora, não se esqueça de fazer um pedido.

— Para um meteoro caindo?

— Mas é claro!

Eu deveria saber que ela estava falando sério. Kellyjean acreditava em sereias — e fadas e lobisomens. Por que ela não acreditaria que um pedido para uma estrela cadente (também conhecida como um meteoro) se tornaria realidade?

— Faça como quiser — disse ela. — Mas eu vou fazer o meu pedido.

Ela fechou os olhos, parecendo se concentrar muito, então fiz o mesmo. Por que não? Não era como se eu estivesse tendo muita sorte ultimamente e pudesse me dar ao luxo de deixar aquela oportunidade passar. E com certeza não faria mal algum.

Só que, o que eu poderia pedir? Eu não acreditava em pedidos mais do que acreditava em sereias ou magia, mas, no último ano, sempre que eu encontrava um cílio ou via a primeira estrela aparecer no céu à noite, eu fazia de maneira supersticiosa o mesmo pedido:

Que alguma coisa ruim acontecesse com Will Price.

Não que ele morresse nem nada assim. Pedidos não eram reais, claro, e, ainda que fossem, eu nunca desejaria isso para alguém.

Eu só não me importaria de desejar que alguma coisa um *pouquinho ruim* acontecesse com Will Price. Como, por exemplo, ele ter um bloqueio de escrita, como eu estava tendo.

Ou talvez que tivesse uma briga no Twitter com alguma figura pública muito querida, como o Tom Hanks, e todo mundo se voltasse contra ele.

Ou talvez que ele fosse queimado por uma água-viva. *Alguma coisa.*

Mas agora que ele tinha pedido desculpas — mesmo que o pedido tenha sido todo formal, britânico e tenha vindo do nada e, por isso, não tenha sido muito satisfatório —, eu fiquei surpresa ao descobrir que não desejava mais esse tipo de mal a ele. Claro que eu não *gostava* dele, ainda que ele tivesse uma irmã muito legal que amava meus livros e fazia parte do grupo de dança da escola.

Mas eu não desejava mal a ele.

Então decidi fazer um pedido diferente. Uma coisa positiva, em vez de negativa.

Seria possível que os óleos essenciais que Kellyjean estava usando já tivessem passado para meu corpo e me tornado uma pessoa melhor?

Quando abri os olhos, vi que ela me olhava ansiosa.

— E aí? — perguntou. — O que você pediu?

— Kellyjean, você sabe que eu não posso contar. Não sei muita coisa sobre desejos, mas sei que não podemos contar a ninguém qual foi o desejo, senão não se realiza.

— Ah, isso é bobagem. Na minha família, a gente sempre conta e tudo se realiza. Aqui, vou te contar o que eu pedi: que, agora que você está aqui na Ilha de Little Bridge, você encontre o que está procurando.

Fiquei comovida. Kellyjean podia ser um pouco desmiolada às vezes, mas ela era uma pessoa muito boa.

— Ah, Kellyjean — respondi, inclinando-me para abraçá-la e, dessa vez, achando os óleos cheirosos. — Muito obrigada. É muito gentil da sua parte, mas você não precisava desperdiçar o seu desejo comigo. E o que te faz achar que eu estou procurando alguma coisa?

— Usar um desejo para ajudar alguém nunca é um desperdício — disse ela, retribuindo o abraço. — E é claro que você está procurando alguma coisa. É isso que está te impedindo de escrever o próximo livro da Kitty Katz. E vamos ser sinceras,

Jo: você está bem perdida agora e precisa muito mais de desejos do que eu.

Aquilo parecia mais com a Kellyjean que eu conhecia.

— Valeu mesmo. — Dei uma risada irônica e a soltei.

— De nada, querida. Agora é sua vez. Pode me contar o que pediu. Qual foi o seu desejo?

Mas neguei com a cabeça. O desejo que fiz era uma coisa que eu ia guardar só para mim... pelo menos por ora.

O instante, de Will Price

Quando Melanie ergueu a cabeça para me olhar, seus olhos brilhavam tanto quanto a lua. Fiquei sem ar e apertei o ombro dela, puxando-a para perto.

Não sei como encontrei coragem, mas, de alguma forma, meus lábios roçaram nos dela, só uma vez. Então, como ela não se opôs, repeti o gesto.

Um segundo depois, ela me abraçou pela nuca e vi minhas mãos segurando sua cabeça e meus dedos mergulhados no seu cabelo. Nossos lábios entreabertos se encontraram.

Beijá-la era fácil. Beijei os lábios, as bochechas, o pescoço, as reentrâncias atrás das orelhas. Minhas mãos exploraram o território sob o casaco verde ajustado e descobriram que ela usava algo sedoso por baixo. Os dedos dela agarravam minha nuca, e o toque de seus lábios me deixava todo arrepiado.

Ela me beijou de verdade. E eu não estava acostumado com aquilo.

SÁBADO, 4 DE JANEIRO

CAPÍTULO 11

Miiiiii-AU!

Acordei com o toque do celular tocando no meu ouvido e lutei para encontrá-lo na montanha de travesseiros macios do hotel, em cima dos quais eu havia desmaiado ontem à noite, mergulhando na inconsciência devido à combinação de vinho, O *instante* e o difusor que Kellyjean insistira em colocar na tomada antes de voltar para o próprio quarto.

— Para despertar sua inspiração — dissera ela.

Em vez disso, o que o som sibilante e suave e o cheiro surpreendentemente agradável de rosas me trouxeram foi o sono mais profundo que tive em meses.

Miiiiii-AU!

Piscando e tonta de sono, vi que era Bernadette me ligando.

— Alô! — atendi com voz rouca.

— *Onde você está?* — gritou ela. — São oito horas e estou no saguão onde você disse que me encontraria. O festival começa às nove e temos a nossa primeira mesa logo em seguida, e o ônibus dos autores vai chegar a qualquer momento e *você não dá sinal de vida*.

Por todos os gatinhos do céu!

— Já estou indo.

Pulei da cama para o chuveiro, depois passei uma maquiagem de qualquer jeito e vesti a roupa menos amarrotada que encontrei, que acabou sendo um vestido preto de alcinha e uma jaqueta jeans, calcei os mules que tinha usado na noite anterior e o meus óculos de sol para cobrir o péssimo delineado que tinha tentado fazer na pressa.

Quando cheguei lá embaixo, vi que estavam todos no salão tomando um café da manhã completo no bufê, que oferecia ovos, bacon, waffles, mimosas e uma imensa salada de frutas que tinha até manga fresca. Eu fiquei sabendo disso não porque comi, mas porque Kellyjean, que parecia tão fresca quanto um buquê recém-colhido de flores silvestres, gritou assim que me viu:

— Ah, Jo, sinto muito. Eu me esqueci de te acordar! Mas você tem que provar essa salada de frutas. A manga está fresquinha.

Em resposta, apenas neguei com a cabeça — meu cabelo ainda estava molhado do banho, e, sem tempo para secar, precisei amarrá-lo de novo em um rabo de cavalo —, despejei café em um copo para viagem e peguei um croissant de chocolate de uma cesta de padaria, notando que Frannie estava errada: eles tinham bagels na Ilha de Little Bridge, e pareciam tão bons quanto os de Nova York.

— Aí está ela — exclamou Garrett ao me ver. Estava de novo com suas calças cargo e uma camiseta com a estampa *Aluno da Escola de Magia das Trevas*, e Crocs. O cara estava usando Crocs para um evento no qual ele era pago para falar, e não ia fazer uma demonstração culinária. — Bom dia, luz do dia!

Eu queria mandá-lo calar a boca, mas aquilo pareceu uma grosseria desnecessária. Em vez disso, coloquei leite e açúcar no meu café e murmurei para Bernadette:

— Desculpa pelo atraso.

Ela estava fabulosa como sempre com um vestido de manga com estampa de tigre, combinando com seu colar de adagas e botas pretas de couro. O cabelo roxo estava todo espetado para cima em um penteado cuidadoso, feito com gel.

— Tudo bem. — Bernadette, organizada como sempre, já segurava o café para viagem em uma das mãos e a programação do festival literário aberta na outra. — Embora, na verdade, era eu quem deveria ter tido dificuldade para acordar. São cinco da manhã em São Francisco agora. Mas, enfim, vamos ao que interessa. Você e eu vamos participar de uma mesa sobre empoderamento feminino na literatura infantojuvenil. "De *Mulherzinhas* a *Assassinas adolescentes no espaço*: como a literatura infantojuvenil com foco na perspectiva feminina evoluiu e mudou ao longo dos anos?" Molly vai ser a mediadora. Deve ser tranquilo. Já participamos de mesas parecidas antes. Como está se sentindo?

Eu me avaliei e fiquei surpresa com a resposta.

— Que estranho. Não estou me sentindo mal, na verdade. Talvez seja a brisa do mar.

— Ou o fato de você finalmente ter dito para Will Price se mancar.

— Bem, acho que eu não iria tão longe.

— Ei. — Bernadette olhou para mim. — Você *não* mandou o Will se ferrar?

— Quer dizer, mais ou menos. Mas ele meio que pediu desculpas antes que eu tivesse chance de dizer qualquer coisa.

— Ah, tá. A desculpa esfarrapada de que "estava passando por um momento difícil". A gente descobriu o que era?

Peguei meu celular.

— Não. Mandei uma mensagem para a Rosie ontem à noite para ver se ela sabia, mas ela ainda não respondeu. É um pouco cedo para ela, e também é fim de semana, então não sei se...

— Bom dia. — Frannie se aproximou por trás de nós com cabelo e maquiagem perfeitos, que pareciam ter sido feitos por profissionais, vestida toda de preto, exceto por uma echarpe vermelha amarrada garbosamente no pescoço, e segurava um copo para viagem que eu tinha certeza que estava cheio só de café. — Mal posso esperar para ouvir vocês duas falarem. Saul e eu queremos muito assistir.

Sorri para ela. Frannie arrastava Saul para todas as mesas de autores em todos os festivais e congressos que frequentavam, mesmo que ele só precisasse aparecer naquelas em que era palestrante. Frannie dava todo seu apoio aos outros autores, e Saul dava todo seu apoio à Frannie.

— Espero que vocês também venham à minha mesa. — Garrett tinha se aproximado com o monte de coisas que estava levando para o festival, que, por algum motivo, incluía sua vara de pescar, a sacola de brindes e um estojo com ukulele que eu o vira pegar do carrinho de bagagem na pista de pouso do aeroporto. — Kellyjean e eu vamos falar logo depois de Bernadette e Jo. Nosso tema é "Construção de mundos: fazendo a magia acontecer".

Eca. Magia, de novo?

— Vai ser tão bom. — Kellyjean tinha se aproximado usando outro vestido máxi esvoaçante, mas, dessa vez, com sapatos mais confortáveis, parecendo ter aprendido a lição, e carregando uma bolsa enorme de palha, junto com um chapéu de palha, típico de praia, igualmente enorme. — Mal posso esperar para saber mais sobre a Escola de Magia das Trevas. Mas eles não praticam magia das trevas de verdade, não é, Garrett? Porque você sabe que crianças precisam aprender que o que elas lançam ao universo vai voltar triplicado para elas.

Garrett riu.

— Isso só acontece em filmes clichês adolescentes sobre bruxas.

Bernadette e eu trocamos um olhar. Ambas sabíamos que aquela era a resposta errada para se dar a Kellyjean, que levava sua magia muito a sério.

— Claro que não acontece só nos filmes — exclamou ela. — Odeio pensar no tipo de energia negativa que você está ensinando as crianças a atraírem para si mesmas com seus livros.

— Caramba. — Jerome chegou por trás de nós, segurando um café e parecendo um pouco animado. — Vejo que já temos faíscas entre dois convidados e o festival ainda nem começou oficialmente. O dia promete.

Silenciosamente, concordei com ele, mas não quis jogar mais lenha na fogueira de Garrett e Kellyjean. Em vez disso, dei uma mordida no meu croissant, aliviada ao ver o ônibus dos autores estacionando do lado de fora.

— Vejam só — comentei. — Nossa carona chegou. Vamos.

Mas meu alívio se transformou em outra sensação completamente diferente quando as portas do micro-ônibus se abriram para revelar que o motorista da vez não era Molly nem o marido dela, mas alguém que reconheci na hora pelos cachos longos, ombros largos, boca pequena demais e olhos escuros como a noite.

— Bom dia — disse Will, em tom alegre, atrás do volante.

Fiquei ali, paralisada, segurando o café em uma mão e o croissant na outra, enquanto olhava para ele. O que estava acontecendo? Eu ainda estava dormindo? Aquilo era um pesadelo... ou um sonho?

Não. Com certeza não era um sonho.

Porque, mesmo nos meus sonhos, eu não teria imaginado um motorista tão gostoso quanto aquele. Diferente de Molly, Will preenchia o assento, parecendo grande e muito competente para alguém que eu sabia perfeitamente bem que não tinha o hábito de dirigir veículos de transporte coletivo no seu dia a dia.

Ainda assim, ele tinha dobrado as mangas da camisa cinza-clara de botão, como se fosse apenas um motorista comum, dirigindo na sua rota diária — embora aquelas mangas dobradas revelassem antebraços musculosos que eu sabia que eram resultado de exercícios regulares na academia da própria casa, não de carregar a bagagem dos passageiros.

Para minha surpresa, ele estava sorrindo. Não aquele sorriso simpático destinado às fãs que eu tantas vezes vandalizei nas revistas de avião, mas um sorriso menor, menos seguro, que parecia dizer: *Oi. Sei que isso é constrangedor, mas não há nada que eu possa fazer, então espero que seja tudo bem eu estar dirigindo. Está tudo bem?*

Hum, não. Não, com certeza não estava tudo bem. Ainda mais considerando a cena de amor que eu tinha lido no livro dele na noite anterior.

— O q-quê? — Eu estava sem palavras. — C-cadê a Molly?

O sorriso dele não vacilou.

— Ah, ela está no hospital.

Frannie veio correndo gritando atrás de mim, igual a uma das galinhas que tínhamos visto soltas pelas ruas na noite anterior.

— O *quê*? Ela está bem?

— Acho que sim — respondeu ele. — Deve ser um alarme falso. Ainda faltam duas semanas para o neném nascer. Mas sabe como é... — Ele deu de ombros. — Melhor prevenir do que remediar.

Frannie, Bernadette e Kellyjean trocaram olhares cúmplices.

— Primeiro filho — disseram as três juntas, membros de um clube do qual, naquele momento, eu estava aliviada por não fazer parte.

— Bem, o festival está de pé? — perguntei.

Eu tinha esperanças de que a resposta fosse não — não porque eu quisesse privar as pessoas da Ilha de Little Bridge do seu primeiro festival literário, mas porque eu não queria ter que passar mais tempo com Will do que o estritamente necessário. Mesmo que acabasse perdendo a oportunidade de vender muitos livros (o que era provável), eu ficaria feliz de estar o mais longe possível daqueles olhos e braços.

Lamentavelmente, a resposta não foi do meu agrado.

— Claro que o festival está de pé. — Will estava exagerando no entusiasmo, brindando-nos com aquele sorriso de cem watts que eu reconhecia das fotos de tapete vermelho das muitas estreias de seus filmes. Não que eu passasse muito tempo olhando. Tá legal, talvez, sim. — Molly sempre considerou essa possibilidade, já que o festival estava tão perto da data prevista para o parto, então ela tinha um plano B, e aqui está ele. — Will fez um amplo gesto para si mesmo, o que, infelizmente, chamou minha atenção de novo para seus ombros largos e cintura estreita, que nem mesmo as roupas largas tão casuais que usava conseguiam esconder. — Estou aqui para dar uma carona a todos vocês.

Nunca, em toda a história da humanidade, existiu um motorista de ônibus tão lindo e bem-vestido.

Aquilo era um desastre.

Mas ninguém parecia concordar comigo.

— Tudo bem, então! — exclamou Frannie. — Saul? Saul, venha logo. Will vai ser nosso motorista.

Ela e Saul subiram no ônibus, seguidos por Jerome (que pelo menos pediu licença ao passar por mim), e depois por todos os outros.

Quando só restava eu na calçada, Will me disse em tom casual:

— Como a Molly não deve chegar a tempo, eu vou fazer o discurso de abertura um pouco antes da mesa de vocês para dar as boas-vindas a todos ao festival.

Hein? Bernadette e eu íamos falar depois de uma fala de abertura de *Will Price?*

Pensei em Lauren e suas amigas no avião e em como elas iam ficar felizes com isso, e me senti um pouco enjoada.

— Jo? — Will me observava. Talvez estivesse se perguntando por que eu ainda estava do lado de fora, segurando meu café e meu croissant. Fiquei ali parada por tanto tempo, na verdade, que o gato que morava no hotel passou por mim e esfregou a cabeça na minha perna descoberta, mas se cansou da minha falta de resposta e foi embora. Quando foi que eu não me abaixei para fazer carinho em um gato que se esfregou em mim? Nunca na vida. E tudo isso por culpa de Will. — Você está bem?

— Sim. — Não. Eu não estava nada bem. Nunca mais ia ficar bem. — Estou ótima.

Ele sorriu de novo, não o sorriso de cem watts, mas quase.

— Ótimo! Já tem uma multidão esperando na biblioteca, então é melhor irmos logo.

Perfeito. Simplesmente perfeito.

As coisas só foram ladeira abaixo a partir daí. O croissant, logo percebi, tinha sido uma péssima escolha, já que notei, assim que me sentei, que eu tinha migalhas espalhadas por todo o meu vestido preto.

Sim, eu tinha ficado conversando com Will Price enquanto estava coberta de migalhas de croissant.

Não apenas isso, mas a temperatura do lado de fora estava tão quente e ensolarada que pareceu atrair todos os turistas de todos os cantos frios do planeta. E todos eles saíram de seus respectivos hotéis no exato instante em que nosso ônibus partia em direção à biblioteca, atravessando a rua sem olhar (porque aparentemente eles achavam que o centro da Ilha de Little Bridge era como a rua principal do parque da Disney, e não uma rua de verdade com tráfego de veículos que poderiam atropelá-las, então andavam no meio dela).

Por isso, Will tinha que frear toda hora para não atingir alguém, fazendo o café com leite e o ainda não digerido croissant de chocolate chacoalharem no meu estômago.

Mas então, como se tudo não estivesse ruim o suficiente, por alguma razão inexplicável, Garrett, que estava sentado na minha frente, decidiu tirar o ukulele do estojo, se virou e começou a tocar (e cantar) a música "You Are My Sunshine".

— *You are my sunshine, my only sunshine* – cantou ele, bem na minha cara. – *You make me happy when skies are gray*...

Por alguns minutos, todo mundo no ônibus, inclusive eu, ficou em silêncio atônito.

Então, justo quando Garrett chegou à parte "*please don't take my sunshine away*", eu perdi a paciência.

— Garrett — rosnei. — *Pare já com isso.*

Garrett não parou.

— Qual o problema, *sunshine*? — perguntou ele, ainda dedilhando. — Você não gosta de se divertir. Ei, galera! Jo Wright não gosta de se divertir!

Qual era o problema desse cara? Eu já estava pronta para derramar o resto do meu café na cabeça dele.

— Eu gosto de me divertir — esbravejei.

— Ah, não parece — retrucou Garrett.

— Eu gosto. Gosto muito de me divertir. Só não gosto de alguém cantando na minha cabeça às *oito e meia da manhã*.

— Sério, Garrett. — Fiquei aliviada por Frannie ter se sentido compelida a intervir em meu favor. — É um pouco demais. Por que não guarda as músicas para o festival? Tenho certeza de que as crianças vão adorar.

— Ah, qual é. — Garrett continuou tocando. — Todo mundo adora essa música. Somos todos jovens de coração, não somos? Saul, eu sei que você concorda comigo. Vamos, gente, vamos cantar juntos! — Então ele se debruçou no encosto e começou a cantar ainda mais alto na minha cara:

— *You are my sunshine, my only sunshine...*

Foi bem nessa hora que o ônibus parou com um solavanco — abrupto o suficiente para Garrett, que estava sentado de costas para poder cantar para mim, cair no banco, derrubando o ukulele e provocando um som desafinado nas cordas.

— Ei! — exclamou ele com irritação para Will.

— Desculpa — disse Will. Só que eu conseguia ver o rosto dele no espelho retrovisor central, e ele não parecia nem um pouco arrependido. Ele estava com um risinho no rosto. — Mas chegamos ao nosso destino.

Virei a cabeça. Pela janela, vi um prédio grande e elegante de tijolos, cercado por lindas figueiras de tronco largo, um estacionamento lotado e uma entrada imponente com pórtico elevado, abaixo do qual pendia uma faixa que dizia:

Bem-vindos ao 1º Festival Literário Anual da Ilha de Little Bridge

Acima disso, entalhada na fachada de pedra da construção, liam-se as palavras: Biblioteca Pública Norman J. Tifton.

Balões festivos de hélio de várias cores estavam espalhados por todos os lados, e as pessoas entravam por várias portas duplas que levavam à biblioteca, todas sorrindo e carregando sacolas como as que recebemos de brinde, que Garrett arrastava para todo lado. Fiquei aliviada ao ver que a maioria das pessoas eram meninas e mulheres, o que significava que a minha mesa com Bernadette teria um bom público — embora muitas delas, eu tinha certeza, estavam chegando cedo para conseguir lugar para a mesa de Kellyjean e Garrett, ou de Saul e Jerome, os últimos palestrantes do dia.

Will se levantou do assento do motorista e se virou para nós.

— Aqui estamos — declarou. — Se me seguirem, vou mostrar o auditório para vocês. Temos uma sala reservada como camarim onde podem se sentar e relaxar antes da mesa de vocês ou, se preferirem, podem explorar o festival. Espero que encontrem muito com o que se entreter. — O olhar dele então se voltou para Garrett. — Você pode deixar isso no ônibus. — Ele apontou para o ukulele.

Garrett segurou o instrumento de forma protetora.

— Mas eu...

— Prometo que vai ficar seguro. — Embora o tom de Will fosse perfeitamente cortês, havia um brilho mortal e sério em seus olhos escuros. — Já contratamos músicos locais, assim como artistas de pintura facial e malabaristas para o entretenimento das crianças que vieram ao festival, então acho que você não vai precisar disso... a não ser que faça parte da sua apresentação.

Mas, antes que Garrett tivesse a chance de retrucar, Kellyjean interrompeu com seu sotaque carregado do Texas:

— Ah, não, ele não vai precisar disso. Vamos conversar sobre escrita e magia. Você não precisa de um ukulele para isso, não é, Garrett?

— Acho que não. — Garrett guardou, com pesar, o instrumento de volta no estojo.

— Psiu — chamei, cutucando Bernadette nas costas enquanto saíamos do ônibus logo atrás dos Coleman.

Ela estava falando no telefone com a esposa. Parecia que havia algum tipo de crise envolvendo Sophie, a filha mais velha. Mas como sempre havia algum tipo de crise envolvendo Sophie, não pensei duas vezes antes de cochichar e Bernadette formar as palavras "O quê?" com os lábios sem emitir som.

— Você acha que Garrett usa aquele ukulele para seduzir fãs inocentes?

Bernadette revirou os olhos.

— Você seria seduzida por "You Are My Sunshine" quando era mais jovem?

— Não, mas a minha personalidade não era mais solar naquela época do que é hoje em dia.

Bernadette riu enquanto descíamos e depois disse no celular:

— Não. Não, eu nunca disse que Sophie poderia convidar Tasha para dormir aí. E por que você não me disse nada sobre isso quando conversamos ontem à noite? Sim, é claro que eu confio em você, mas elas têm *seis anos de idade*...

Quando me afastei de Bernadette para deixá-la discutir com a esposa em particular, percebi que havia um clima de animação do lado de fora da biblioteca que era quase contagioso. Will não estava brincando: havia criancinhas correndo com pinturas de borboletas e tigres no rosto, e malabaristas jogando bolas coloridas no ar em meio às enormes figueiras. Música ao vivo vinha de algum lugar que eu não conseguia ver, mas parecia tão festiva quanto o aroma divino de biscoitos e brownies que flutuava da barraquinha de venda das Parguitas.

— Jo! Jo, aqui! — Ouvi algumas vozes femininas gritando por perto e, quando me virei, vi as meninas que conheci no avião, Lauren e suas amigas, acenando com animação para mim de uma das filas que tinham se formado para entrar na biblioteca.

Acenei para elas, o que as fez rir e acenar com mais animação ainda.

— Eu avisei, não foi? — Will se aproximou por trás de mim. Estava carregando uma placa de madeira que dizia SHOW DE FANTOCHES POR AQUI com uma seta apontando para a direita. Ele parecia não notar o fato de que havia muita gente (como eu) que pagaria um bom dinheiro para ver Will Price carregando uma placa de *Show de fantoches por aqui*, só que agora estávamos vendo de graça. — Você tem um monte de fãs aqui.

— Hum... é.

Ele realmente não sabia que a pessoa por quem aquelas garotas estavam esperando era ele? Claro que elas também gostavam de mim, mas era o autógrafo dele que Cassidy queria no peito dela.

— Você está nervosa? — perguntou ele. — Eu ainda sinto enjoo toda vez que tenho que falar em público.

— Sério? — Por que ele estava me contando aquilo? Por que ele estava falando comigo? Eu meio que tinha concordado em fingir que o tinha perdoado durante o fim de semana pelo bem da irmã dele, mas não tinha concordado em ser amiga dele. Então, o que era aquilo? — Eu costumava ficar nervosa, mas não fico mais.

Ele assentiu como se soubesse o que eu ia dizer.

— Prática?

— É, algo assim.

Eu perdi meu medo de falar em público depois de anos visitando escolas para falar sobre a série *Kitty Katz*. Muitas instituições educacionais compreendiam o impacto que levar um autor para a sala de aula poderia ter sobre jovens leitores impressionáveis. Aquilo não apenas os ensinava que livros eram escritos por seres humanos reais, mas inspirava muitos deles a ler mais e até mesmo a tentar escrever as próprias histórias.

Mas claro que Will Price nunca tinha sido convidado a fazer uma palestra escolar na vida, porque os livros dele, em vez de inspirarem crianças, acabariam mandando-as direto para a terapia. Pensemos em O *instante* como exemplo. O relacionamento de Johnny e Melanie? Completamente tóxico.

— Você tem que levar essa placa para algum lugar? — perguntei a ele para mudar de assunto. — Ou só está segurando porque é o sinaleiro oficial do show de fantoches do festival?

Ele olhou para a placa surpreso.

— Ah, sim. Tem tanta coisa para fazer sem a Molly aqui. O que me lembra que, já que ela está no hospital, vou ter que mediar a sua mesa de hoje.

Como é que é?

Will Price vai mediar uma mesa sobre empoderamento feminino na ficção infantojuvenil? Will Price, que costumava escrever livros nos quais a protagonista só se empoderava depois de ter sido resgatada do passado trágico por um homem por quem se apaixonava (o qual depois morria ou então tinha sido o responsável pelo passado trágico da mocinha)?

Minha expressão talvez tenha revelado o meu choque, já que ele perguntou:

— Você está bem?

— Ah, sim — respondi com voz fraca. — Estou ótima.

Mas eu estava mentindo. Meu medo de falar em público — ou algo do tipo — tinha acabado de ressurgir com força total.

CAPÍTULO 12

FESTIVAL LITERÁRIO DA ILHA DE LITTLE BRIDGE, ITINERÁRIO PARA: JO WRIGHT

Sábado, 4 de janeiro, das 9h10 às 10h da manhã.

Mesa

"De *Mulherzinhas* a *Assassinas adolescentes no espaço*: como a literatura infantojuvenil com foco na perspectiva feminina evoluiu e mudou ao longo dos anos?"
Uma conversa com as autoras best-sellers Jo Wright e Bernadette Zhang
(*Mediação de ~~Molly Hartwell~~ Will Price*)

As coisas só pioraram a partir dali.

Eu estava sentada na primeira fileira do auditório recém-reformado da biblioteca, um lindo espaço com um palco bem iluminado, onde Will Price estava de pé com um microfone.

Molly e a equipe dela — que agora eu sabia que incluía Will — tinham feito um trabalho maravilhoso para tornar o palco um lugar acolhedor e atrativo para os convidados do festival. Havia um tapete persa estendido no meio de um tablado elevado, sobre o qual três poltronas de couro preto haviam sido arrumadas para parecer mais com uma sala de estar do que uma mesa de um evento. Alguém (provavelmente Molly) teve até o cuidado de incluir vasos de figueiras e mesinhas laterais, contendo garrafas de água e caixas de lenço de papel, caso algum participante precisasse assoar o nariz — ou talvez enxugar as lágrimas se as coisas ficassem comoventes demais.

Só dava para perceber de verdade que era um cenário e não a casa de alguém por causa do microfone sobre cada poltrona... e, claro, a gigantesca tela atrás, onde estavam projetadas, com grafismo muito profissional, as palavras: *1º Festival Literário Anual da Ilha de Little Bridge.*

Mas não importava como o cenário parecia aconchegante. Meu estômago revirado me avisava que eu estava prestes a morrer.

Por quê, meu Deus? Por que eu tinha permitido que Rosie me convencesse a aceitar aquele trabalho?

Will estava de pé à frente das poltronas, fazendo um trabalho nada mal ao dar as boas-vindas para as quase quinhentas pessoas que lotavam o auditório. Eu sabia que eram quase quinhentas pessoas porque tinha lido uma placa na parede que dizia CAPACIDADE MÁXIMA DA SALA: 500, e quase todas as cadeiras estavam ocupadas.

Claro que todos estavam ali por causa de Will. Vi Lauren e suas amigas bem no meio da plateia — perto do palco, mas não perto *demais* — olhando para ele, encantadas, enquanto Will agradecia a presença de todos.

E quem poderia culpá-las? Ele era um ótimo embaixador literário. Quem quer que estivesse fazendo a iluminação do palco, lá do fundo da sala, estava mandando muito bem, o holofote realçando os reflexos brilhantes no cabelo escuro de Will e formando sombras bem no... em outras partes do corpo dele.

Eita. O que eu estava fazendo, olhando para aquelas partes? Eu era uma autora conhecida de livros infantojuvenis que empoderavam menininhas (mesmo que eu escrevesse sobre elas usando a voz de uma gatinha adolescente espevitada). O fato de eu ter sequer notado as "partes" de Will era algo tão baixo para mim, principalmente quando havia tantas jovens adolescentes presentes. As Parguitas circulavam pelo salão com short e camiseta combinando, ajudando a controlar a multidão, distribuindo o programa do festival para quem ainda não tinha recebido e ainda tentando vender seus produtos.

Claro que houve alguns suspiros de animação e aplausos esparsos quando Will anunciou o motivo da ausência de Molly — todos na plateia pareciam estar envolvidos com o nascimento do bebê dela.

Mas não tinha como negar: Will Price era a verdadeira atração daquele festival.

E era por isso que, quando eu subisse naquele palco, eu seria super, hiperlegal com ele.

Não que eu tivesse antes a intenção de ser grossa. Por que seria? Ele já tinha pedido desculpas. O passado tinha ficado para trás. Eu estava deixando toda aquela história do *New York Times* para lá e acolhendo essa nova jornada que estávamos começando juntos... o que quer que ela fosse.

E eu era obrigada a admitir que O *instante* não era o pior livro que eu já tinha lido. As ações do mocinho eram moralmente questionáveis, e a mocinha não era nem um pouco determinada.

Mas o livro pelo menos era mais divertido do que a Bíblia, o único outro livro no meu quarto de hotel e que (alerta de spoiler) eu já tinha lido.

Então, eu seria um docinho de coco com Will Price, não importava o que ele dissesse no palco, e, assim que Bernadette aparecesse — eu não fazia ideia de onde ela estava —, eu ia dizer para ela fazer o mesmo, independentemente do quão irritante ele acabasse sendo como mediador. Esta era a cidade dele, e nós éramos convidadas ali. Era como em *Kitty Katz*, volume 15, quando Kitty e sua melhor amiga, Felicity Feline, foram contratadas para tomar conta de um filhotinho na cidade litorânea de Dogsville. As duas recuaram diante do desafio?

Não, porque eram competentes e graciosas. Bernadette e eu faríamos o mesmo, porque formávamos um time tão maravilhoso quanto o delas.

E foi por isso que me pareceu um pouco estranho que Bernadette estivesse demorando tanto no telefonema. Will já estava discursando havia uns cinco minutos (a maior parte era uma longa lista de agradecimentos para os vários patrocinadores e benfeitores), quando ela finalmente apareceu, ofegante e parecendo um pouco abalada.

— Jo. — Ela se ajoelhou no corredor ao lado do meu assento.

— Bê — cochichei —, onde você estava? Vamos ter que subir assim que Will acabar o discurso.

Foi quando vi a expressão no rosto dela. Por mais nervosa que eu estivesse, ela parecia mil vezes pior.

— O que foi? — sussurrei. — Foi a manga? Você precisa de uma água com gás ou algo assim? Acho que tem no camarim. A gente pode...

Ela balançou a cabeça.

— Não, Jo. É pior.

Para Bernadette, só havia um problema pior do que questões digestivas. Eu sabia sem que ela precisasse me dizer o que era: Sophie, a filha mais velha. Era sempre Sophie.

Ela fez um sinal para que eu a seguisse. E foi o que eu fiz, nós duas nos esgueiramos por uma porta lateral e saímos em um corredor, deixando a porta do auditório se fechar suavemente atrás de nós para não atrapalharmos o discurso de Will.

— O que aconteceu? — perguntei sentindo um aperto no estômago.

— Por algum motivo, Jen achou que era uma boa ideia deixar a amiga de Sophie, Tasha, dormir lá em casa ontem à noite. — Havia lágrimas nos olhos de Bernadette. — Não me pergunte o porquê, já que Jen nunca supervisionou nenhuma noite do pijama sozinha. Então é claro que quando as meninas acordaram hoje bem cedo, ainda com o sol nascendo, elas decidiram brincar de cavalinho e ficaram engatinhando por todo o piso de madeira que ainda não está pronto, relinchando. E agora Sophie está com uma farpa no joelho.

Fiquei confusa. Uma farpa? *Uma farpa?*

— Jen não pode tirar? Ela é médica, pelo amor de Deus.

— Essa é a questão. Ela tentou. Mas não é uma farpa normal. É imensa… mais de dois centímetros, e entrou verticalmente, profunda demais para tirar com uma pinça. Jen teve que levar Sophie para o pronto-socorro.

Mordi o lábio. Aquilo não tinha graça nenhuma.

Mas era exatamente o tipo de coisa que *aconteceria* com Sophie.

— Vai ficar tudo bem com a Sophie, né?

— Sim, claro que vai ficar tudo bem. É uma *farpa*. Só que precisa ser removida cirurgicamente daqui a quinze minutos. E Sophie quer que eu esteja com ela por FaceTime enquanto retiram. Jen jura que a Sophie não vai sentir nada… Eles anestesiaram a área muito bem. Mas ela já está berrando como se estivesse sendo assassinada, gritando meu nome. Não posso deixar de estar com ela, Jo.

— Mas é claro que você tem que estar com ela. — Respirei fundo. Eu sabia o que eu tinha que fazer. — Posso fazer a nossa mesa sozinha. Nem se preocupe com isso.

— Tem certeza? — Bernadette parecia prestes a se debulhar em lágrimas. — Eu odeio ter que pedir isso.

Nem tive a chance de contar a ela que Will seria o nosso mediador.

Mas eu certamente não podia fazer isso naquele momento. Ela já estava estressada o suficiente.

Ser escritora era difícil às vezes.

Mas ser mãe ou pai, eu sabia, era o trabalho mais difícil do universo. Eu me sentia grata pela minha vida fácil — mesmo que às vezes solitária —, tendo apenas sob minha responsabilidade minha doce gata idosa Miss Kitty e meu pai, propenso a acidentes, como fonte de preocupação.

— Claro — respondi. — Vai ficar com sua filha.

Bernadette pareceu aliviada.

— Eu sabia que você ia entender — disse ela, dando-me um abraço rápido enquanto o celular tocava. — Eu vou voltar rapidinho.

— Claro que vai.

Claro que não ia. Uma farpa de mais de dois centímetros enterrada no joelho da filha dela de seis anos de idade? Eu teria sorte se visse a Bernadette de novo antes do almoço.

Mas abri o meu sorriso de Jo Fingida e me virei de novo para a porta do auditório bem na hora de ouvir Will Price dizer:

— Então, por favor, juntem-se a mim para receber calorosamente na Ilha de Little Bridge duas autoras best-sellers do *New York Times* e do *USA Today*, Bernadette Zhang e Jo Wright!

O público aplaudiu — gosto de pensar — com mais do que mera cortesia enquanto eu subia a escada lateral do palco e seguia para as poltronas onde teríamos nosso bate-papo. Will estava de pé, na frente da poltrona do meio, ainda segurando o microfone. Ele sorriu ao ver a minha aproximação, tão lindo... mas aquele sorriso vacilou quando não viu ninguém subindo a escada atrás de mim.

Sim, tentei dizer para ele com o olhar. *Estou sozinha. Mas vai ficar tudo bem.*

Mantive o sorriso de Jo Fingida estampado no rosto enquanto acenava para o público que continuava aplaudindo e eu tentava me acalmar. Então, peguei o microfone na poltrona à direita de Will e me sentei com o máximo de elegância que consegui.

Mas não antes de notar que na tela atrás de mim a imagem havia mudado. Agora, em vez das boas-vindas ao Festival Literário da Ilha de Little Bridge, havia duas fotos gigantescas: uma da Bernadette, e uma de mim — nossas fotos de autora que saíam na contracapa dos livros.

Mas a minha era de anos atrás, de quando comecei a publicar meus livros, com um sorriso esperançoso e radiante, olhos azuis brilhantes e o cabelo loiro ondulado, bem antes de Will ter esculachado publicamente a minha escrita.

Que ótimo. Aquilo não ajudava em nada.

Eu não tive escolha a não ser mencionar isso e o fato de estar sozinha.

— Uau, vejam só — exclamei no microfone enquanto olhava para a minha foto. — Isso é o que uma noite de festa nessa ilha faz com as pessoas. O assassinato da autora Bernadette Zhang e a minha transformação dessa jovem adorável *nisto*. — Gesticulei para meu cabelo preto e os óculos escuros que eu tinha me esquecido até aquele momento que ainda estava usando. Não era de estranhar que Will não tivesse se tranquilizado pelo meu olhar.

Por um segundo ou dois, o público ficou no mais absoluto silêncio, como se não estivessem certos do que tinham acabado de ouvir. Mas eu sabia que o microfone estava ligado, porque eu tinha ouvido minha voz reverberar de forma muito clara até o fundo do auditório. A acústica era ótima.

Então, ouvi uma onda de risos: eles entenderam minha piada.

Bem naquele momento, comecei a relaxar e me senti bem. Tudo ia dar certo... desde que eu conseguisse ser como Kitty Katz durante a palestra e manter um papo a-*miau*-gável.

— Sinto muito que tenham convidado *aquilo* — disse eu, fazendo um gesto para a foto e de volta para mim — e tenham recebido *isto*. Mas asseguro a vocês que *sou* a Jo Wright. Só faz um tempinho desde que atualizei a minha foto de autora. E estou adorando minha estada aqui nessa linda ilha de vocês.

Muito obrigada por me receberem. — Dei a Will um sorriso para mostrar que o meu agradecimento se estendia a ele também, mas ele só estava me olhando com uma expressão de perplexidade, então eu me voltei para a plateia. — Bernadette Zhang foi chamada para resolver uma emergência familiar... Todas as mães e os pais aqui presentes sabem como é difícil equilibrar o trabalho e a vida familiar. Mas ela vai tentar se juntar a nós assim que puder. Nesse meio-tempo, Will e eu vamos ter uma ótima conversa sobre o empoderamento feminino na ficção infantojuvenil hoje, não é, Will?

Vamos lá, colega, tentei pedir com o olhar. *Recomponha-se.*

Mas ele afundou na poltrona do meio como se não conseguisse acreditar na confusão na qual tinha se metido.

Por quê? Só porque ele tinha que falar sozinho comigo no palco? Eu era tão assustadora assim?

— Hum — ele conseguiu dizer. — Sim, claro que sim.

— Ótimo! — Ai, meu Deus, ele estava me deixando no vácuo. — Tudo bem, então, vamos começar. Will, qual foi o seu livro infantil favorito quando era criança, um que tenha uma protagonista feminina forte?

— Hum. — Para um cara tão grande, parecia que aquela poltrona o estava engolindo pelo tanto que ele havia se afundado nela. — Eu não... Hum... Acho que *Peter Pan*?

— Ah, *Peter Pan*. — Peter Pan? Meu Deus, como isso estava acontecendo? Olhei para o público, embora, para ser bem sincera, a luz do palco estivesse tão forte que eu não conseguia ver ninguém mesmo de óculos escuros. — Certo. Então a protagonista feminina a que você se refere é a Wendy?

— Sim. — Ele parecia estar ficando um pouco mais confiante, se a forma como ele estava se empertigando na poltrona indicasse alguma coisa. — Wendy.

Ah, não. Wendy, não.

Mas ele estava falando sério.

— Wendy — repeti. — Tudo bem, tem certeza? A menina que Peter Pan abandona no fim do livro depois de arrastá-la até a Terra do Nunca para que ela desempenhe apenas um papel de criada para ele e os Garotos Perdidos? Você vê a personagem *Wendy* de J. M. Barrie como um símbolo de empoderamento feminino?

Enquanto uma boa parte do público ficou em silêncio — provavelmente entediada até a morte —, algumas pessoas riram, inclusive, pelo que notei, Frannie. Ela tinha uma risada muito distinta e eu a reconhecia em qualquer lugar.

Mas Will não recuou. Ele se empertigou ainda mais.

— Peter não abandona a Wendy. — Ele me surpreendeu ao argumentar. — Ela teve iniciativa. Ele pede que ela fique na Terra do Nunca...

— Como uma figura materna. No livro, ele informa que os sentimentos dele por ela são os de um filho devotado.

— ... e ela rejeita o pedido dele.

— Porque ela não quer ficar costurando meias o dia todo, competindo com a Tigrinha e com a Sininho pela atenção dele.

— Exatamente. O que a torna uma personagem feminista.

Embora eu estivesse impressionada que Will tivesse dado tanta atenção a um livro infantojuvenil, uma forma de literatura que ele tinha declarado publicamente estar abaixo do nível dele, eu não poderia fingir concordar com aquilo, nem por educação.

— Não estou dizendo que existe algo de errado com a escolha de Wendy... eu também não ia querer ficar na Terra do Nunca. Só estou dizendo que a escolha dela era a única que um homem escrevendo na época de J. M. Barrie poderia conceber para uma personagem feminina. Felizmente, hoje em dia existem toneladas de excelentes livros infantojuvenis que mostram protagonistas femininas tendo as mesmas oportunidades e direitos que os personagens masculinos...

Will assentiu.

— Como nos meus livros.

Eita. Olhei para ele.

— Oi?

— Como nos meus livros — Ele repetiu! E continuou: — Nos meus livros, as personagens femininas são tratadas de forma totalmente igualitária aos mascu...

— Peraí. Você tem consciência que cada um dos seus livros apresenta uma protagonista feminina perfeita e irreal que se sente incompleta até conhecer um homem, em geral um homem que tem o coração partido por alguma mulher "má"? — Fiz aspas no ar. — Mas então esse homem é curado pelo amor da mulher perfeita. E, quando estão prestes a ter um final feliz, a mesma coisa acontece: uma tragédia.

Isso arrancou uma risada nervosa do público... e uma gargalhada alta de Frannie.

Will se remexeu, desconfortável, na poltrona.

— Em primeiro lugar, isso não acontece em *todos* os meus livros. Você obviamente não leu todos. Em segundo, mesmo que isso fosse verdade, qual o problema? Os meus livros são obras de ficção, escritos para ajudar os leitores a se entreter, fugir da realidade.

— Você está certo, eu não li todos os seus livros, mas sei como todos terminam. Você mesmo os chama de tragédias. Como isso pode ser ficção de entretenimento? Esse tipo de ficção deveria fazer você esquecer seus problemas e se sentir feliz. — Como ler as histórias da minha gatinha adolescente que ganha o próprio dinheiro, eu queria acrescentar, mas não o fiz porque soaria autopromocional demais.

— Mas, para algumas pessoas, chorar por causa de uma história triste as deixa feliz — insistiu Will. Se ele ainda estava nervoso, não demonstrava mais. Não estava mais afundado na poltrona. Agora ele estava inclinado para a frente, segurando o microfone com as duas mãos, os cotovelos apoiados nos joelhos, e com olhar intenso focado em mim. — Foi Aristóteles quem cunhou o termo *catarse*, só que ele estava falando sobre o alívio emocional ou a purificação que as pessoas vivenciavam ao assistir a uma tragédia no palco. Ele sentia que isso poderia ajudá-las a superar o próprio estresse ou tristeza.

Eita, de novo. Além disso... era minha imaginação ou esse cara ficava ainda mais lindo quando estava todo nervosinho em uma discussão sobre literatura?

— Então é por isso que você sempre escreve finais tão tristes? — Eu estava conseguindo manter a calma para perguntar. — Elas são um alívio emocional para você? Elas o ajudam a superar a sua própria tristeza sobre...?

Deixo o final da frase pairar, esperando que ele preenchesse a lacuna. Vamos lá, Will. O que aconteceu antes do Congresso de Romancistas que fez você dizer coisas tão cruéis sobre os meus livros? Desabafe. Vai ser *gatártico*.

Mas ele só abriu um sorriso enigmático e se recostou na poltrona, cruzando a perna. A linguagem corporal dele não podia ser mais clara: *Pode parar.*

— Acho que acabamos desviando um pouco do tema — disse ele. — Nós deveríamos estar discutindo o empoderamento feminino em romances infantojuvenis, não é?

Santos bigodes!

— Exatamente — respondi, recostando-me também e pegando uma garrafinha de água na mesinha mais próxima. — Vamos continuar.

Mas deu um branco na minha mente. Eu já tinha participado de mesas parecidas umas mil vezes, tanto com Bernadette quanto com outros autores, e até mesmo sozinha, e, de repente, não consegui me lembrar de mais nada sobre o assunto. Não tinha nada a ver com a masculinidade pura que o homem diante de mim exalava. Nada mesmo.

E eu não precisava de água porque eu comecei a sentir calor de repente.

— E quanto a você? — perguntou Will. — Qual foi seu livro favorito quando era criança? Um com uma protagonista feminina forte?

— Hum...

Eu odiava aquela pergunta, porque a verdade era que eu não tinha só um, mas centenas. Eu era uma leitora voraz quando criança, que frequentava a biblioteca para fugir do fato de minha mãe estar doente e da incapacidade do meu pai de lidar com isso. O nome de dezenas de livros e autores passaram pela minha mente enquanto eu tentava abrir a garrafa. Nossa, como era difícil. Era melhor eu anotar na minha mão antes de participar desses eventos.

— Espera — pediu Will, baixando o pé e se inclinando para a frente de novo. — Não me conte. Acho que eu sei. O seu nome foi em homenagem a uma das personagens principais?

Fiquei olhando para ele, surpresa.

— Oi? Não. Quem?

— Sério? — Ele estava dando aquele sorriso misterioso de novo, como se tivesse alguma informação secreta sobre mim. — O seu nome não é uma homenagem a uma das maiores personagens femininas da literatura infantojuvenil de todos os tempos? Josephine March, de *Mulherzinhas*?

CAPÍTULO 13

Uau.

Tomei um longo gole da garrafinha de água e depois respondi:

— Não, o meu nome não foi uma homenagem a Jo March, na verdade. Meus pais eram grandes fãs do músico Joe Cocker, então eles escolheram meu nome como uma homenagem a ele, só deixando de fora o *e* no final porque acharam que isso tornava o nome feminino. Mas, já que você falou sobre isso, vamos resolver essa questão agora, essa que é uma das perguntas mais importantes de toda a literatura feminista. Com quem Jo deveria ter terminado em *Mulherzinhas*, Laurie ou o professor Bhaer?

O sorriso de Will passou de enigmático para genuinamente caloroso.

— Essa é uma pegadinha. A resposta óbvia é nenhum deles, já que a própria Louisa May Alcott continuou solteira a vida toda, e existe uma citação famosa dela dizendo que nunca quis que Jo acabasse casada. Ela só fez isso porque muitas jovens leitoras escreveram para ela perguntando com quem Jo ia se casar, presumindo que o casamento era o único final feliz concebível para uma mulher. E, em termos econômicos, isso era verdade na época em que Alcott estava escrevendo.

Franzi as sobrancelhas. Pontos extras para o Sr. Price. Ele *tinha* lido um pouco. Ou talvez tivesse assistido ao filme baseado em *Mulherzinhas*, possivelmente com a irmã, ou talvez em um avião sem nada melhor para fazer.

— Mas, na minha opinião, deveria ter sido com Laurie — continuou ele. — Bhaer não respeitava a coisa que mais importava para Jo, a sua escrita, e Laurie, sim.

Eu estava horrorizada.

— Mas isso é uma inverdade completa — eu disse. — O professor Bhaer *respeitava* o trabalho da Jo. Ele apenas sentia que a escrita dela seria melhor se ela escrevesse de forma sincera sobre as coisas que realmente importavam para ela, questões femininas e da vida familiar, em vez de contos de mistério e terror que ela escrevia sob um pseudônimo. Além disso, se considerarmos apenas o ponto de vista financeiro, ele estava certo, já que os livros dela sobre esses assuntos se tornaram os mais bem-sucedidos.

— O que me leva a uma pergunta que sempre quis fazer a você. — O olhar de Will estava muito escuro e intenso nos meus... Bem, nas lentes dos meus óculos de sol. — Você já sentiu alguma vez que esse conselho poderia se aplicar a você?

O que estava acontecendo ali?

— Que conselho?

— Que, em vez de escrever as histórias que você escreve sobre gatos falantes, poderia tentar escrever de forma sincera sobre as coisas que realmente importam para você?

Eu fiquei tão surpresa com isso que, por um momento, nem consegui responder. Acho que a plateia também estava surpresa. Eu não conseguia ouvir um som vindo deles — nem mesmo de alguma embalagem plástica de um biscoito comprado de uma Parguita. No mínimo, eu esperava ouvir um som de indignação de Frannie, cujo marido, Saul, vinha escrevendo de forma muito bem-sucedida sobre ataques sangrentos de vampiros e fantasmas por quase quarenta anos.

Mas... nada.

Claro que era possível que todos tivessem saído, entediados ao máximo com nosso bate-boca. Eu ainda não conseguia enxergar nada além da beirada do palco.

— Perdão — disse eu, quando finalmente consegui encontrar minha voz. — Você está insinuando que os meus *best-sellers* infantojuvenis sobre uma gata falante, que é babá de gatinhos e os ajuda a passar pelas maiores dificuldades da vida, como o divórcio dos pais, mudanças, problemas com amizades, bullying, rivalidade entre irmãos, paixonites e viagens para acampamentos de verão, só para citar alguns, não foram escritos *de forma sincera* e *não importam de verdade*?

Eu conseguia sentir minha temperatura corporal subindo e os holofotes não estavam melhorando a situação. As lentes dos meus óculos de sol estavam começando a embaçar tanto que eu não conseguia mais ver Will. Tive que tirá-los.

— Não foi isso que eu... — começou Will.

Mas eu estava tão irritada que me esqueci da minha promessa de ser graciosa com ele diante do público da cidade em que ele tinha escolhido morar, e o interrompi:

— Eles talvez não importem muito para *você*, mas posso te assegurar que essas questões importam para muitas crianças.

— Tenho certeza que sim. Eu só estava querendo saber se... — Will estava ficando tão pálido sob os holofotes quanto eu estava ficando vermelha.

— E quando as dicas sobre como passar por essas questões são dadas por uma gata falante fofa e seus amigos, em vez de uma porcaria de panfleto de orientação educacional da escola, elas se tornam muito mais palatáveis e acessíveis para as crianças, principalmente para quem tem dificuldade com a leitura, e isso se aplica a bastante gente.

Minha resposta fez Will se afundar de novo na cadeira, com os olhos arregalados e a boca um pouco aberta.

— Claro — concordou ele. — Eu sei disso. Mais do que você imagina. Não... Não foi isso o que eu quis dizer...

Cara, ele não estava brincando na noite anterior quando disse que não era bom com palavras.

— Bem, o que você *quis* dizer?

Em vez de responder, Will protegeu os olhos com uma das mãos para poder ver a multidão.

— Acho que agora é um bom momento para ouvirmos as perguntas do público, você não acha? Alguém gostaria de fazer uma pergunta para a Srta. Wright ou para mim? Acho que temos alguns membros do grupo de dança da escola passando pelas fileiras com microfones e, quem tiver alguma pergunta, é só levantar a mão que uma delas vai entregar o microfone.

Haha! Uma ótima forma de salvar sua pele, Sr. Price.

— Acredito que sim — concordei ao microfone, enquanto usava a outra mão para colocar os óculos de sol de novo, esperando que me ajudassem a enxergar as Parguitas e suas manobras com os microfones e a esconder a raiva que eu ainda estava sentindo do Sr. Price. — Prometo que seremos muito mais legais com vocês do que fomos um com o outro até agora.

Isso arrancou outra risada do público. Will olhou para mim e fiquei surpresa ao vê-lo sorrir. Esse era seu sorriso mais genuíno até agora — não aquele falso destinado aos fãs, que era só constrangido. Ele parecia... bem, ele parecia quase *simpático.*

— Hum... sim. Oi, meu nome é Lauren.

Opa, sim, lá estava ela. Lauren, bem no meio da plateia, segurando o microfone que Chloe entregou — com certeza parecia Chloe, o cabelo loiro e curto no estilo bob brilhando sob as luzes do auditório que tinham sido acesas para que pudéssemos ver quem estava falando. Hoje o cabelo de Lauren estava mais alisado do que nunca, e ela estava usando uma blusa ciganinha, de ombro a ombro, no estilo *boho-chic*. Suas amigas Jasmine e Cassidy estavam sentadas uma de cada lado, rindo e a encorajando.

— Então, eu só queria agradecer a vocês dois — disse Lauren, em uma voz aguda e trêmula de nervosismo. — Foi ótimo ouvir vocês. Eu sou uma aspirante a autora e... hum... eu me senti inspirada e... hum... empoderada.

— Obrigada, Lauren — Meu tom soou caloroso no microfone. Eu precisava me certificar de que ela soubesse que toda minha antipatia era destinada a Will, não a ela. — Isso é muito gentil da sua parte.

— Sim... hum... obrigado, Lauren. — Will parecia nem se lembrar de que tinha conhecido Lauren ontem. Na verdade, ele ficava olhando para mim, não para ela, o que eu achei estranho.

Mas ele desviou o olhar assim que nossos olhares se encontraram.

— Obrigada — disse Lauren. — Bem, o que eu queria perguntar é como vocês criam personagens tão realistas? Porque vocês dois são muito bons nisso. Os personagens de vocês parecem pessoas de verdade. Ou gatos, no seu caso, Srta. Wright.

Eu ri junto com o resto da plateia. Então olhei para Will, que estava — de novo — olhando para mim. Qual era a dele?

— Você quer responder primeiro? — perguntei, educada.

— Ah, não — respondeu ele. — Pode começar, por favor.

— Tudo bem. — Olhei de novo para Lauren. — Acho que um dos motivos pelos quais os leitores acham Kitty Katz realista, mesmo sendo uma gata, é porque ela comete erros. Ela não é perfeita... ou *perrrfeita,* como ela gosta de dizer... Mas, no fim das contas, ela sempre tenta fazer o certo. Acho que, se você escreve sobre personagens perfeitos, eles não têm espaço para crescer, nem para se aprimorar no decorrer da história, e, nesse caso, o que eles aprendem sobre si mesmos? Personagens aprendendo coisas novas sobre si é parte do que torna uma história interessante. Mas se o personagem já é perfeito, não há espaço para isso. Então não há história. Entende o que quero dizer?

Lauren concordou enfaticamente com a cabeça.

— Entendo. Faz muito sentido.

Lancei um olhar questionador para Will e vi que ele *ainda* estava me encarando. Aquilo estava ficando estranho.

— Will, você gostaria de acrescentar alguma coisa? — perguntei.

— Hum, não — disse ele. — Tudo o que a Srta. Wright disse está correto, Lauren. Ninguém é perfeito. Todos cometemos erros, às vezes erros terríveis. Meus livros são excelentes exemplos disso. Jo mencionou antes que minhas personagens femininas encontram o empoderamento ao serem resgatadas por homens, mas eu nunca vi dessa forma. Sempre achei que os personagens masculinos nos meus livros, que estão longe de serem perfeitos, encontram redenção através do amor de mulheres inteligentes, bonitas e complicadas... mulheres como a Srta. Wright, na verdade.

Oi? Ele acabou de me chamar de...?

— Então, para responder à sua pergunta, Lauren, sim, para criar personagens realistas, faça-os imperfeitos, mas, se você quiser que os leitores gostem deles, também faça com que se arrependam de suas ações — continuou ele. — E talvez faça outros personagens que consigam perdoá-los por isso. Realmente, se você escrever histórias que se pareçam de alguma forma com os livros excelentes da Srta. Wright, você será uma ótima escritora.

Peraí. Will Price acabou de chamar meus livros de excelentes? E me chamou de inteligente? Complicada? E bonita?

Aquilo era para ficar bem com a plateia e as câmeras ou era sincero? Talvez ele só estivesse tentando compensar por ter metido os pés pelas mãos de forma tão horrível antes. Eu realmente não sabia dizer.

Ainda assim, algo naqueles olhos escuros parecia sincero. Ele poderia mesmo estar falando sério? O que...

— Desculpa!

Uma das portas laterais do auditório se abriu de repente. Desviei o olhar do rosto de Will e vi Bernadette subindo correndo pela escada ao lado do palco.

— Desculpa, desculpa pelo atraso, gente! — Ela fez um gesto de desculpas para a plateia. — Uma emergência de família, mas está tudo bem agora.

Ela se jogou, ofegante, na poltrona ao lado de Will e pegou o microfone, ligou e perguntou, sorrindo:

— Então, o que eu perdi?

CAPÍTULO 14

Eu não sabia bem o que tinha acabado de acontecer.

Só sabia com certeza que Will Price tinha me chamado de inteligente. Inteligente, complicada e *bonita* também.

Claro que as pessoas dizem várias coisas não necessariamente sinceras porque querem algo de você ou apenas por educação.

Só que esse não parecia ser o caso. Senti que ele estava sendo sincero.

Mais do que isso, eu me senti *bem*. Will tinha pedido desculpas *de novo,* mas dessa vez de forma oficial, na frente de testemunhas. Testemunhas que estavam de fato ouvindo enquanto ele falava — quinhentas pessoas que talvez nem soubessem do que aquilo se tratava.

Ele admitiu que não era perfeito. Tinha cometido um erro, e esperava crescer e aprender com isso, como um personagem em um dos meus livros.

Um dos meus livros *excelentes.*

Claro, ele ainda não tinha me dito *por que* falou algo tão profundamente idiota (e cruel) para aquele jornalista. Porém, isso não me fez sentir menos vontade de sair correndo pelo auditório no segundo em que nossa mesa terminou e gritar "Uhuuuuuuul!".

Mas é claro que não fiz isso, porque, embora eu escrevesse livros infantojuvenis para me sustentar, eu era uma adulta, e havia mais dois convidados para falar, além da nossa sessão de autógrafos em grupo, antes do intervalo do festival para o almoço.

Então, em vez de gritar, sussurrei:

— Está tudo bem com a Sophie? — Bernadette e eu estávamos saindo juntas do palco depois que nossa mesa terminou.

— Ela está ótima. — Bernadette estava radiante. — Nem precisou levar ponto, só um curativo e orientações para não brincar mais de cavalinhos na sala de jantar até as tábuas estarem lixadas.

— Ótimo. — O público ainda estava aplaudindo enquanto voltávamos para nossos assentos... ou talvez estivessem aplaudindo Garrett e Kellyjean, os próximos autores chamados ao palco.

— Como foram as coisas com *ele* antes de eu chegar? — perguntou ela, fazendo um gesto com a cabeça para indicar Will, que ainda estava no palco. Afinal, ele também seria o mediador da mesa seguinte.

— Ah, foi tudo bem — disse eu. Afinal, eu não ia gritar: "Ele me chamou de inteligente! E complicada! E bonita! E disse que gosta dos meus livros", porque isso seria absurdo. Em vez disso, eu disse: — Escuta, eu preciso fazer uma ligação rápida. Volto daqui a pouco, tá?

Bernadette pareceu surpresa.

— Claro! É o seu pai? Está tudo bem?

— Tudo ótimo. Explico depois.

Saí apressada pelo corredor entre as fileiras enquanto as luzes que tinham sido acesas — para encontrarmos nossos lugares e para Kellyjean e Garrett subirem ao palco — começavam a diminuir de novo. Naquela penumbra repentina, porém, em vez de seguir na direção do brilho da placa de saída, encontrei um lugar vazio na última fileira e me afundei nele. Lá, liguei o celular, segurando-o bem baixo para não atrapalhar ninguém.

Então, enquanto Will se esforçava para mediar a discussão perene de Kellyjean e Garrett sobre a questão moral de ter jovens usando magia das trevas, verifiquei minhas mensagens.

Nada da Rosie ainda.

Só que, enquanto eu estava ali sentada na escuridão, pensando no que poderia ter acontecido para fazer Will mudar tanto desde a última vez que o vi, algo tomou conta de mim e comecei a digitar. As palavras jorravam de dentro de mim.

E não eram quaisquer palavras, mas palavras para o volume 27 de *Kitty Katz*, que eu percebi naquele momento que *tinha* que ser sobre o término de Kitty com o namorado de longa data, Rex Canino.

Isso seria *explosivo*. Rex era um dos personagens favoritos dos fãs — os leitores o adoravam por ser o astro do time de basquete da Cat Central High School e por ele sempre apoiar Kitty, não importava a confusão na qual ela se metesse com todos aqueles gatinhos de quem tomava conta nos fins de semana; ela trabalhava como babá para poder comprar as roupas de marca que tanto amava (e para guardar, para conseguir pagar a mensalidade da Cat Community College, claro, onde ela planejava se formar em Direito Criminal).

Mas vamos encarar a verdade: Rex era chato. *Muito* chato.

Isso era em parte minha culpa, porque fui eu que o escrevi dessa forma durante 26 livros — bem, 21, já que ele só apareceu no livro seis, quando a melhor amiga de Kitty, a Felicity, tentou entrar para a equipe de líderes de torcida da Cat Central, e de repente Kitty começou a ir a todos os jogos da escola para apoiá-la.

Agora parecia ser o momento ideal para trazer um personagem secundário para os holofotes: Raul Wolf, o maior rival de Kitty. Editor do jornal da escola, Raul sempre vencia Kitty em todas as coisas que ela amava: debate, soletração, feira de ciências. E ele também era bem arrogante em relação a isso.

Mas e se, durante todo esse tempo, a arrogância dele estivesse escondendo um lado sensível que Kitty nunca soube que ele tinha? Além de um segredo sombrio que ela descobriria enquanto tomava conta da irmãzinha recém-adotada de Raul, a Mittens!

De repente, Kitty começou a passar muito tempo com Raul Wolf, um garoto de quem ela nunca gostou… até agora. Porque, depois de descobrir o segredo dele, Kitty começa a sentir algo que nunca imaginou ser possível por um cachorro que ela sempre havia considerado seu arqui-inimigo.

Mas qual *é* o segredo do Raul? E o que está atraindo Kitty para ele? Poderia ser que, por baixo daquela superfície lupina arrogante, batia o coração passional de um…

— Jo.

Dei um grito e quase derrubei meu celular, no qual eu digitava freneticamente com meus polegares.

— O quê?

Mas era só Bernadette, parada no final do corredor ao lado do meu assento. Fiquei chocada ao descobrir que as luzes tinham sido acesas e que todo mundo estava saindo do auditório atrás dela, todos me olhando com expressões divertidas pela maneira como reagi quando Bernadette chamou meu nome.

— O que houve? — Olhei em volta e vi que o palco estava vazio. Will não estava em nenhum lugar, assim como Garrett e Kellyjean. — Teve algum incêndio?

— Não, bobinha. As mesas de hoje acabaram. — Bernadette estava rindo de mim. — Está na hora da sessão de autógrafos.

Fiquei chocada. Olhei para o meu celular e me dei conta não só de que tinham se passado duas horas, mas também de que eu tinha escrito dez páginas.

Espaçamento simples. Com meus polegares. Sem comer nenhum M&M's.

— Nossa, desculpa. Vou pegar minha…

Bernadette estendeu a mão.

— A sua bolsa? Está aqui comigo. Vamos. Todo mundo quer acabar logo com os autógrafos para ir para o passeio no barco do Will. Vamos almoçar lá, lembra?

Ainda tonta, eu me levantei e fui até ela.

— Desculpa — murmurei. — É só que...

— Você estava em uma ligação, eu sei. — A expressão no rosto de Bernadette ainda era divertida. — O que você estava fazendo aqui no fundo?

— Na verdade — eu disse enquanto seguíamos atrás das últimas pessoas da plateia —, eu estava escrevendo.

— Escrevendo para quem? Para sua agente? Ela já te respondeu com as informações de você-sabe-quem?

— Não. Quero dizer *escrevendo* de verdade. Trabalhando no número 27 da Kitty.

Bernadette se virou para mim, com o sorriso se transformando de irônico para feliz.

— Sério? Mas eu achei que você estivesse com um bloqueio intransponível para essa história.

— Também achei. Mas a história simplesmente... veio. Foi uma coisa muito estranha.

— Você pode me contar? Ou ainda é cedo demais?

Bernadette e eu éramos supersticiosas em relação a discutir nossas ideias para uma história antes da hora. Às vezes, só de mencioná-la em voz alta poderia fazer com que uma narrativa parecesse já "contada", e então o ímpeto de escrevê-la acabaria se perdendo para sempre.

— Acho que é cedo demais — respondi. — Mas sinto que vou ficar com ela. Não sei por quê, mas de repente fiquei desbloqueada.

— Ah, eu acho que sei o motivo.

— Sabe?

— Sei. Kellyjean me contou *tudo* sobre isso.

Tínhamos saído do auditório e estávamos descendo os degraus em direção ao estacionamento, onde estavam montadas as tendas para a sessão de autógrafos. Nesse momento, porém, parei de andar.

— Ah, tenho certeza que ela contou. — Kellyjean era uma linguaruda mesmo. — Olha, eu posso te garantir que ainda não acredito em magia. E que eu só fiz um desejo ontem à noite porque eu tinha bebido demais.

Bernadette parecia perplexa.

— Do que você está falando? Kellyjean não falou nada sobre desejos. Ela só me contou o que Will disse na nossa mesa, antes de eu chegar, sobre seus livros serem bons e ele te achar bonita. Ela acha que é melhor você abrir o olho. — Bernadette deu um tapinha no meu ombro para me provocar. — Ela está convencida de que ele está apaixonado por você.

Senti o rosto queimar, e não era porque estávamos na Flórida e fazia calor do lado de fora.

— Kellyjean não sabe do que está falando — retruquei.

Bernadette pareceu confusa.

— Por quê? Ele não disse essas coisas?

— Bem, sim, mas não porque ele está apaixonado por mim. — Eu precisei me desviar de algumas crianças correndo com balões e de rostos pintados de peixe-anjo e tubarão. — Não sei o que está rolando com ele. Parece que sofre de um caso crônico e grave de meter os pés pelas mãos. Em um minuto ele diz uma coisa supercruel e, no seguinte, diz algo superlegal e gentil. Sinceramente, acho que ele só diz coisas legais porque é obrigado, já que é o anfitrião do festival.

— Ah, Jo, por que você tem sempre que ser tão negativa? — perguntou Bernadette. — Eu sei que você é uma nova-iorquina dura na queda, mas será que você não poderia uma vez na vida considerar a possibilidade de que um homem… um homem com um emprego de verdade… talvez a admire?

Revirei os olhos.

— Você quer dizer por que não posso ser mais como Kitty Katz, que pega toda situação ruim e a transforma em algo *miau*-ravilhoso? Porque eu não sou a Kitty Katz, sou apenas a criadora dela. Eu queria ser mais como ela. De verdade. Queria mesmo. Mas ela é fictícia. Ninguém pode ser tão *perrrfeitamente* imperfeita.

— Ninguém está pedindo para você ser *perrrfeita*. Mas você poderia tentar abrir um pouco a mente.

Suspirei. As enormes figueiras espalhadas pelo pátio bloqueavam nossa visão para as tendas de autógrafo, mas dava para perceber que havia bastante gente lá. Imaginei que estivessem seguindo para seus respectivos carros para ir embora. Embora Little Bridge parecesse adorável, e tenha sido muito bom ver um auditório lotado de pessoas para nos ouvir falar, era improvável que muitas comprassem livros. Era assim que os festivais literários funcionavam. Autores eram curiosidades que as pessoas adoravam vir observar. Só algumas se importavam o suficiente para experimentar o produto que vendiam.

— Tá — respondi. — Vou manter a mente aberta. Will Price me admira. Ele me admira tanto que...

Bernadette ergueu uma das mãos em sinal de alerta.

— *Não.* Não comece com isso de novo. Ele já se desculpou. Talvez ele tenha tido mesmo um dia ruim naquela manhã no Congresso de Romancistas. Poderia acontecer com qualquer um. Talvez...

Mas nem tive a chance de ouvir o que Bernadette achava que poderia ter acontecido com Will para que ele dissesse aquelas coisas horríveis, porque bem naquele instante saímos da área das árvores e vimos que as hordas de pessoas no estacionamento não estavam seguindo para seus respectivos carros. Elas estavam se aglomerando do lado de fora da tenda dos autores...

Não, não se aglomerando. Formando uma fila.

— Por todos os gatinhos — exclamei, parando uma vez mais. — Essa gente toda está aqui para...?

— Aí estão vocês! — Chloe veio correndo na nossa direção, sem fôlego, com sua blusa e shortinho nas cores vermelha e branca. — Eu estava procurando vocês duas! Estão prontas para os autógrafos? Precisam de garrafinhas de água? Porque já tem um monte de gente esperando e seria ótimo se vocês pudessem se sentar e começar. Vamos oferecer uma caldeirada de frutos do mar no almoço para os inscritos no evento lá no farol e a gente quer que todo mundo chegue antes que a comida esfrie.

Bernadette e eu trocamos olhares chocados. *Oi?*

Talvez eu realmente devesse começar a ter *miau*-titude um pouco mais positiva, afinal.

CAPÍTULO 15

FESTIVAL LITERÁRIO DA ILHA DE LITTLE BRIDGE, ITINERÁRIO PARA: JO WRIGHT

Sábado, 4 de janeiro, das 13h às 14h

Sessão de autógrafos

Com Saul Coleman (como Clive Dean), Jerome Jarvis, Kellyjean Murphy (como Victoria Maynard), Garrett Newcombe, Will Price, Jo Wright e Bernadette Zhang

Toda a população da Ilha de Little Bridge apareceu para a sessão de autógrafos.

Ou pelo menos foi o que pareceu. A fila de gente segurando livros parecia infinita.

Não que eu estivesse reclamando! Aquele não tinha sido o meu sonho quando eu estava escrevendo escondida *Kitty Katz, a babá de gatinhos*, volume 1: *Kitty ao resgate* entre meus turnos como garçonete, em um dos inúmeros bares e lanchonetes de Nova York, certa de que o livro nunca seria publicado, mas ainda com a esperança de que seria? E de estar diante de uma fila de pessoas que neste século ainda liam livros — e não quaisquer livros, mas os *meus*?

Era como se eu tivesse morrido e ido para o céu.

Ou pelo menos teria sido, se eu não tivesse acabado sentada ao lado de Will.

Desta vez, porém, não foi escolha dele. O festival organizou os autores em ordem alfabética pelo sobrenome.

Então, eu vi minha própria mesinha dobrável coberta com uma toalha branca, tendo Will à minha direita e Bernadette à esquerda.

No início, até que foi legal. Eu já tinha participado de tantas sessões de autógrafos com Bernadette que sabia exatamente o que esperar dela: ela era calorosa com os leitores, mas nunca falsa; ela assinava rápido, mas não como se estivesse com pressa (o que, claro, estávamos, depois do aviso de Chloe sobre a caldeirada de frutos do mar); ela permitia que os fãs tirassem selfies e que repetissem se alguém tivesse piscado ou se não tivessem gostado do sorriso na foto.

Aquele era um procedimento bem padrão em sessões de autógrafos. Bernadette e eu sempre tentávamos ser agradáveis para que ninguém se sentisse desprezado, mas éramos rápidas. Não podíamos nos dar ao luxo de conversar muito (como Jerome, Kellyjean e Saul) nem desenhar ilustrações elaboradas ao lado da nossa assinatura (como Garrett), porque, se o fizéssemos, não conseguiríamos atender a todos na fila e, então, o pior aconteceria: alguma criancinha ou algum adolescente poderia ir embora decepcionado por ter que levar o livro não autografado de volta para casa.

Will, por outro lado, não parecia se importar com nada disso. Ele mal erguia a cabeça coberta de cabelos escuros dos livros que estava autografando, mal parando para sorrir ou dar um oi para os fãs — alguns dos quais tão emocionados por finalmente conhecê-lo que começavam a chorar na fila, antes mesmo de chegar à sua mesa, e já estavam soluçando quando finalmente o encontravam. Notei que ele estava com tanta pressa para passar pela fila que nem respeitava seus leitores o suficiente para assinar o nome todo, só as iniciais, *WP*, com um floreio.

Aquilo era *pavoroso*, ainda mais considerando como o nome dele era curto — não muito mais longo que o meu, e eu sempre escrevia tudo. Sentia que era o mínimo que eu poderia fazer, mesmo para leitores que não estavam comprando nenhum dos meus livros novos no evento, apenas trazendo os exemplares que tinham em casa.

Eu entendia que um autor como Saul, que já estava no ramo há tempo suficiente para já ter publicado centenas — literalmente *centenas* — de antologias de contos, novelas e até mesmo séries inteiras de romances sob diversos pseudônimos, talvez colocasse um limite no número de exemplares que autografaria para um fã em cada evento. A fila dele nunca terminaria se ele aceitasse autografar *tudo* que já tinha escrito para *todo* fã de Clive Dean que aparecesse, embora ele sempre ficasse tão encantado ao ver alguns dos seus livros mais antigos — dos anos 1970! — que às vezes se sentava e ria deles, perguntando aos fãs onde tinham comprado e como tinham conseguido guardar o exemplar por tanto tempo, e se tinham gostado tanto quanto gostavam dos trabalhos mais recentes, e a fila dele começava a andar ainda mais devagar.

Tinha sido de Frannie a palavra final. Três livros por fã. Esse número — mais os eventuais livros novos comprados no evento — era o que Saul tinha permissão de autografar; senão, eles ficariam para sempre na sessão de autógrafos, e Frannie nunca voltaria para o hotel para almoçar ou jantar.

Mas como eu poderia aplicar as mesmas regras para alguma criança fofa e adorável que trouxesse todas as suas edições gastas, mas muito estimadas, de *Kitty Katz, a babá de gatinhos*? Com aquelas páginas macias como veludo de tanto que foram manuseadas, e com aquele cheirinho gostoso de baunilha, o aroma de brochuras antigas. Ainda mais quando diziam, como costumava acontecer, que o primeiro capítulo que já tinham lido sozinhos era de um livro meu, ou que tinha sido um presente da avó, ou que meus livros os ajudaram a passar por um período difícil?

Eu não conseguia ser tão insensível assim.

Em vez disso, cada um era personalizado com um *Você é perrr-feito!*, *Obri-*gata *por ler!*, *Lambeijinhos, Jo Wright*, mesmo se o livro tivesse algum carimbo indicando que tinha sido comprado em algum sebo ou promoção e não houvesse possibilidade de eu ter ganhado um centavo de direitos autorais com aquela venda. Se alguém — principalmente uma criança — estava dedicando seu tempo para vir a uma sessão de autógrafos, aquilo significava que eu precisava tornar a experiência o mais especial e memorável possível, para que aquela criança continuasse sendo leitora para sempre. Não era apenas a minha responsabilidade: era o meu *dever*.

Ao que tudo indicava, porém, Will Price não compartilhava dessa crença. Ele não tinha escrúpulos em negar selfies aos fãs, dando-lhes uma resposta britânica e sucinta, "Eu adoraria poder tirar, mas estou com pouco tempo hoje", antes de se voltar para a próxima pessoa na fila.

Eu não acreditaria se não tivesse visto com os meus próprios olhos — e se ele não tivesse confessado para mim mais cedo o medo de falar em público.

Eu sabia que não deveria julgá-lo de forma muito dura. Talvez, pensei com os meus botões, enquanto eu sorria para selfie após selfie — os meus leitores, a maioria adolescentes e mais velhos agora, eram tão obcecados em conseguir a foto perfeita quanto os de Bernadette —, a grosseria de Will com seus fãs tivesse a ver com o que quer que tenha acontecido com ele e a irmã na época em que fizera comentários cruéis a meu respeito no Congresso de Romancistas.

Talvez, quando eu finalmente descobrisse o que tinha acontecido, poderia fazer Kitty descobrir que a mesma coisa tinha acontecido com Raul Wolf, e era o motivo de ele ser tão babaca e arrogante — embora fosse um lobo adolescente, e não um homem adulto que realmente devesse saber que não podia descontar os próprios problemas em fãs nem em autoras inocentes.

Claro que isso só funcionaria se o que tivesse acontecido com Will não fosse sombrio demais para os leitores de *Kitty Katz*. Meu público esperava certo nível de humor nos meus livros, o que ficava evidente pelo fato de eu não conseguir que ninguém se interessasse em publicar meus livros sobre a apocalíptica Marianne Dashwood e o coronel Brandon, ou o livro sobre a filha de uma mãe moribunda e um pai músico falido.

Foi só mais para o final do evento — ou pelo menos o final para Will, porque ele estava acabando rápido com a fila dele — que comecei a notar uma coisa.

Ele ficava olhando para mim.

Não me encarando como tinha feito durante a nossa mesa, mas dando olhadelas rápidas, como se estivesse observando o que eu estava fazendo.

Então, à medida que ele me observava, aos poucos, ele começou a... não há outra forma de descrever:

Ele começou a me copiar.

Começou, na verdade, a pisar no freio, a olhar para os leitores e sorrir. Até concordou em posar para as selfies que eles continuavam implorando para tirar — embora eu tenha notado que ele mantinha os braços ao lado do corpo e as mãos na mesa, obedecendo à regra de Nunca Tocar um Leitor.

Foi incrível. Era como assistir a um alienígena aprendendo a se adaptar à vida no nosso planeta. Will estava *aprendendo*. Aprendendo a ser humano!

Não pude evitar sentir que era *eu* quem estava fazendo isso. *Eu* estava ensinando Will a agir como um ser humano... ou pelo menos como um escritor profissional do século XXI.

Mas como ele nunca havia aprendido antes? Ele tinha a mesma idade que eu e já dava autógrafos há pelo menos tanto tempo quanto eu. Nunca ninguém tinha lhe dito que ele estava sendo grosseiro?

Na verdade, era possível. Isso às vezes acontecia com autores famosos: ninguém de uma editora iria querer insultar o autor mais rentável sugerindo que sua escrita (ou comportamento) precisava melhorar. O autor talvez ficasse tão furioso que poderia procurar outro lugar para publicar seus livros.

Mas ninguém da *família* de Will tinha notado aquele comportamento antes? Ou ele tinha sido criado por lobos *de verdade*, como Raul?

Quando tive um intervalo na minha fila, eu me virei para ver se Bernadette tinha notado o que estava acontecendo ao meu lado.

Ela tinha notado. Estava observando Will com as sobrancelhas levantadas — e também não passou despercebido por ela que Garrett, uma mesa depois de Will, estava fazendo o completo oposto: ficava abraçando todas as leitoras que pediam uma foto, independentemente da idade, puxando-as para mais perto dele e então "magicamente" tirando uma relíquia comemorativa da orelha delas, rindo para a câmera e gritando "Magia das Trevas" para quem estivesse tirando a foto.

Mas o pai de nenhuma das jovens leitoras fez objeção. Meus marcadores de livro promocionais (FIQUE *LIGATO*: EM BREVE, VOLUME 27 DE *KITTY KATZ*!) não chegavam nem perto de serem tão populares. Ninguém queria um pedaço de papel colorido quando poderiam ter uma *relíquia* de verdade (ainda mais quando tal relíquia era magicamente tirada da sua orelha).

Eu me distraí de Will um segundo depois, porém, quando uma voz conhecida, bem perto de mim, disse:

— Ai, meu Deus, gente. Não tenho nem como agradecer a vocês pelo que disseram hoje!

Ergui o olhar e vi Lauren e suas amigas paradas diante da minha mesa e da de Will. Estavam vestidas para férias em um resort — óculos de sol, sandálias plataforma, macaquinhos com babados e, por cima, quimonos leves. Lauren estava arrastando uma mala de rodinhas consigo e ficou óbvio que tinha esperado até a minha fila e a de Will diminuírem o suficiente para que pudesse ser a última e ter uma conversa longa e agradável com a gente.

Eu sabia o que havia na mala de rodinhas, mas não tinha certeza se Will sabia. Ele não parecia entender nada sobre ser um ser humano, então tomei a iniciativa de responder:

— Foi um prazer, Lauren. Estamos muito felizes por você ter vindo.

— Ah, Lauren não ia perder isso nunca na vida. — Jasmine estava tomando água de coco com canudinho enquanto segurava uma pilha de exemplares novinhos do livro de Will, *Quando morre o coração*. Ao lado dela, Cassidy estava agarrada à sua amada edição de *O instante*, assim como vários outros exemplares que ela parecia ter comprado para dar de presente a amigos. — Lauren nem vai à praia com a gente hoje à tarde. Vai ficar escrevendo no hotel, de tanto que ela está inspirada.

— Bem — disse Will. Percebi pelo jeito que puxava o colarinho da camisa que ele estava constrangido, tão constrangido quanto estivera no aeroporto na manhã anterior, quando fora cercado pelo mesmo grupo de garotas. — É assim que se faz. Disciplina. Histórias não se escrevem sozinhas.

Fui obrigada a discordar, de forma respeitosa, obviamente:

— Acho que não teria problema deixar de escrever um dia para ir à praia com as amigas quando se está visitando a Ilha de Little Bridge pela primeira vez.

— Não. — Will negou com a cabeça. — Quando a inspiração chega, é melhor aproveitar.

— Não quando você tem a idade dela. — Eu ainda não fazia a mais pálida ideia de quantos anos Lauren e suas amigas tinham, mas sabia que eram bem mais novas do que eu. Também sabia quantas festas e idas à praia eu perdi porque tinha que trabalhar para pagar por coisas com as quais outros jovens não precisavam se preocupar, como mensalidade da faculdade e a conta de luz do apartamento. Um dos motivos pelo qual eu escrevia sobre gatos em vez de humanos era porque eu não fazia ideia de como era ir a um baile da escola ou a um jogo de basquete: eu nunca havia ido a nenhum dos dois. Estava sempre ocupada demais, trabalhando. Mas ninguém sabia como era um baile ou um jogo de basquete em uma escola para gatos, então eu não tinha como errar. — Ela tem muito tempo para escrever. Agora ela está de férias em uma ilha linda com as amigas. Deveria aproveitar.

Will ficou sério.

— Quando a inspiração chega…

— Ah, vocês dois são tão fofos juntos. — Kellyjean, que tinha acabado de terminar os autógrafos da fila dela, chegou saltitante, os olhos cintilando com sua suposta sabedoria. — Haha! Não é verdade? Esses dois estão sempre discutindo como um casal de velhinhos, não é?

Achei que eu fosse evaporar de vergonha bem ali, e Will não pareceu nem um pouco satisfeito, julgando pelos nós brancos dos dedos devido à força com que segurava a caneta.

— Ah, qual é! — continuou Kellyjean. Ela nunca sabia a hora de parar. — Você concorda comigo, não é, Garrett?

Assim como Will e eu, Garrett pareceu não gostar do comentário de Kellyjean. Ele estava terminando um último autógrafo — que, claro, incluía uma ilustração elaborada da *Escola de Magia das Trevas* — para uma jovem fã ansiosa.

— Hum… na verdade, não — respondeu ele.

Lauren decidiu que tinha chegado a hora de trazer o assunto para o que interessava mais: ela mesma. Ela levantou a mala de rodinhas, colocou-a na minha mesa com um baque e a abriu.

— Espero que você não se importe — disse ela —, mas sempre foi meu sonho ter seu autógrafo nesses livros.

Assisti enquanto ela começava a tirar da mala, um por um, todos os 26 livros da série *Kitty Katz, a babá de gatinhos*, e depois a empilhá-los diante de mim.

— Não precisa ser personalizado — disse ela, notando minha expressão atônita. — Mas se puder assinar todos, já vai ser maravilhoso.

— É claro que vai ser personalizado. — Eu ainda não acreditava no que eu estava vendo. Eu desconfiara, ao notar a mala, que ela talvez tivesse trazido *alguns* dos livros da Kitty Katz, mas não *todos* eles. — Você trouxe isso tudo do *Canadá*?

— Não só esses. — Lauren deu uma piscadinha para Will, que também estava olhando para ela com incredulidade enquanto ela cavava mais fundo na mala. — Também trouxe alguns para você, Will! — E ela foi tirando todos os livros que Will já tinha escrito, todos quase tão gastos quanto os exemplares amados de *Kitty Katz*. — Seus livros significam muito para mim. A Kitty Katz me fez querer ser escritora, mas os seus livros, Will, me ensinaram o que significa ser mulher.

Ah. *Não*.

— Obrigado — Will logo começou a rabiscar. — Significa muito para mim ouvir isso.

Que foi exatamente o que *eu* disse para cada leitor como resposta quando eles diziam como os livros de Kitty eram importantes para eles. Seria possível que Will estivesse fazendo a única coisa que tantas amigas minhas disseram que Justin — ou qualquer outro homem — nunca, jamais seria capaz de fazer: mudar?

Não. Não podia ser.

Só que esse tipo de coisa *acontecia* às vezes... mas em geral só em livros. Em O *instante*, por exemplo, Johnny Kane tinha deixado de ser um criminoso, fora da lei, e se tornado um amante amoroso para Melanie West.

— Não precisa agradecer — eu disse para Lauren, praticamente atirando os livros de volta para ela à medida que os autografava, porque eu estava doida para sair logo dali para contar para Bernadette o que tinha acontecido. Claro que Bernadette já havia terminado de dar os autógrafos da fila dela e já tinha seguido para o carrinho de coquetéis. (Sim! O Festival Literário da Ilha de Little Bridge tinha um carrinho de coquetéis que servia bebidas alcoólicas para os participantes bem ali no estacionamento. — Hum, a gente se vê mais tarde? — Eu não podia simplesmente sair correndo e deixar uma fã tão maravilhosa que havia comprado tantos livros meus (no passado, não neste evento; não que eu tivesse livros novos para ela comprar). — Talvez hoje à noite, no banquete?

— *Eu* vou estar lá. — Jasmine estava acabando de beber a água de coco de forma ruidosa. — Não sei quanto a Lauren. Ela fica tão ocupada escrevendo.

A outra amiga, Cassidy, que estava observando Will assinar meia dúzia de exemplares de O *instante* que ela havia comprado para amigos — e aparentemente tinha desistido de pedir o autógrafo no peito —, ergueu o olhar e disse:

— Ai, meu Deus, *sim*. Li no TripAdvisor que o Fenda, onde a festa vai acontecer, serve os frutos do mar *mais frescos* de toda a ilha.

— Você realmente deveria ir hoje à noite, Lauren. — Garrett ainda estava terminando o desenho para um jovem fã, um menininho que usava capa de mágico e cujo pai parecia maravilhado por estar recebendo um desenho original de Garrett Newcombe. — Concordo com Jo, você deve aproveitar ao máximo sua estada em um lugar tão bonito. E com certeza vai poder escrever sobre isso tudo quando voltar para o Canadá.

Lauren arqueou as sobrancelhas perfeitas — feitas com pinça, cera ou linha.

— Você acha mesmo?

— Ah, com certeza. — Garrett examinou seu desenho, mas não pareceu muito satisfeito e se inclinou para acrescentar um toque final. — Sei que Will acha que um livro se escreve com disciplina, e claro que isso é verdade. Mas você nunca vai conseguir escrever nada se não tiver nenhuma experiência sobre a qual escrever.

Fiquei um pouco irritada por ter sido justamente Garrett "You Are My Sunshine" Newcombe, entre tantas pessoas, quem resumiu de forma perfeita a minha opinião sobre o assunto.

Mas fiquei menos irritada quando vi como aquilo fez Will franzir a testa... principalmente quando Lauren olhou radiante para Garrett e perguntou:

— Você acha mesmo?

— Eu não acho, tenho certeza. Além disso, vou fazer um número de desmaterialização no jantar e acho que você não deveria perder. Suspeito que vá ser uma experiência sobre a qual você vai querer escrever.

— Desmaterialização? — Lauren olhou para as amigas que estavam dando risinhos, talvez por causa da repetição da palavra "desmaterialização". — Tá legal, eu vou.

Garrett sorriu para Lauren como um tio bondoso e entregou o livro para o menininho com capa de mágico que esperava o desenho.

— Aqui está, Dylan. E aqui está uma relíquia comemorativa oficial de *Escola de Magia das Trevas,* volume 11, de presente para você.

— Nossa, obrigado! — Dylan e o pai agradecido pareciam nas nuvens.

Foi nesse momento que Chloe chegou saltitante. Ela estivera trabalhando com as outras Parguitas para organizar a fila, colando Post-its nas capas dos livros de todos os leitores, para que escrevêssemos os nomes direitinho (era importante que, se alguém se chamasse Michelle ou Alyssa, a gente soubesse o número correto de "l" e "s").

Mas agora que quase todo mundo já tinha ido para a caldeirada de frutos do mar, ela estava guiando um rapaz de cabelo escuro com uma câmera Leica, que parecia cara, pendurada no pescoço.

— Srta. Wright, este é Elijah. — Chloe apontou para o rapaz. — Ele é o fotógrafo oficial do festival.

Elijah assentiu para mim de forma casual.

— E aí? — disse ele.

— Tudo bem se ele tirar algumas fotos suas e do Will em ação, dando alguns autógrafos? — perguntou Chloe.

— Claro.

Posei com a caneta pairando sobre o último livro de Lauren e Will fez o mesmo. Elijah se aproximou e começou a tirar fotos de uma maneira que parecia bastante profissional.

— Como está Molly, Elijah? — perguntou Will.

— Bem, eu acho — respondeu Elijah, enquanto clicava a câmera. — Katie ligou há um tempinho lá do hospital e disse que a Srta. Molly… quer dizer a Sra. Hartwell, está com quatro centímetros de dilatação, seja lá o que isso quer dizer.

Ouvi todas as mães que ainda estavam na tenda — Frannie, Kellyjean e Bernadette, assim como algumas outras — fazerem sons empáticos.

— É menino ou menina? — perguntou Kellyjean.

Esse tipo de coisa era importante para ela. Na série *Os prados de Salem,* lobisomens sempre engravidavam bruxas e vice-versa. Controle de natalidade era algo que não existia no universo sobrenatural de Victoria Maynard.

— Eles querem que seja surpresa. Tipo, para o resto das pessoas. Eles sabem. *Eu* sei, porque Katie me contou. — Ficou claro que Elijah era alguém bem importante na vida de Molly, do delegado e da filha dele. — Mas eu não posso dizer. Então… hum… Srta. Wright, você se importa de aproximar um pouco sua cadeira da do Sr. Price… — Para meu descontentamento, ele se aproximou e empurrou minha mesa alguns centímetros na direção da de Will. — E, Sr. Price, se o senhor se aproximar mais da Srta. Wright, assim consigo tirar uma foto dos dois juntos... Isso....

Will obedeceu e se aproximou. Tão perto que consegui sentir o cheiro do perfume dele, que tinha um aroma fresco, limpo e cítrico, e senti o calor do corpo dele perto do meu. Tão perto que dava para ver que a barba dele já estava começando a despontar, mesmo que não fosse ainda nem a hora do almoço. Tão perto que vi alguns pelos escuros e enrolados saindo pela abertura da camisa dele.

E não era só isso que estava acontecendo. Alguma coisa na combinação do cheiro dele e da masculinidade tentadora daqueles pelos escuros estava me deixando com calor. Muito mais calor do que realmente fazia na tenda, já que ventiladores elétricos estavam ligados para refrescar a área dos autógrafos, embora a temperatura estivesse bem agradável.

Ainda assim, comecei a sentir o suor escorrer pelo meu pescoço e pelas minhas coxas por baixo do vestido.

Aquilo não era nada bom. Nada bom mesmo.

— Como você está? — perguntou Will.

Pisquei para ele, um pouco surpresa.

— Quem? Eu?

Ele sorriu, sem desviar o olhar da câmera.

— Sim, você. Como você está? Tudo bem?

— Hum... — Eu estava prestes a entrar em combustão, mas fora isso, eu estava bem. — Tudo.

— Agora, se você puder se inclinar em direção às mesas. — Elijah estava falando com Lauren. — Como se estivesse fazendo uma pergunta para eles, do jeito que você fez alguns minutos atrás?

— Eu? — Lauren parecia encantada. — Claro!

Lauren se inclinou para a mesa, o cabelo liso e comprido varrendo a toalha branca e roçando um pouco na minha mão, envolvendo tanto a mim quanto Will no cheiro de xampu de maçã.

Aquilo era preferível ao cheiro de Will, que estava me envolvendo antes, mas não ajudava em nada com o calor que eu estava sentindo. Ele não estava com calor também? Parecia que não, nem a Lauren. Os dois pareciam tranquilos e frescos, sorrindo durante todo os cliques e mais cliques de Elijah…

— Certo! — Eu me levantei da cadeira e me afastei de Will. Felizmente uma lufada de vento soprou para refrescar todos os lugares que tinham começado a ficar melados de suor. — Acho que você já tem fotos suficientes, né, Elijah?

Ele olhou para a tela da câmera.

— Hum… sim. Acho que ficaram ótimas. Obrigado.

— Ótimo. — Peguei a minha bolsa embaixo da mesa de autógrafos e me afastei antes que alguém pudesse pensar em qualquer outro motivo para me obrigar a me sentar de novo ao lado daquele reator nuclear cheiroso que era Will Price. — Bem, então vejo vocês todos no jantar…

— Ah, não, pode tirar o cavalinho da chuva, dona Jo Wright. — Kellyjean apareceu do meu lado de repente, encaixando seu braço no meu. — Não vamos deixar que você volte para o hotel para trabalhar pelo resto deste dia maravilhoso.

— Hum. — Eu tive que inclinar a cabeça para não bater na aba do chapéu enorme de praia dela. — Não, eu tenho mesmo que voltar para o hotel. O volume 27 de *Kitty Katz* está superatrasado. Eu acabei de ter uma ideia, na qual quero trabalhar…

— Você não vai fazer nada disso. — A pegada de Kellyjean no meu braço era surpreendentemente forte. — Você vai passear no barco do Will com a gente. Vai almoçar e passar a tarde. Não foi você mesma quem disse para aquela menina ali que, para ser uma boa escritora, é necessário ter experiências sobre as quais escrever?

— Hum. — Lancei um olhar desesperado na direção de Bernadette para que ela me ajudasse, mas ela estava sorrindo, parecendo se divertir com o meu desconforto. *Você disse isso,* ela falou com os lábios, apontando o dedo para mim. — Sim. Mas Lauren tem uns doze anos e está começando a escrever e eu já tenho mais de trinta e…

— Ei! — Lauren havia fechado a mala e agora estava me olhando com uma expressão de descrença. — Eu tenho dezenove anos!

— Ah, desculpa, dezenove. Mas é que eu prefiro mesmo…

— Nada de desculpas. — Kellyjean segurava o meu braço com um aperto mortal. — Você vai *amar*. Vamos tomar vinho e talvez pegar um pouco de sol…

— Ah, que pena. — Apesar da força do aperto de Kellyjean, puxei meu braço tentando me libertar. — Eu não trouxe biquíni.

— Eu trouxe. — Kellyjean deu um tapinha na bolsa gigantesca enquanto continuava me segurando. — Eu peguei no seu quarto ontem à noite quando estava arrumando o difusor, já que eu sabia que você ia se esquecer. Eu fui bem esperta, né? Agora, você não tem mais desculpas para não vir com a gente.

Bernadette, para quem lancei um último olhar como um pedido de ajuda desesperado, só sorriu para mim.

— Desculpa, Jo — disse ela, dando de ombros. — Está na programação.

Desisti. Kitty Katz sabia, assim como eu, quando era indelicado recusar um convite — mesmo que fosse um convite para algo que ela temia.

— Nossa, gente. Tá bom — disse eu, abrindo um sorriso fingido. — Mal posso esperar.

O instante, de Will Price

Fizemos amor no chão diante da lareira. Nossos corpos se encontraram como amigos de longa data, nossos braços e pernas se entrelaçaram, nossos lábios se uniram. O cabelo de Melanie caía em volta do meu rosto como uma cascata de ouro líquido, o cheiro dela envolvendo todos os meus sentidos como um opiáceo. Por um tempo, eu esqueci o que tinha feito.

Depois, porém, quando ela se deitou, ofegante, contra o meu peito nu, e as chamas da lareira começaram a se apagar, restando apenas um brilho vermelho, eu me lembrei.

CAPÍTULO 16

FESTIVAL LITERÁRIO DA ILHA DE LITTLE BRIDGE, ITINERÁRIO PARA: JO WRIGHT

Sábado, 4 de janeiro, das 14h30 às 16h30

- Passeio a bordo do barco *O instante* -

Will Price convida seus colegas autores para velejarem em volta da Ilha de Little Bridge a bordo do seu catamarã de sessenta pés. Será servido almoço.

Beleza. O barco era bem legal.

O que eu estava dizendo? O barco era *incrível*.

Eu nunca tinha estado em um barco antes, a não ser que a barca para visitar o museu da imigração na Ilha Ellis conte, aonde todo estudante da cidade de Nova York acaba indo em alguma excursão escolar.

Mas era só uma barca, e tinha sido só uma viagem de ida e volta pelo rio Hudson.

Este era um catamarã de muitos milhões de dólares cortando o mar azul cristalino da costa da Flórida. O sol forte queimando meus braços descobertos enquanto o vento quente soprava o cabelo que tinha se soltado do meu rabo de cavalo. Enquanto eu me apoiava na balaustrada, observando a água deslizar abaixo de nós — tão límpida que eu conseguia enxergar o fundo arenoso e cheio de algas —, senti todas as minhas preocupações e irritações serem sopradas para longe pela bela brisa tropical.

Não conseguia me lembrar da última vez que eu tinha me sentido tão feliz assim. Talvez nunca?

A parte mais estranha de tudo era que eu basicamente tinha sido forçada a entrar no barco e, mesmo assim, eu não me importava. Não só não me importava, como estava *amando* a experiência.

— Dá para acreditar nisso? — perguntou Bernadette, aproximando-se com uma taça de plástico de vinho rosé em uma das mãos e um prato do que estava sendo servido no almoço na outra: bolinhos fritos de frutos do mar, asinhas de frango com limão e ervas, salada de quinoa com legumes assados, espetinhos de melancia e morango.

Ela havia trocado a roupa que tinha usado durante a mesa e agora estava de maiô e short. Também usava a viseira amarela do Festival Literário da Ilha de Little Bridge que ganhamos na sacola de brindes (para proteger o rosto do sol, disse ela).

É isso mesmo. Bernadette Zhang, a autora da série de distopia de grande sucesso *Coroa de estrelas e ossos*, estava usando uma *viseira*.

— É *incrível* — eu disse.

Estávamos a caminho do que Will chamara de "um dos seus lugares favoritos", para o qual era necessário navegar um pouco. A Ilha de Little Bridge desaparecia atrás de nós, enquanto, à nossa frente, só víamos água — mas uma água diferente de qualquer outra que eu já tinha visto. Faixas de turquesa, azul-piscina e um verde muito claro — em alguns lugares quase transparente de tão rasa, a areia sob nós cintilando no sol quente do meio-dia — nos cercavam. De vez em quando, uma pequena ilha verdejante aparecia no horizonte como um oásis no meio de um deserto.

— São mangues — explicou Bernadette. Sempre no modo educadora, ela lia em seu celular as informações sobre o que estávamos vendo. — Eles se desenvolvem em áreas de maré baixa e constituem habitats essenciais para vários tipos de vida selvagem, inclusive aves pernaltas. Ei! Talvez a gente até veja um flamingo!

Só que nenhum daqueles mangues parecia ser o lugar especial de Will, já que os estávamos contornando.

Essa era a outra questão, Will não tinha contratado uma tripulação nem nada. Era ele quem estava pilotando o barco.

Por acaso era sexy um cara atrás do leme de um barco grande e potente?

Um cara tipo Will? É, tudo bem, vou admitir: sim, claro que era sexy.

— Então, está feliz por Kellyjean ter te convencido a vir? — Bernadette apoiou o prato e tentou tirar uma foto de um trecho particularmente bonito da água azul que se estendia para encontrar o céu também azul no horizonte — dois tons de azul tão profundos que mal dava para diferenciar onde um terminava e outro começava.

— Ah, estou muito feliz, admito.

Dei um gole na taça do vinho rosé que havia recebido ao subir a bordo de O *instante* — sim, Will tinha dado para o barco o mesmo nome do seu último livro que, pelo jeito, tinha ajudado a pagar por tudo —, e deixei meu olhar vagar da água em direção ao convés, onde Will estava ao leme. Sem camisa, diga-se de passagem.

E, cá entre nós, aquela visão era tão atraente quanto a do oceano.

Felizmente, ele não conseguia ver que eu olhava para ele, porque eu estava de óculos escuros. Assim que comecei a procurar lugares para meu pai morar na Flórida, investi em um bom par de óculos com lentes espelhadas polarizadas. Na época, tinha sido só para me ajudar a combater o brilho intenso do sol enquanto eu era levada de um lado para o outro por corretores de imóveis, mas agora eles estavam mostrando seu valor de formas que nunca havia imaginado. Para Will, eu poderia muito bem estar observando algum pássaro voando pelo céu acima dele.

Só que, na verdade, eu estava dando uma boa olhada nele. Will estava conversando com Jerome, que parecia fascinado pelo sistema de navegação do barco e queria explicações sobre todo o painel de controles. Will parecia bem feliz em responder, o que era ótimo para mim. Não apenas ele não tinha como saber que eu o estava observando, como estava ocupado demais para notar.

Claro que eu só estava empenhada em observá-lo por causa da minha pesquisa. Aquilo ia me ajudar a transformar Raul Wolf em um personagem complexo e profundo. Eu precisava que Raul fosse alguém que os leitores pudessem amar para dar todo o apoio à decisão de Katz de terminar com Rex Canino para ficar com ele.

Não havia nenhum outro motivo. Não mesmo.

Pelo menos eu teria conseguido fazer isso se as outras pessoas parassem de me interromper.

— Dá para acreditar neste barco? — Garrett veio do deque inferior, segurando uma latinha de mistura alcoólica pronta em uma das mãos e, infelizmente, o ukulele na outra. Assim como Will, ele estava sem camisa.

Ao contrário de Will, porém, Garrett não tinha o bom senso de usar um chapéu ou de ficar na sombra da cabine do comandante, então sua pele pálida já estava queimando sob os raios intensos de sol, mesmo que Kellyjean tenha oferecido a ele um protetor solar fator cem. Totalmente seguro para os recifes, além de ser biodegradável. Todos nós permitimos que ela espirrasse o spray na gente, mas Garrett recusou.

— Nunca me queimo — informou-nos ele. — Tenho um oitavo de sangue Cherokee.

Também notei que ele raspava os pelos do peito. Ou talvez depilasse com cera. Ele era miraculosamente liso em todos os lugares, com exceção das pernas, axilas, da cabeça e do rosto.

— Este barco tem um quarto maior do que o da minha casa! — Garrett, ao que tudo indicava, tinha explorado *O instante,* já que Will dissera para nos sentirmos em casa naquela tarde. Garrett, porém, era o único que estava levando o convite de forma literal e não como mera cortesia. — Quanto vocês acham que custou? Só uma estimativa.

— Você já nos disse ontem à noite que custou dois milhões. — Tomei mais um gole do meu vinho.

— Eu sei, mas agora que estou vendo, com todos os detalhes e luxos, chuto três milhões, fácil. E aí ele vai e dá um nome em homenagem ao livro dele sobre um assassino!

— Oi? — Eu o fulminei com o olhar. — Alguns de nós ainda não terminaram de ler o livro. Não sei se Johnny é culpado ou não.

— Ah, por favor. Não me diga que você não lê o final do livro primeiro?

— Claro que não. Qual é o seu problema?

— Eu só me importo com a arte, meu amor. Não me importo com a história.

Apontei para ele.

— Não me chame de meu amor, seu…

— Psiu. — Bernadette apontou para algumas espreguiçadeiras a alguns metros, onde Chloe, sua amiga Sharmaine e Kellyjean estavam de maiô e almoçando de costas para nós. — Há jovens impressionáveis por perto.

— Tá. — Abaixei meu tom de voz. — Não me chame de meu amor.

— Nossa. — Garrett revirou os olhos. — Sempre tão tensa, mas tudo bem, não vou chamar. Mesmo assim, você tem que admitir que isso também é estranho, né? Qual é o lance de Will com adolescentes?

— Nossa, sei lá. — Bernadette deu um gole no vinho. — Será que é porque ele é irmão de uma delas?

— Mas vocês não acham esse lance de líderes de torcida suspeito? — Talvez Garrett devesse pegar leve na bebida, já que o rosto dele estava ficando cada vez mais vermelho. — Porque eu acho.

— Elas não são líderes de torcida — ouvi-me retrucar. — Elas são do grupo de dança da escola. E Will está doando dinheiro para que elas ajudem durante o festival. Acho que não tem nada de estranho. Acho que é bem legal.

Eita. O que havia de errado comigo? Por que eu estava defendendo o Will?

Garrett estava envolvido demais nas próprias preocupações para notar.

— Imagino que vocês tenham ouvido os boatos — continuou ele, como se eu não tivesse dito nada.

Bernadette arqueou as sobrancelhas até quase encostarem na viseira.

— Boatos? Que boatos?

— Sobre um certo autor. — Garrett estava sorrindo agora. — Um certo autor *famoso.*

Bernadette me lançou um olhar de esguelha enquanto levantava o prato do almoço.

— Não consigo imaginar o que você quer dizer com isso.

— Price, é claro. Você sabe o verdadeiro motivo de ele querer todas essas jovens em volta dele, não sabe?

— Claro que não, Garrett. — Bernadette deu uma mordida no espetinho de melancia. — Mas tenho certeza de que você vai nos contar.

— *Pesquisa!* Will Price quer começar a escrever ficção infantojuvenil.

Bernadette e eu trocamos olhares. Garrett talvez tenha notado nosso deboche, já que exclamou:

— Ah, *qual é*! Como vocês não conseguem ver? Não poderia ser mais óbvio. É por isso que ele está te pagando um cachê tão alto para estar aqui, Jo. Estou surpreso de vocês duas não terem notado hoje cedo durante as mesas. Ele não poderia estar mais satisfeito com o fato de Molly ter entrado em trabalho de parto! Isso deu a ele a oportunidade de ficar lá sentado e nos interrogar sobre como é escrever para crianças e adolescentes.

Eu engasguei um pouco com um gole de vinho que tinha acabado de tomar. Aparentemente Garrett confundiu isso com descrença, já que insistiu:

— Vocês devem ter notado como Will é competitivo! Ele já conquistou a escrita para adultos, então por que não tentaria dominar o mundo da literatura infantojuvenil também? Meu Deus. — Garrett balançou a cabeça diante do que ele considerava uma burrice extrema. — A verdade está bem na cara de vocês esse tempo todo, mas vocês se recusam a ver.

Bernadette olhou para Garrett e piscou uma ou duas vezes antes de cair na gargalhada. Tentou cobrir a boca com uma das mãos para evitar ser ouvida por Kellyjean e as Parguitas e para evitar que Garrett notasse que ela estava achando a alegação dele hilária, mas não deu certo.

— Não sei qual é a graça. — Garrett pareceu magoado. — Vocês sabem que estou certo.

— Vou te dizer o que é engraçado — falei. Ao contrário de Bernadette, eu não estava rindo. Eu não estava nem sorrindo, nem um pouco. — Ontem à noite, você insistiu que o único motivo de eu ter recebido um cachê tão alto era para me atrair até aqui porque Will estava apaixonado por mim. Agora você está dizendo que o único motivo de Will estar andando com a gente é porque ele quer a nossa ajuda para dominar o mundo da literatura infantojuvenil… como se ele precisasse disso. Will poderia escrever o alfabeto em um pedacinho de papel e alguém publicaria. Melhor se decidir, Garrett. Se isso é um exemplo de como você planeja a trama dos seus livros, não entendo por que alguém os lê.

— O qu... — Garrett pareceu ainda mais magoado. — Jo, de onde está vindo tanta hostilidade? Você está magoada porque talvez Will não esteja tão a fim de você no final das contas? Eu só estou tentando *avisar* a vocês, meninas, que aquele cara não tem boas intenções, e vocês...

— Ai meu Deus, Garrett, por que você não *cala a boca*?

Eu devo ter falado um pouco alto demais, já que Chloe se virou na espreguiçadeira e perguntou:

— Ei, gente. Tá tudo bem aí atrás?

— Está, sim — respondi para ela. — Desculpa. Está tudo bem. Estamos conversando sobre livros.

Garrett estava me fulminando com o olhar. Ficou claro que eu tinha perdido um amigo — se é que algum dia tivéssemos sido amigos. Mas senti que aquele barco já tinha afundado — para usar a expressão — naquela manhã, quando ele havia tocado o ukulele e cantado para mim de forma tão agressiva no ônibus dos autores.

— Ah, livros! — Chloe pareceu animada. — Meu assunto preferido! Vocês têm certeza de que têm tudo o que precisam? Querem que eu pegue mais espetinhos de frutas?

— Não, estamos bem, *sunshine*. — Garrett ergueu a latinha em direção a Chloe para um brinde. — Você e seu irmão são anfitriões perfeitos.

— Ah, obrigada. — Chloe abriu um sorrisão. — Tintim!

Então a cabeça dela desapareceu atrás da espreguiçadeira.

— Bem, já que vocês duas parecem não estar curtindo a minha companhia, acho que vou procurar quem realmente curta. — Garrett bufou para nós e seguiu na direção das mulheres que estavam tomando sol.

— Garrett — chamou Bernadette enquanto ele se afastava. — Garrett, não, espera...

Mas já era tarde demais. Garrett se sentou, colocou a latinha em um porta-copos e começou a dedilhar o ukulele.

— Ei, meninas — disse ele para Kellyjean, Sharmaine e Chloe. — Sabem o que vocês me lembram, deitadas aí, tão lindas ao sol? Uma canção de marinheiros que eu conheço. "*Farewell and adieu unto you Spanish ladies. Farewell and adieu to you ladies of Spain...*"

— Ai, meu Deus. — Bernadette olhou para mim, sem mais nenhum sinal de humor. — Olha só o que você fez.

— *Eu?* Você que riu na cara dele.

— Eu sei. — Bernadette parecia arrependida. — Acho que bebi demais.

— E eu estou começando a achar que Garrett talvez seja um *daqueles*.

— Daqueles o quê?

— Você sabe, um daqueles caras que insistem que nenhum outro cara presta para que ele pareça maravilhoso na comparação.

Bernadette lançou um olhar pensativo para Garrett.

— Se esse é o objetivo dele, com certeza não está funcionando.

— Por que você não fica de olho nele, enquanto eu vou avisar o nosso anfitrião?

— Espera um pouco. — Ela pegou a minha mão quando eu estava me encaminhando para a cabine do leme. — Você vai fazer o *quê?*

— Vou avisar Will que ele precisa ficar de olho em Garrett. — Diante dos olhos arregalados de Bernadette, expliquei: — Você não acha que pelo menos um dos organizadores do festival deveria saber a verdade sobre ele?

— A verdade sobre o quê?

— Aquela história que você ouviu sobre ele no Congresso de Romancistas. O cara está lá fazendo uma serenata para a irmã do Will. A irmã *adolescente* dele.

— Ele está tocando *ukulele,* Jo. Você mesma disse que um cara tocando ukulele não teria te impressionado na idade delas.

— Sim, se ele fosse um cara *qualquer*. Mas Garrett é um autor best-seller. Isso com certeza teria me impressionado o suficiente para eu deixar passar o lance do ukulele. Você disse ou não disse que rolaram uns boatos sobre um autor best-seller dando em cima de todas as garotas no Congresso de Romancistas do ano passado?

— Eu disse, mas também disse que eu não tinha prova de quem poderia ser.

Fiz um gesto com o queixo, indicando Garrett, que tinha acabado de tocar a música sobre damas espanholas e começado a tocar algo ainda pior, uma versão em ukulele de um reggae.

— Acho que está bem óbvio quem era. E se Chloe fosse minha irmãzinha, eu ia querer saber.

— Ai, meu Deus. — Bernadette revirou os olhos. — Tá legal, vai lá. Mas depois não venha me culpar se o tiro sair pela culatra.

— Como assim? O que você acha que Will pode fazer? Jogar Garrett no mar? — Isso na verdade daria uma ilustração *fofíssima* para um livro da Kitty Katz. Eu conseguia imaginar Raul Wolf jogando Rex Canino da barca da cidade direto na Baía de Dogsville.

— Ai, meu Deus. — A voz incrédula de Bernadette me arrancou dos devaneios. — Eu sei o que você está fazendo. Você vai colocar tudo isso no seu livro, não vai?

— Hã? — Afastei o olhar para o caso de ela, de alguma forma, enxergar a verdade nas lentes espelhadas dos meus óculos. — Não! Claro que não.

— Vai sim! — Bernadette balançou a cabeça demonstrando descrença. — Eu te conheço. Isso tudo vai entrar no volume 27 de *Kitty Katz*.

— Ah, fala sério. — Tarde demais. Ela já tinha entendido tudo. — Você realmente *bebeu* vinho demais.

— Se você fizer Kitty e Rex terminarem — gritou Bernadette para as minhas costas —, seus fãs vão te odiar. Você vai ser linchada no Goodreads!

Vai valer a pena, pensei, mas não disse em voz alta.

O instante, de Will Price

Ela estava quase adormecida. Beijei as duas pálpebras.

— Preciso te contar uma coisa.

Suas pálpebras se abriram. Ela sorriu.

— Contar o quê?

Eu me apoiei em um dos cotovelos e afastei algumas mechas de cabelo que caíam no rosto dela.

— A verdade. Preciso te contar a verdade.

Melanie se sentou. O cabelo dela escorreu pelos ombros e cobriu os seios fartos e redondos. Seus olhos eram como dois lagos azuis com profundezas inescrutáveis.

— Não existe nada que você possa me dizer, Johnny, que mude o que sinto por você.

O que eu poderia fazer depois disso, a não ser fazer amor com ela de novo?

CAPÍTULO 17

O vento começou a diminuir enquanto eu subia para a cabine do leme. Era uma pena que Frannie tivesse tanto medo do mar a ponto de obrigar Saul a ir para a caldeirada de frutos do mar em vez de se juntar a nós no barco O *instante*. Eles estavam perdendo um dia muito agradável na água. E também o que estava prestes a acontecer.

— Então, quando você vê um par de marcadores do canal — dizia Will para Jerome quando me juntei a eles na cabine do comandante —, você tem que guiar o barco para passar entre eles. A não ser que esteja voltando para o ancoradouro, aí tem que direcionar o barco até os vermelhos. Vermelho, direita, retorno.

Jerome olhou na direção para onde Will estava apontando, parecendo mais relaxado do que eu já o tinha visto em muito tempo. Talvez porque estivesse em um iate de luxo com uma cerveja, mas nunca se sabe.

— Claro, claro. Eu com certeza vou precisar dessa informação em algum momento da minha vida.

Will abriu um sorriso.

— Bem, acho que você não vai ver muitos marcadores de canal em Iowa.

— Eu nem sei. Assisti ao filme *Tubarão* quando era criança e jurei nunca mais chegar perto do mar. Essa é a minha primeira experiência desde então.

Will soltou uma gargalhada — a mais genuína que eu já tinha ouvido. Era fácil perceber que ele se sentia mais à vontade na água do que em terra firme — mais à vontade e talvez mais ele mesmo.

— Não temos grandes tubarões brancos por aqui. Na maior parte dos lugares, a profundidade é de poucos metros. A gente poderia praticamente voltar andando para Little Bridge, se quisesse. Está tudo bem, Jo?

— Ah, sim, tudo bem. — Mantive os olhos no para-brisa, olhando para o oceano, caso contrário ele poderia vagar por caminhos perigosos. Jerome tinha um corpo bem típico de pai, mas Will? Ai, meu Deus. Não era de estranhar que ele tivesse sido considerado um dos homens mais sexys do mundo pela revista *People*: por baixo de toda aquela roupa de linho, ele tinha um corpo magro e musculoso como o de um nadador olímpico.

Não só isso, mas o jeito como ele depilava e aparava os pelos do corpo era perfeito. Aquilo só podia ser depilação, porque eu não conhecia muitos caras que tivessem naturalmente pelos tão uniformes e sedosos, formando uma linha fina que descia pelo abdômen até desaparecer pelo cós do short, como uma seta ou o tronco de uma árvore... uma árvore que estava me deixando bem curiosa para investigar a raiz.

Eita. Vai com calma, Jo.

— Eu ia descer até a cozinha para pegar mais vinho e pensei em subir aqui para ver se vocês queriam alguma coisa — menti. Mas, como eu já tinha sido garçonete, achei que pareci bem natural e convincente.

— Ah, que fofa você é. — O sorriso maroto de Jerome me mostrou que ele, pelo menos, tinha percebido a minha mentira. — Na verdade, a minha cerveja está acabando. — Ele sacudiu a latinha vazia. Não era permitido vidro a bordo d'O *instante*, então todos estavam bebendo em latinhas ou copos de plástico. — Eu já ia descer mesmo para pegar mais uma. Pensando bem, acho que vou fazer isso e trazer bebida para todos nós.

Percebi na hora que alguém devia ter falado para Jerome sobre os planos que Kellyjean tinha para mim e Will. *Se puderem deixá-los um pouco a sós,* eu quase conseguia ouvi-la dizendo a todos com aquele sotaque texano. *Já está mais do que na hora de esses dois louquinhos se apaixonarem.*

Mas, em vez de ficar zangada com a interferência na minha vida pessoal, decidi aproveitar.

— Claro. Obrigada, Jerome.

Jerome, com uma expressão de leve divertimento, saiu da cadeira giratória de subcomandante e se afastou. Eu tinha quase certeza de que ele não voltaria. E nem poderia culpá-lo, na verdade.

Mas não importava. Will e eu estávamos finalmente a sós. Aquela era a minha chance de fazer a pesquisa que eu precisava para o volume 27 de *Kitty Katz.* E Will facilitou tudo.

— Garrett está tocando aquele maldito ukulele de novo? — perguntou ele, olhando pelo para-brisa para o deque lá embaixo. Os óculos de sol estavam no alto da cabeça. Talvez ele tivesse esquecido onde ele os tinha deixado.

— Ah, hum... — Meu olhar pousou nas pernas dele. Era a primeira vez que eu o via de short, com as pernas descobertas. Eram tão bonitas quanto o resto do corpo, bronzeadas e musculosas, prontas para se enroscar em mim. — Está, sim.

— Achei que eu tivesse pedido para ele deixar aquilo no ônibus.

— Pediu mesmo. — Os pés dele estavam lindos como sempre. — Mas ele trouxe assim mesmo.

Will balançou a cabeça, atraindo a minha atenção de volta para o rosto dele, e disse:

— Sou só eu que acho, ou esse cara é um pouco estranho?

Eu me acomodei na cadeira que Jerome deixara livre e me segurei para não responder: *Que engraçado, ele diz o mesmo de você.* Eu tinha que abordar o assunto da maneira certa.

— Bem, ele parece gostar muito de fazer serenatas para pessoas do sexo oposto. Talvez em alguma vida passada tenha sido um trovador apaixonado.

Will franziu as sobrancelhas, ainda apertando os olhos para ver o grupinho no deque inferior.

— Ele não parece muito bom nisso. E Kellyjean e Bernadette não já são casadas?

— Hum. — Mordi uma pelezinha solta na cutícula. Aquilo ia ser mais difícil do que eu pensava. — São. Mas acho que talvez ele esteja cantando para sua irmã e para Sharmaine.

Ele virou a cabeça, com cabelo escuro, bem rápido para mim.

— Minha *irmã*? Ela ainda está na escola.

— Acho que Garrett está ciente disso, mas não parece se incomodar.

Em vez de sair correndo da cabine e descer as escadas para atirar Garrett para fora do barco, Will se recostou na cadeira giratória com uma risada.

— Bem, boa sorte para ele. Se ele tentar qualquer coisa, Chloe vai matá-lo.

Essa foi uma reação bem inusitada.

— *Chloe* vai matá-lo?

— Ah, pode acreditar. Ela e as amigas do grupo de dança estão aprendendo a lutar capoeira.

— Desculpa, capo... o quê?

— Capoeira. É uma dança afro-brasileira com elementos de artes marciais. As meninas estão adorando. Um único chute pode causar danos significativos à cabeça, pelo que elas me disseram.

— Uau — eu disse. — Então acho que sua irmã sabe se cuidar.

— Com certeza bem o suficiente para lidar com os Garretts do mundo.

Eu me lembrei do que a filha do delegado tinha dito na noite anterior sobre os medos de Will de que a irmã pudesse ser sequestrada... provavelmente algo que eu deveria ter lembrado antes de vir correndo contar a ele sobre Garrett.

Mas ele não apresentou nenhuma ansiedade em relação à Chloe. Talvez porque a única ameaça ali fosse Garrett, e ele não era muito ameaçador. Estávamos no meio dos mangues das ilhas Keys. Não havia outra alma viva por quilômetros, ou pelo menos assim me parecia.

O que me lembrou...

— Onde estão seus pais? — perguntei. Eu com certeza não estava olhando para o peito nu dele, por cima da minha taça de vinho de plástico. — Por que Chloe mora com você e não com eles? Ou eles estão aqui e eu ainda não os conheci?

O que eu não disse foi: *Nenhuma das entrevistas que já li sobre você mencionava seus pais. Não que eu tenha lido muitas, claro. Tudo bem, li todas.*

— Nossa mãe faleceu — respondeu Will secamente, mas depois se ocupou com alguma coisa no painel que fez o motor do barco ficar mais baixo. Ele deve ter notado minha expressão de surpresa repentina, porém, porque se apressou a acrescentar: — Há muito tempo. Chloe ainda estava engatinhando.

Eita. Não havia nada em nenhum dos textos de apresentação de Will Price sobre a morte trágica e prematura da mãe.

Mas os textos de apresentação da maioria dos livros tinham o limite de cem palavras ou menos. Era por isso que a minha dizia apenas: *Jo Wright nasceu na cidade de Nova York. É autora de mais de vinte livros, incluindo a série de sucesso e best-seller número 1 do New York Times,* Kitty Katz, a babá de gatinhos. *Ela mora em Manhattan com sua gata.*

— Sinto muito. — respondi, com sinceridade. — Deve ter sido horrível. Como ela morreu?

Claro que não se deve perguntar "Como ela morreu?" quando alguém menciona que um ente querido se foi. É grosseiro e não é da sua conta, além de provavelmente ser doloroso para a pessoa com quem você está conversando. Pelo menos foi assim comigo, até que o tempo e a terapia tivessem suavizado o impacto que sofri com a morte da minha mãe.

Mas se você é uma escritora bisbilhoteira tentando escrever uma história com mais de um ano de atraso e está conversando com o culpado por isso (de certa forma), então tudo bem ser grosseira.

Pelo menos foi o que decidi naquele momento.

Will lançou um olhar inexpressivo. Por alguns segundos, achei que ele não fosse responder, mas, por fim, disse:

— Embolia.

— Ah. — Fiz uma careta. — Que horrível. E o seu pai?

— O meu pai — disse Will como se a palavra tivesse um gosto ruim. — O meu pai. Ele não... como posso dizer? Ele não estava preparado para assumir a responsabilidade da paternidade solo.

— Ah — assenti. — Como pai de Johnny?

Ele me lançou um olhar de surpresa.

— Johnny?

— É. Johnny Kane. De *O instante*. Ou você está me dizendo que o livro *não é* uma obra autobiográfica?

Ele começou a sorrir.

— Então você está lendo.

— Claro que estou lendo. Um livro grátis que alguém deixou no meu quarto de hotel. Como eu não leria?

O sorriso dele se alargou.

— E o que está achando?

— Bem... — Era sempre muito delicado quando algum autor perguntava o que você achava do livro dele, principalmente quando tal autor era seu arqui-inimigo, mas você não conseguia parar de ler. — Johnny e Melanie parecem mesmo ter muitos traumas na vida. Mas isso não os impede de transar muito.

O sorriso dele congelou. Seu olhar ficou muito fixo — quase cauteloso — no meu.

— E o que você acha disso?

— Bem, no geral, sou fã de sexo, desde que ocorra com consentimento entre dois adultos. — O que estava acontecendo ali? Por que ele estava olhando para mim daquele jeito? — Mas como ainda não terminei de ler, não vou fazer nenhum julgamento. Presumo que você vá matar Johnny no final, já que você gosta tanto de uma boa *catarse*.

O olhar cauteloso desapareceu e o sorriso voltou.

— Ah, nunca se sabe. Quem sabe eu não a surpreendo dessa vez.

— Duvido. De qualquer forma, achei que estávamos falando sobre o seu pai. Espero que ele não tenha morrido no desabamento de uma mina como o pai do pobre Johnny.

— Não exatamente. Mas assim como o pai do pobre Johnny, meu pai só amava três coisas na vida: a esposa (minha mãe), jogo de azar e bebida. Depois que ela morreu, ele se afundou nos últimos dois de um jeito impressionante.

Fiquei chocada de verdade. Não apenas porque Will Price, que costumava ser tão caladão, estava de repente se abrindo para mim, mas porque nada daquilo combinava com o que eu presumia saber sobre ele.

— Will, isso é... isso é horrível. De verdade.

Ele deu de ombros com indiferença, como se estivesse dizendo que nada daquilo importava.

— Acho que sim. Mas, por mais que tenha sido ruim para mim, foi ainda pior para Chloe. Pelo menos eu consegui passar uns doze anos mais ou menos com uma mãe amorosa, que me mostrou tantas coisas maravilhosas, como os livros e a leitura. Minha mãe amava ler. Chloe não teve isso. Eu me esforcei ao máximo para substituir a minha mãe, mas...

Ele deu de ombros de novo, dessa vez com um desamparo que quase partiu meu coração. Eu não conseguia acreditar que estava com pena de Will Price, de todas as pessoas no mundo, logo ele.

— É muita pressão — comentei com gentileza.

Ele não pareceu muito convencido.

— Acho que sim. Quando fui aprovado para a universidade, eu nem queria ir. Quem ia tomar conta da Chloe?

Aquilo parecia muito algo que Johnny Kane pensaria sobre a irmã, Zoey, e comecei a me perguntar se O *instante* não seria mesmo um pouco autobiográfico no fim das contas.

— Meu pai concordou — continuou Will, com o olhar perdido no mar. — Ele achava que a universidade não servia para nada. Queria que eu assumisse os negócios dele no setor de construção civil, que estava falindo por causa das apostas. Imagina a confusão que eu teria feito, hein?

Pisquei, surpresa. Não conseguia acreditar em como havia interpretado tudo errado.

Não tudo, claro: Will Price realmente tinha sido criado por lobos. Mas só um, e não exatamente no meio do luxo e do privilégio que eu sempre imaginara.

Sentindo que seria adequado aliviar um pouco a conversa, eu disse:

— Eu meio que entendo. Meu pai é ótimo, mas ele é músico. Ainda está arrasado por eu não ter seguido os passos dele.

— Sério? — Will olhou para mim e sorriu. — Ele tentou obrigar você a aprender a tocar piano?

— Pior: violino. Mesmo com todo meu sucesso literário, meu pai ainda tem esperança de que um dia eu vá cair em mim.

— Você entende, então. As expectativas dos pais podem ser… difíceis.

— Sim — respondi. — Mas veja como você se saiu bem. — Fiz um gesto amplo para abranger o barco. — Seu pai não pode dizer que você fez a escolha errada.

O sorriso dele desapareceu enquanto o olhar triste voltava para o para-brisa.

— Eu nunca vou saber. Ele morreu um pouco antes de eu me formar na faculdade. Infarto.

Daquela vez, fui eu que fiquei sem palavras.

Eu entendia agora o motivo de não haver qualquer menção a nada disso nos textos de apresentação dele. Era algo que todo jornalista que o entrevistasse iria querer perguntar: como foi passar por uma perda tão trágica quando era tão jovem e depois ter tido um sucesso meteórico com seus livros sobre pessoas que sobreviviam a perdas igualmente terríveis? (Embora Will Price jamais permitisse que um dos seus personagens morresse de algo tão mundano quanto um infarto. Era mais provável que morresse enforcado por ter atropelado o marido da amante.)

Muito arrependida de todas as vezes que furei os olhos dele nas fotos das revistas dos aviões, consegui gaguejar por fim:

— Eu... eu sinto muito, Will.

Tão original, mas o que mais eu poderia dizer depois de ficar sabendo de algo como aquilo?

Então, porque eu não sabia mais o que dizer, acrescentei sem graça:

— Também perdi minha mãe quando era nova.

Ai, meu Deus, *por quê? Por que* eu tive que contar isso para ele?

Will pareceu surpreso.

— Achei que sua mãe fosse uma dona de casa que assava biscoitos para você e seu pai.

Agora era eu quem estava surpresa.

— Não. De onde você... Ah! — Entendi. — Não, você está se referindo à Kitty Katz. A mãe *dela* é uma dona de casa que ama fazer biscoitos e bolos para...

— Kitty e os três irmãozinhos gatos. Certo. — Ele estava sorrindo. — E o Sr. Katz sustenta todos eles trabalhando das nove às cinco no Banco de Investimentos e Empréstimos Katz.

Fiquei boquiaberta. O que estava acontecendo? Will Price tinha lido os meus livros? Claro que eu sabia que ele os conhecia. Devia ter lido alguns trechos que Nicole Woods havia roubado, já que foram citados em todos os artigos sobre o episódio de plágio.

E, como ele estava no comitê de organização do Festival Literário, devia pelo menos ter ouvido Molly falar sobre eles. Ou talvez a irmã dele tenha deixado o volume 15 de *Kitty Katz, Kitty Quinceañera,* largado pela casa, e então ele o pegou e ficou sabendo da maravilhosa *fiesta de quince años* de Felicity, a melhor amiga de Kitty.

Mas ele tinha lido? *Tinha lido* um dos meus livros inteiros, do jeito que eu estava (finalmente) lendo um dele?

— Mas nas suas entrevistas — continuou ele, parecendo confuso —, você sempre diz que a família da Kitty foi inspirada na sua.

— Sim. Bem... — Eu me remexi, desconfortável, na cadeira do subcomandante. Peraí... Ele também lia as minhas entrevistas? Não era possível. Chloe talvez tivesse lido um trecho para ele à mesa do café da manhã ou algo assim. Isso fazia mais sentido. — Às vezes é mais fácil dizer coisas assim quando os repórteres fazem perguntas sobre a sua vida pessoal, não acha? Porque a verdade é muito deprimente.

Ele arqueou as sobrancelhas para mim.

— A verdade sobre a minha criação, sim. Mas a sua? É muito triste que você tenha perdido sua mãe, mas você parece uma pessoa muito bem ajustada... a não ser pelo que fez com o seu cabelo.

Levei a mão de forma defensiva à minha cabeça.

— *Hein?*

— Não se preocupe. Gostei da mudança. Combina com você. — Ele estava sorrindo de novo. — Só estou dizendo que, a não ser que você tenha estresse pós-traumático por ter sido obrigada a aprender violino por tantos anos, sua criação parece ter sido bem normal. Por que você não ia querer falar sobre isso nas entrevistas?

— Porque eu não quero compartilhar o maior sofrimento que já senti na vida com algum estranho que acabei de conhecer. Por que eu ia querer reviver a dor que foi ver minha mãe morrer de câncer quando eu só tinha catorze anos, como foi horrível e como meu pai gastou cada centavo que tinha… pelo menos os que ele não emprestava para os amigos da banda… para tentar salvá-la, tudo para promover um livro? Eu sei que *você* chamaria isso de catártico, mas, para mim, é uma coisa muito particular e não para consumo público.

Por que eu estava contando aquilo tudo para ele? Mas ele tinha acabado de contar seus segredos mais sombrios, então eu poderia muito bem confessar os meus.

Ele, porém, não parecia nem um pouco abalado.

— Claro. Faz muito sentido. Mas você mencionou seu pai em uma entrevista. Acho que foi no ano passado. Ele tinha acabado de quebrar o braço por ter escorregado na neve. — Diante da minha expressão chocada, ele acrescentou: — Eu só me lembro porque eu estava em um voo e peguei uma revista…

— Claro. — Eu estava morrendo de vergonha. — Sim, eu me lembro. Foi logo depois que aconteceu. O jornalista ligou e eu estava na sala de espera do hospital.

Peraí. O que estava acontecendo?

Nada daquilo fazia o menor sentido. Will Price lendo minhas entrevistas? Por livre e espontânea vontade? Não porque Chloe o obrigara a ouvir enquanto eles comiam cereal no café da manhã?

Por quê?

CAPÍTULO 18

Eu teria que refletir sobre aquilo mais tarde... e no fato de que nada que eu pensava sobre ele — bem, quase nada, de qualquer forma — era verdade.

Agora, só o que consegui pensar em dizer foi:

— Eu... eu sinto muito pelos seus pais, Will. Foi uma coisa horrível. Mas... — Voltei a olhar para Chloe, lá embaixo, com seu bronzeado dourado e lindo no deque inferior. — Mas sua irmã ficou bem no final das contas, não foi?

Sim, era isso! Eu precisava me concentrar no *miau*-ravilhoso. Igual à Kitty.

— Por sorte, sim. — Ele evitou olhar para mim, fazendo outra manobra no painel, e os motores ficaram ainda mais silenciosos. O barco estava desacelerando. — Graças aos nossos vizinhos bondosos. Eles foram uns anjos e tomaram conta dela depois que nosso pai morreu para eu poder acabar a faculdade e o livro que estava escrevendo, *Quando morre o coração*. Eu sabia que precisava ganhar dinheiro de alguma forma, e me lembrei de todos os livros que minha mãe adorava ler quando eu era pequeno. Eu tinha certeza de que conseguiria escrever algo parecido e publicar.

Claro. Por que não? Ele era Will Price.

Mas, para ser um autor publicado, era preciso ter mais do que um pouco de autoconfiança. Caso contrário, você nunca teria coragem de dividir sua escrita com o mundo, e menos ainda de continuar tentando depois de algumas inevitáveis rejeições e críticas negativas.

— Eu não esperava que fosse vender tão bem — continuou ele. — Mas, felizmente para mim, vendeu, e eu pude nos sustentar. Eu fiquei... bem, eu fiquei um pouco mais orgulhoso do que deveria. Achei que conseguiria criar Chloe sozinho e ao mesmo tempo equilibrar a minha carreira meteórica como escritor.

— Nossa! — Usei um tom irônico. — Orgulhoso? Você? Não consigo nem imaginar.

Ele sorriu.

— Eu sei. O que eu não esperava era... bem, que eu fosse ter tão pouco tempo para ficar em casa por causa de toda a publicidade. — Ele fez uma careta com humor sarcástico. — Os livros vendem melhor aqui. Vocês aqui nos Estados Unidos amam histórias trágicas de amor, não é?

Fiquei contente por ele não conseguir ler pensamentos e não saber quantos e-mails Bernadette e eu trocamos todos esses anos tendo como assunto coisas como *Quando morre o peidão.*

— Bem, todo mundo menos você — acrescentou ele, fazendo-me perceber que eu não tinha conseguido esconder bem os meus pensamentos, então só retribuí o sorriso cínico. — Não era justo com Chloe. — continuou ele. — Eu mal estava presente. Estava sempre contratando babás para tomar conta dela, em vez de eu mesmo fazer isso.

Olhei para a adolescente deitada na espreguiçadeira, relaxando ao sol com a amiga. Bernadette tinha feito muito bem o seu papel, conseguindo, de alguma forma, tirar Garrett de perto das meninas, e agora ela, Garrett, Jerome e Kellyjean estavam no deque lateral olhando para a água.

— Ela parece muito bem para mim — disse eu.

— Obrigado. Mas isso é só porque você a está conhecendo agora. Alguns anos atrás, ela diria que estava completamente perdida.

— Ela me disse. Ela disse que meus livros salvaram a vida dela.

Ele pareceu desconfortável e envergonhado. Mas não se calou.

— E ela disse a verdade. Como eu podia pagar, achei que deveria colocá-la na melhor escola que o dinheiro pudesse comprar. Porque é isso que pessoas ricas fazem. Então eu a matriculei na escola mais cara da cidade, uma escola só para garotas, achando que ela receberia a melhor educação, o tipo que eu sempre quis, onde ensinavam todos os clássicos.

Sorri, pensando em Chloe, com seu uniforme de Parguita, lendo *Ulisses*.

— E como foi?

— Exatamente como você acha que foi. — Ele balançou a cabeça com tristeza. — Ela nunca reclamou comigo, claro, porque ela não é disso. Mas todas as outras garotas da escola vinham de famílias muito ricas e foram bastante cruéis com Chloe porque ela não vinha. Nesse meio-tempo, eu estava pagando dezenas de milhares de libras por ano para Chloe ir para uma escola que a fazia sofrer, e foi quando eu descobri que ela nem sabia ler.

Senti um frio na espinha.

— Peraí... não sabia *ler*? Como assim, não sabia ler?

— Ela estava entrando na adolescência, mas mal sabia ler ou escrever. Os professores só a passavam de ano porque eu pagava a anuidade à vista e ela obviamente tinha outros talentos, como a dança, por exemplo, mas ela não estava aprendendo nada.

— Mas como isso é *possível*?

Ele deu de ombros.

— Eu voltei de surpresa para casa de algum evento literário e a encontrei chorando à mesa do chá por causa de todas as provocações e dificuldades na escola, e foi quando eu descobri: ela não conseguia ler nem o rótulo de um frasco de molho. Eu a levei para fazer alguns exames e...

Uma coisa se encaixou no meu cérebro. De repente, tudo fez sentido.

— Dislexia.

— Exatamente. Nenhum dos professores ou babás tinha notado. *Eu* não tinha notado.

Minha nossa. Não era de estranhar que ele tivesse ficado tão preocupado com o que Chloe tinha me contado. Não era de estranhar que ele estivesse organizando pessoalmente tantos eventos neste festival! Assim como o seu personagem Johnny, ele devia estar completamente tomado pela culpa.

— Mas o fato de Chloe não conseguir ler não era culpa sua — argumentei. — Você estava ocupado tentando sustentá-la. Como poderia...

— Eu deveria saber. — Havia um fervor no olhar dele. Ele estava com raiva, mas de si mesmo. — Ela é minha irmã. De qualquer forma, eu disse que ela nunca mais precisaria voltar para aquela maldita escola de novo, que poderíamos ir para qualquer lugar no mundo que ela quisesse. E é por isso que estamos aqui.

— Aqui? — Gesticulei em direção à Ilha de Little Bridge, que eu conseguia ver à distância. — *Aqui,* na Ilha de Little Bridge?

— Isso. Ela tinha ouvido falar sobre o grupo de dança. Parece que é muito bom. Elas sempre aparecem na TV em desfiles de datas comemorativas em Nova York. É uma grande honra, pelo que me disseram.

Ele devia estar se referindo ao Desfile do Dia de Ação de Graças da Macy's. Fiquei pensando em como aquilo seria emocionante para algumas adolescentes — não o tipo que eu tinha sido, claro —, e senti um pouco de inveja de Chloe e suas amigas. A única coisa que eu queria fazer no Ensino Médio era me formar o mais rápido possível.

— Além disso, o clima aqui é bem melhor do que na Inglaterra — continuou Will. — Você sabia que a temperatura aqui nunca caiu abaixo de zero? E que há estatisticamente mais horas de sol em Little Bridge do que em qualquer outro lugar nos Estados Unidos?

Eu não conseguia dizer se ele estava brincando comigo ou não. Will nunca me pareceu ser do tipo brincalhão, mas eu estava achando difícil acreditar que ele estivesse falando sério, mesmo sem sorrir.

— Você se mudou para cá por causa do clima? E porque sua irmã adolescente queria entrar para o grupo de dança da escola?

— Exatamente. Por que não? — Ele me lançou um olhar inquisidor. — Que requisitos mais você tem para morar em um lugar? Você mora em Nova York, uma cidade que já visitei algumas vezes, e sou obrigado a dizer que o clima por lá não é dos melhores. Nós com certeza não teríamos como fazer isso aqui. — Ele fez um gesto para indicar o barco e, antes que eu tivesse a chance de abrir a boca para dizer que Manhattan é uma ilha com fácil acesso não só a barcos, mas também ao oceano, ele continuou: — Little Bridge tem um ritmo de vida mais lento, e as pessoas aqui são muito boas. Além disso, a ilha tem um bom sistema educacional. Além do grupo de dança, eles colocaram Chloe em um programa especial e ela começou a ler rapidinho. Foi quando...

Eu sabia exatamente o que ele ia falar em seguida.

— Ela descobriu os meus livros.

Ele pareceu surpreso.

— Exatamente! Como você sabia?

— Hum... Já me disseram que meus livros são muito acessíveis.

Isso para dizer o mínimo. *Kitty Katz* ajudou muitas crianças — e alguns adultos também — não apenas a aprender a ler, mas também a aprender inglês como segunda língua. E não era só porque a série de desenho animado baseada no livro era bem fiel às histórias originais e exibida em mais de 29 países.

Havia algo naquela gatinha e seus amigos peludos que tornava a leitura divertida.

— Bem, eles certamente foram para Chloe — disse Will. Ele estava sorrindo de novo. — A leitura dela mudou da água para o vinho. Os seus livros foram os primeiros que ela conseguiu ler do começo ao fim. Ela ficou muito orgulhosa de si mesma por ter terminado. E tem até uma prateleira especial para os seus livros no quarto dela.

— Que maravilha ouvir isso — disse eu.

E era mesmo. De repente, tudo fez sentido. Leitores sempre reservavam um lugar especial para o primeiro livro que leram (ou, pelo menos, o primeiro livro que leram e gostaram, aquele que os deixou viciados na leitura). Era por isso que Lauren, aos dezenove anos, tinha trazido do Canadá uma mala cheia dos meus livros para eu autografar.

Só que ainda tinha uma coisa me atormentando.

— Mas, se você sabia que Chloe amava tanto os meus livros, por que foi tão cruel ao falar deles no Congresso de Romancistas?

O sorriso dele foi substituído por uma expressão de surpresa.

— Eu não fui cruel ao falar deles.

— Desculpa discordar, mas você foi, sim.

Agora, além de não sorrir, ele estava franzindo a testa.

— É verdade que eu falei algumas coisas sobre o gênero que você escreve que não foram tão educadas quanto deveria…

— Categoria.

— Como?

— Livros infantojuvenis não são um gênero, são uma *categoria* de livros. Mistério ou romance são gêneros. — Garrett devia estar equivocado sobre Will desejar entrar no mercado de livros infantojuvenis. Ele não sabia absolutamente nada sobre eles. — Ficção e não ficção são categorias de livros. Livros infantojuvenis e juvenis são categorias de livros não adultos.

— *Tá bom,* Jo, eu já entendi. Eu disse coisas idiotas sobre os seus livros. Eu não devia ter feito isso, e estou arrependido desde então. Você nunca disse algo que não deveria ter dito? Ou tinha algo que gostaria de dizer, mas não encontrou as palavras certas... ou nenhuma palavra, na verdade?

Olhei para ele e pisquei.

— É muito, muito raro que eu fique sem palavras. — A não ser quando o assunto é o meu manuscrito atual.

Ele passou a mão pelos cachos já crescidos.

— Então você tem muita sorte. É bem comum que eu fale alguma coisa errada... ou pior, que não consiga falar nada. E foi só *depois* do Congresso de Romancistas que Chloe descobriu os seus livros. E foi pouco antes dele que descobri o quanto ela estava tendo dificuldades na escola.

Peraí.

— *Oi?* Você descobriu que sua irmã não sabia ler e veio para...?

— Você acha que eu queria mesmo deixá-la lá e vir para os Estados Unidos para dar uma palestra de abertura em um congresso de que eu mal tinha ouvido falar? — Will parecia frustrado o suficiente para colocar o próprio barco propositalmente em rota de colisão com um iceberg, se houvesse algum por perto, só para encerrar aquela conversa. — Meu editor disse que, se eu cancelasse, seria um desastre publicitário.

Ele estava certo em relação a isso. A palestra de abertura do Congresso de Romancistas era um privilégio que autores com muitas décadas a mais de experiência que Will e eu sequer sonhavam em ter. A única desculpa aceitável para cancelar era a morte — de um ente querido ou a própria.

— Acho que — comecei devagar — teria sido muita falta de profissionalismo não ir, ainda mais com todo aquele escândalo de plágio. Todo mundo ficava repetindo que eu tinha que ir também ou pareceria que eu estava deixando Nicole me afetar.

Ele desviou o olhar do para-brisa e olhou para mim.

— Então você entende.

Eu queria dizer que sim, que eu entendia. Eu sabia que eu precisava esquecer aquilo. Minha terapeuta lá em Nova York ficou meses repetindo para mim: *Deixe o passado no espelho retrovisor. Você não vai conseguir seguir em frente se estiver sempre olhando para trás.*

Mas eu não conseguia. Mesmo depois de saber pelo que ele estava passando, eu não conseguia. O sangue siciliano da minha mãe não permitia.

— Desculpa — falei —, mas isso ainda não explica por que você foi tão cruel ao falar dos meus livros, principalmente depois... bem, depois que eu achei que a gente tinha se dado tão bem no camarim.

Fiquei horrorizada ao descobrir que lágrimas tinham brotado dos meus olhos.

O que era ridículo, porque claro que eu não me importava com o que ele pensava.

Ainda bem que eu estava de óculos de sol, assim eu sabia que ele não conseguiria ver minhas lágrimas repentinas.

Se bem que talvez ele conseguisse. Porque, de repente, ele tirou aquelas mãos grandes e bronzeadas do painel, saiu da cadeira de comandante e segurou meus dois braços. Os olhos escuros dele passearam pelo meu rosto, buscando... o quê?

— Jo, eu... — A voz dele falhou, até tremeu. Ele parecia querer me dizer alguma coisa, mas não conseguia... de verdade, não conseguia... encontrar as palavras certas.

Existia algum tipo de dislexia verbal? Porque, se existisse, Will sofria disso, ou pelo menos de algum tipo de problema de fala que às vezes tornava impossível para ele encontrar as palavras que estava procurando.

— O quê? — perguntei.

Precisei me esforçar para minha voz soar calma e nada curiosa, porque a verdade era que meu estado emocional e a proximidade dele — o calor emanando de seu corpo, a sensação daquelas mãos em meus braços — faziam meu coração disparar. Tão perto assim, eu conseguia ver que, mais do que nunca, ele precisava fazer a barba.

E eu queria sentir aquele pelo escuro e curto arranhando o meu pescoço, aquelas mãos passeando por todo o meu corpo.

O que havia de *errado* comigo? Eu não suportava aquele homem.

Ou pelo menos era o que eu estava pensando até o instante em que o puxei e comecei a beijá-lo.

CAPÍTULO 19

Tudo bem, então. E daí? Ninguém é perfeito.

Não foi minha culpa ter agarrado o Will e começado a beijá-lo. Não consegui resistir. Às vezes as ações falam mais alto que palavras, e ele era tão... beijável.

Pelo menos era o que eu estava pensando — na medida do *possível* — enquanto pressionava a minha boca contra a de Will e sentia aquelas mãos fortes escorregarem dos meus braços para a minha cintura, puxando-me para mais perto dele, enquanto a aspereza da sua barba por fazer espetava minha pele. *Assim,* pensei em alguma parte separada do meu cérebro, enquanto meu corpo tentava se aproximar ainda mais do dele. — *Isso. Assim.*

Ser beijada por Will era como deitar em uma cama macia e fresca arrumada com lençóis recém-lavados de algodão.

Era como sentir raios de sol no rosto, depois de semanas e mais semanas de céu cinzento e chuva monótona.

Era como mergulhar na água mais límpida, azul e morna.

Era como voltar para casa.

Era definitivamente algo com que eu poderia me acostumar.

Só que não. *Não.* Eu não podia sair por aí beijando Will. Eu tinha *enlouquecido* de vez? Aquilo era errado, muito errado! Eu sabia que era errado...

Mesmo assim, continuei ali de pé, beijando Will e deixando que ele me beijasse...

Até que finalmente voltei a mim e o empurrei. Talvez com força demais, já que ele bateu no painel e talvez tenha esbarrado em alguns controles, porque o motor soltou um ronco alto.

Ele se virou bem rápido para ajustá-los enquanto eu me apoiava na cadeira do subcomandante, tentando recuperar o fôlego.

— Tudo bem. *Isso* — disse eu, quando consegui encontrar minha voz — foi estranho.

Will olhou para mim, surpreso.

— Eu gostei bastante.

— Não. — Eu estava mais horrorizada com o que estava sentindo do que com o que realmente tinha acontecido. Era como se eu tivesse acabado de correr uma maratona, não que eu tivesse intenção de algum dia fazer algo idiota assim. — Nós não podemos... Tipo, isso não pode acontecer de novo. Isso foi... só não pode acontecer de novo.

— Eu sei que você está se recuperando de um término — disse Will. — Mas, para ser bem sincero, estou disposto a correr o risco.

— Ai, meu Deus. — Eu queria pular no mar. — Me desculpa.

— Não precisa se desculpar. Eu já disse que gostei.

— Obrigada. Estou lisonjeada. Mas não podemos... — Eu nunca tinha passado por uma situação como essa. Eu não fazia ideia do que fazer, menos ainda do que dizer. — Tipo, você é... e eu sou...

— Depois de ter se gabado tanto — disse ele, cruzando os braços e se recostando na cadeira, enquanto um sorrisinho aparecia em seus lábios —, é você quem está sem palavras.

Ele estava certo. Eu estava gaguejando. Fiz um esforço consciente para me controlar.

Mas era difícil, porque eu ainda sentia que estava derretendo por dentro e minhas pernas estavam bambas.

Voltei para a cadeira do subcomandante e tentei me recompor.

— Olha — disse eu. — Sinto muito. Eu realmente não tenho o hábito de sair por aí fazendo isso.

— Ah, que pena. — Ele ainda estava com um sorrisinho no rosto, como se achasse que eu era a pessoa mais engraçada do mundo. — Porque eu achei muito agradável.

— Bem, não vai acontecer de novo — continuei. — Porque estamos em um festival literário e eu tenho certeza de que acabei de violar um milhão de políticas de assédio sexual.

Ele deu uma risada ao ouvir isso. Uma risada!

E então ele disse algo que me surpreendeu mais que tudo, mais ainda do que o fato de eu o ter beijado — o que tinha sido bem surpreendente:

— Jo, você pode me beijar a hora que quiser. — Ele pegou a minha mão. — Eu...

Mas antes que Will tivesse a chance de dizer o que queria, ou me puxar para outro beijo de derreter as entranhas — o que eu era obrigada a admitir que queria, mesmo o odiando, e claro que ainda o odiava —, uma voz masculina gritou lá de baixo:

— Vejam!

Infelizmente, eu virei a cabeça para olhar.

Garrett estava apontando para alguma coisa ao lado do barco, que ele realmente queria que a gente visse. Algo liso e brilhante cortava a superfície da água bem perto da lateral de O *instante*. Não era só uma coisa, mas dezenas delas, cada uma brilhando e saltando no sol forte, espirrando água, parecendo se divertir.

Levei um segundo ou dois para registrar o que eu estava vendo porque eu nunca os tinha visto na natureza antes. Nem em nenhum lugar que não fosse atrás de uma tela.

— São... *golfinhos*? — Minha voz saiu um pouco mais rouca do que eu pretendia porque Will ainda estava segurando a minha mão e eu ainda sentia o calor que o corpo dele emanava, e meu coração ainda estava disparado por causa da proximidade dele.

— São — respondeu Will. A voz dele não tinha mais o tom divertido. — São, sim. Era isso que eu queria mostrar para você. Tem um grupo de golfinhos que costuma nadar por aqui. Nem sempre consigo encontrá-los, mas acho que dei sorte hoje. Achei que você ia gostar de ver...

— Jo! — A voz de Garrett cortou o momento, ou fosse lá o que eu e Will estávamos tendo, como um serrote enferrujado. — Desça aqui! Você não vai querer perder isso.

Foi quando Will pareceu perceber o que estava fazendo e infelizmente — muito infelizmente — soltou a minha mão.

— Ele está certo — disse Will. — Por que você não desce e dá uma olhada? Você vai conseguir tirar várias fotos legais para postar nas redes sociais.

CAPÍTULO 20

— O que há de errado com você? — Bernadette exigiu saber.

— Nada. — Eu estava no banheiro do hotel, tentando aplicar uma nova camada de delineador preto. — Por quê?

— Bem, para começar, porque você estava beijando Will Price no barco dele hoje à tarde.

— Não estava nada.

— Eu vi com meus próprios olhos. Chupar a cara dele faz parte do seu plano de fazê-lo se arrepender de todas as escolhas que fez na vida ou você decidiu perdoá-lo?

— *Humpf!* Impossível, já que eu ainda não ouvi dele nenhuma explicação sobre o que ele fez que tivesse algum sentido. Para um escritor best-seller, o cara tem muita dificuldade em articular palavras.

Embora, para ser bem sincera, a boca de Will fosse capaz de fazer uma série de outras coisas muito mais interessantes.

— Quem *é* você? — perguntou Bernadette. — E o que fez com a minha amiga Jo Wright?

Por um segundo, fiquei com medo de que ela tivesse lido meus pensamentos sobre as coisas que Will tinha feito com a boca dele, mas não. Ela estava sentada na poltrona fofinha do meu quarto de hotel, com o pé para cima, folheando meu exemplar de *O instante,* enquanto esperava que eu me arrumasse para o jantar.

— Você está *lendo* isso? — perguntou ela em tom horrorizado, segurando o marcador de página que eu estava usando.

— Estou. — Eu me voltei para o espelho, sentindo-me só um pouco constrangida. — E daí?

— Você está lendo um livro de Will Price *e* ainda ficou se agarrando com ele? Agora eu realmente acho que a verdadeira Jo foi sequestrada por alienígenas e substituída por um humanoide reptiliano.

— Por quê?

— Porque, pelo que você me contou, o cara teve uma vida bem difícil. Perder os pais tão jovem, se esforçar para criar a irmã mais nova sozinho e, até onde sei, mandar muito bem fazendo tudo isso. E, ainda assim, você só consegue pensar na *única* vez que ele deixou escapar uma opinião negativa sobre seus livros. Você sabe quantas coisas negativas você disse sobre os livros *dele,* antes, é claro, de se tornar uma das reptilianas?

— Hum... eu disse essas coisas para *você,* lembra? Não para os repórteres de um dos jornais mais lidos do mundo.

Bernadette continuou como se eu não tivesse dito nada:

— Isso sem falar que ele já fez de tudo para compensar, pediu mil desculpas, pagou passagens de primeira classe para você vir, fez questão que você ficasse na melhor suíte do hotel e ainda recebesse o maior cachê de todo o festival. Ele até conseguiu que golfinhos dessem cambalhotas no mar para você. O que mais você quer do cara? Eu estou começando a achar que tudo isso não tem a ver com colocá-lo no volume 27 de *Kitty Katz,* e sim que Kellyjean está certa: você quer o cara todinho para você.

Lancei um olhar de desdém para ela, embora eu estivesse secretamente horrorizada, porque a ideia de tê-lo para mim era bem atraente.

— Ah, *por favor.*

— Não sei por que isso está tão fora de questão. É claro que ele gosta de você, e você não parece achá-lo fisicamente repulsivo. Por que não puni-lo, sabe, de forma *carnal?* E se divertir enquanto faz isso.

— Porque ainda não faz o menor sentido. — Bati com o frasco do delineador na pia. — Eu não tenho irmãos, então não sei como é criar um sozinho. Mas se eu *tivesse*, não teria deixado a menina sozinha para ir para o Congresso de Romancistas depois de descobrir que ela estava sofrendo bullying e se dando mal na escola por causa de um transtorno de aprendizagem.

Bernadette revirou os olhos.

— Jo. Ele é homem. Quem sabe o que se passa na cabeça deles? Tipo, ouve isso. — Ela começou a ler um trecho de *O instante*: — "Ela estava com um vestido preto de seda, recatado o suficiente para o status de viúva, mas justo o suficiente para revelar sua cintura fina e seios fartos... seios que, eu sabia bem, se mantinham firmes por conta própria, sem a necessidade de qualquer suporte." Haha! Ela nem precisa de sutiã para que os seios fartos fiquem empinados? Que merda é essa? Será que dava para ser mais óbvio que isso foi escrito por um homem? E o *USA Today* tem a pachorra de dizer que este livro é um clássico.

— É — concordei, minha mente se voltando para as mãos de Will, que haviam chegado bem perto dos meus seios mais cedo naquela tarde. — É ridículo. Mas nós duas sabemos que vivemos em um patriarcado. Agora, falando nisso, como estou? — Saí do banheiro e dei uma voltinha para que Bernadette pudesse avaliar minha roupa.

— Hum. — Ela lançou um olhar crítico para o macacão sem manga (preto, obviamente) que eu estava usando por baixo de um blazer estilo smoking. O boato entre nós, autores, era que o jantar no Fenda seria elegante. — Tem certeza do sapato? E se a gente tiver que andar?

Olhei para a sandália preta de salto agulha.

— E por que a gente teria que andar? O ônibus dos autores vai nos levar.

— Você quer mesmo voltar para o ônibus dos autores depois do que aconteceu com Garrett? O mapa que nos deram diz que o restaurante fica a apenas algumas quadras daqui. Se você usar um salto mais baixo, a gente pode evitar todo o drama da experiência do ônibus dos autores.

— Bem pensado.

Eu estava calçando de novo meus mules — dos quais eu já estava bem enjoada — quando meu celular ronronou para me avisar que eu tinha recebido uma nova mensagem.

GabbyKittyK2010:

Oi, Jo! Só para avisar que está tudo bem com a Miss K! Estou dando comida para ela duas vezes por dia, como sempre, e também petiscos e muito carinho na barriga. Aliás, as suas fotos com Will Price são tão fofas! Vocês formam um casal lindo!!! ♥♥😊♥♥😊

— *Como é que é?*

Bernadette levou um susto com a minha explosão e deixou o meu exemplar de O *instante* cair no chão.

— O que aconteceu? É o seu pai?

— Não. — Mostrei para ela a mensagem de Gabriella. — Do que você acha que ela está falando?

Bernadette apertou os olhos para a tela.

— Sei lá. Você postou alguma foto da cabine com você e Will juntos?

— Claro que não. — Peguei meu celular de volta e comecei a digitar freneticamente uma mensagem para Gabriella. — Por que eu faria isso?

— Hum, talvez porque você é uma escritora profissional e, como o cara com quem você definitivamente não quer transar disse, você é ativa nas redes sociais?

— Sou, mas postar uma foto minha com Will Price? Dá um tempo. Espera, vou descobrir do que ela está falando.

Jo Wright:

Obrigada por cuidar tão bem da Miss Kitty como sempre, Gabriella. Mas que fotos minhas com Will Price? Onde você viu isso?

— Ah... — Bernadette se levantou da poltrona felpuda e alisou o casaco de estampa *pied de poule* que combinava com uma calça de couro sintético. Isso tudo junto com o moicano roxo tornavam o look dela incrível para uma saída à noite. — Aquele garoto tirou um monte de fotos suas e do Will na sessão de autógrafos. Seria a pior coisa do mundo se algumas delas fossem postadas? Porque, pelo que vi no barco hoje à tarde...

— Para com isso. — Fiquei olhando para os três pontinhos que apareceram na tela do meu celular, indicando que Gabriella estava respondendo. — Não tem nada acontecendo entre mim e Will. Porque Will nem consegue encontrar as palavras para... Peraí, Gabriella acabou de responder.

GabbyKittyK2010:

Está no BuzzFeed!

1 anexo

33 Formas de Saber que Você é da Geração Z

19. A autora dos seus livros favoritos na infância está ficando com o autor dos seus livros favoritos na adolescência, e você fica tipo: "Sim. Faz todo o sentido."

Dei um grito horrorizado e joguei o celular na cama.

— O quê? O que ela disse? — Bernadette pegou meu celular de baixo de uma pilha de almofadas onde ele tinha caído e leu o link que Gabriella havia enviado. — Ah, é só isso?

— Só isso? *Só isso*? Bernadette! — Comecei a andar de um lado para o outro no quarto, agarrando punhados do meu cabelo que, pelo menos dessa vez, eu estava usando solto, já que ele estava seco. — Isso não pode estar acontecendo.

— Por quê? Você está linda na foto. E olha como Will está sorrindo para você. Se eu não soubesse a verdade, acharia que vocês estão ficando mesmo.

Gritei mais ainda, dessa vez contra meus punhos cerrados.

— Ah, não tem nada de mais. — Bernadette não conseguia parar de sorrir. — Isso não é o fim do mundo. Pelo menos colocaram você como par do Will e não do Garrett. Imagina se todo mundo estivesse dizendo que você estava ficando com *aquele* cara? Um oitavo Cherokee, uma ova!

Ergui o olhar.

— Bernadette, eu não posso ir hoje à noite.

— Só por causa *disso*? — Ela balançou o celular. — Você tem quantos anos? Doze? Jo, você tem que ir. Em primeiro lugar, você disse para a garota da mala que ela tinha que ir...

— Lauren. O nome dela é Lauren.

— Isso, Lauren. Ela ia ficar no quarto do hotel dela para escrever, mas você disse que ela tinha que ir. Imagine como ela vai ficar decepcionada se você não estiver lá. E, segundo, ninguém deve ter visto isso.

— *A babá de onze anos da minha gata viu.*

— Tudo bem, mas ninguém no Festival Literário deve ter visto. Estão todos ocupados se divertindo na água ou comendo caldeirada ou sei lá mais o quê. Vai ser... Opa, seu celular está ronronando, você está recebendo outra mensagem. Acho que é da sua agente.

— Ah. — Corri para pegar o celular. — Finalmente! Esperei o fim de semana inteiro para ter notícias dela.

Rosie Tate:

Perdão pela demora em responder, eu estava viajando. Nem sei como me desculpar pelo fato de Will Price estar aí quando jurei que ele não estaria. Mas parece que vocês estão se dando bem agora. Vi a matéria no BuzzFeed. 12 Vocês dois estão no top 10 dos assuntos mais comentados do momento no Twitter dos EUA!

Achei que eu ia começar a hiperventilar quando chegou outra mensagem dela:

Rosie Tate:

Nunca soube nada sobre a vida pessoal de Will. Sinceramente, acho que ele não tem vida. Só o que esse cara faz é escrever e depois promover o que escreveu.

Rosie Tate:

P.S. Estive com a chefe da programação infantojuvenil da Netflix em Aruba e apresentei uma ideia de um *reboot* da Kitty K. Ela não achou uma má ideia. Vamos nos falar na segunda.

Rosie Tate:

P.P.S. Como vai a escrita? Só estou perguntando por que a sua editora me mandou um e-mail na sexta para perguntar quando deve receber o primeiro manuscrito.

Ergui o braço para atirar meu celular pela varanda, mas Bernadette o arrancou da minha mão.

— O que foi? O que ela disse?

— Nada. — Afundei na cama, totalmente derrotada. — Só que... Will e eu estamos nos assuntos mais comentados do momento.

— Assuntos mais comentados do momento?

— No Twitter. Somos o décimo assunto mais comentado nos Estados Unidos.

Os lábios de Bernadette se repuxaram, e eu sabia que ela estava tentando não rir, mas não conseguiu se controlar.

— Desculpa — disse, largando meu celular para pegar o dela —, mas eu preciso contar isso para Jen. É engraçado demais.

— Que bom que a minha angústia te diverte.

— Você não está angustiada — disse Bernadette enquanto digitava. — Se estivesse mesmo insatisfeita com tudo isso, já teria feito as malas para ir embora.

— Eu não posso. Como você disse, eu devo isso a Lauren.

— Ah, admita logo que uma parte de você está ganhando com isso, seja inspiração para o livro novo da *Kitty Katz* ou... alguma outra coisa. — Ela balançou as sobrancelhas quando disse *alguma outra coisa*. — Eu não te vejo tão agitada por um cara desde... bem, acho que nunca. Mesmo quando você e o Justin terminaram, você quase não tocava no assunto, porque simplesmente não se importava. Encare as coisas, Jo. Amor ou ódio, seja lá o que está acontecendo entre você e Will Price, existe *alguma coisa* aí. E alguma coisa é melhor do que o que você sentia pelo Justin no final, que era nada.

Afundei o rosto nas mãos, morrendo de vergonha. Eu não queria admitir que Bernadette estava certa. Que havia "alguma coisa" acontecendo entre mim e Will. Eu via isso sempre que olhava nos olhos dele. E sempre me atingia como um míssil teleguiado.

— Tá bom — cedi de má vontade. — Eu vou hoje à noite. Mas não vamos ficar muito tempo. E se alguém começar a falar sobre esse lance do BuzzFeed...

Bernadette ergueu a mão na tradicional saudação de garras de Kitty Katz.

— Nós vamos embora. Eu juro. E não estou *miau*-tindo.

Fiz uma careta. A noite seria longa.

O instante, de Will Price

Com seus cabelos dourados presos no topo da cabeça, e pequenos diamantes pendendo de seus lóbulos como pingentes de gelo, Melanie me lembrava uma princesa de um conto de fadas. O vestido branco, coberto por inteiro com diamantes menores do que os de suas orelhas, brilhava como a neve lá fora. Ela era, sem dúvida, a mulher mais linda que eu já tinha visto. Sempre que eu olhava para ela, sentia um aperto de emoção no peito... uma emoção que só tinha um nome: amor.

Não me pergunte como, mas eu tinha conseguido. Dali a alguns instantes, nós sairíamos pela nave da igreja, e ela seria minha.

CAPÍTULO 21

FESTIVAL LITERÁRIO DA ILHA DE LITTLE BRIDGE, ITINERÁRIO PARA: JO WRIGHT

Sábado, 4 de janeiro, das 20h às 23h

- Jantar Construindo Pontes -

Junte-se aos participantes do festival para uma noite de boa bebida e comida à beira-mar no restaurante Fenda, no píer.

— Joooooo!

Claro que a primeira pessoa que encontramos ao chegar ao restaurante foi Kellyjean. Ela estava resplandecente com um quimono vermelho e dourado, os longos cabelos loiros soltos e leves por cima dos ombros, a pele brilhando depois de um dia no mar, apesar do protetor solar orgânico.

— Uau, Kellyjean — falei. — Parece que um Tequila Sunrise vomitou em você, com todas essas cores.

— Ah, para com isso! — Ela me deu um tapinha brincalhão, mas parecia muito feliz. Eu não tinha certeza se Kellyjean sabia que Tequila Sunrise era um drinque. — Onde vocês estavam? Quase perderam!

Fiquei preocupada que ela estivesse se referindo a uma leitura em voz alta do artigo do BuzzFeed, até que Kellyjean, vendo nossas expressões confusas, riu e disse:

— Bobinhas! Vou mostrar para vocês.

Ela agarrou a mim e Bernadette, cada uma pelo ombro e, sem dizer nada, nos levou não para dentro do Fenda, mas contornando a lateral do restaurante, até o píer. Estranhei em ver o número de pessoas que lotavam o espaço — não apenas o deque cercado, com mesas com toalha branca reservadas para os clientes do Fenda, mas todo o resto do píer também.

Uma multidão se reuniu no ancoradouro desgastado, todos olhando para o oeste, onde o sol estava lentamente afundando no mar com uma explosão de cores quase tão vibrante quanto a roupa de Kellyjean.

Olhei em volta, desconfiada.

— O que está acontecendo?

— É — disse Bernadette. — O que todo mundo está olhando? Alguém foi assaltado?

— O pôr do sol.

A voz ao meu lado era profunda. Eu a reconheceria em qualquer lugar, mesmo sem o sotaque inglês, então não precisei me virar para saber que Will tinha se aproximado e parado ao meu lado, mas me virei mesmo assim.

Sim, ali estava ele, tão alto e ridiculamente lindo com um terno de linho escuro e mais uma camisa branca impecável de botões que acentuava o bronzeado. Quantas camisas daquelas esse cara tinha? Centenas, provavelmente.

— Como assim o pôr do sol? — Olhei para o horizonte. Havia veleiros e iates deslizando pela água espelhada diante de nós, cada um tão cheio quanto o ancoradouro no qual estávamos. — Você está me dizendo que *todo mundo* está aqui só para assistir ao pôr do sol?

— Exatamente. — Ele estava com aquele sorrisinho que parecia dar habitualmente, a não ser quando estava franzindo a testa com ansiedade ou descontentamento. Então ficou impossível saber se ele já tinha lido a fofoca sobre nós na internet, a não ser que ele a tivesse achado divertida. Mas Will não me parecia o tipo de pessoa que acharia uma coisa daquelas divertida. — É uma tradição aqui em Little Bridge.

— Assistir ao pôr do sol? — perguntei, confusa. — Mas o sol se põe toda noite. Por que diabos alguém ficaria parado aqui para assistir?

O sorriso de Will se aprofundou quando ele olhou para mim com uma expressão que só consigo interpretar como pena.

— Porque é bonito. Sei que talvez seja um conceito difícil para uma nova-iorquina entender, mas algumas pessoas acham que a natureza tem um efeito calmante.

Depois de fazer uma careta para ele, virei-me para o mar. Achei que havia algo ligeiramente relaxante em observar os barcos balançando na superfície lisa da água, e o sol afundando cada vez mais no mar. Restava apenas uma pequena parte dele, já que Bernadette e eu chegamos tão tarde à festa.

— Mas essa nem é a melhor parte — declarou Kellyjean, tão alto que eu me sobressaltei. Eu tinha esquecido que ela estava tão perto de mim. — Conte para elas a melhor parte, Will.

— Dizem que quando os últimos raios de sol encontram o mar — explicou Will —, se você vir um clarão verde, terá um ano de boa sorte.

— Hein? — Eu não conseguia acreditar. Mais magia?

— Já ouvi falar nisso. — Bernadette já estava com o celular em mãos, tirando fotos do céu brilhante para mandar para Jen e as filhas. — É como uma miragem, ou ilusão de ótica, ou algo do tipo.

Will assentiu.

— Exato. E só acontece no nascer e no pôr do sol, quando as condições meteorológicas estão perfeitas para isso.

— Claro — disse Kellyjean, com uma risada. — Meus filhos vão dizer que, de acordo com os filmes da série *Piratas do Caribe*, é uma coisa completamente diferente. Acho que o Brad não deveria deixá-los assistir tanto...

Foi naquele instante que o último raio vermelho rubi do sol desceu por trás das águas. E três coisas aconteceram ao mesmo tempo:

Primeiro, um clamor das pessoas reunidas nos barcos se elevou no ar como uma onda, e as pessoas no ancoradouro à minha volta eclodiram em aplausos.

Segundo, um clarão verde disparou no ponto exato onde o sol atingiu o mar, deslumbrando-me apesar das lentes polarizadas dos meus óculos de sol.

E terceiro, eu agarrei instintivamente a pessoa mais próxima de mim. Foi apenas uma coincidência que essa pessoa fosse Will.

— Você viu aquilo? — perguntei, ofegante.

— Vi, sim — respondeu Will baixinho. O olhar dele passou da linha das águas para os meus dedos, cavando fundo em seu braço. E aqueles olhos escuros subiram dos meus dedos até o meu rosto. Os lábios curvados, sorrindo. — Deslumbrante.

Baixei o olhar rapidamente. Claro que ele estava falando do raro fenômeno meteorológico que acabamos de testemunhar — porque isso era a vida real e não um romance barato de Will Price —, mas afastei a mão do braço dele, de repente confusa.

— Viu o quê? — Bernadette ergueu o olhar do celular, onde estava passando pelas fotos. — Do que estão falando?

— Eu vi! — Kellyjean estava quase hiperventilando. — Meu Deus do céu! Eu vi! Duas estrelas cadentes e um clarão verde, tudo isso em um fim de semana? Ninguém lá em casa vai acreditar quando eu contar.

— Ah, cara. — Bernadette parecia querer jogar o celular no mar de tão decepcionada. — Não acredito que estou sempre perdendo essas coisas.

Will, assim que afastei a mão, começou a se virar, seguindo para o restaurante junto com o resto da multidão do festival.

Eu me senti estranhamente decepcionada. Mas por quê? Não era como se eu acreditasse nesse lance idiota de magia, e como certeza não era como se eu me importasse com Will. A não ser que... a não ser que Bernadette estivesse certa e eu tivesse desenvolvido sentimentos por ele.

Mas isso era impossível! Ele era Will Price, e eu odiava Will Price, mesmo que ele beijasse muito bem e tivesse me dado uma explicação bastante razoável do porquê ele era daquele jeito.

Mas se eu odiava tanto Will Price, por que, quando ele hesitou e olhou para mim — e só para mim —, senti aquela palpitação como se eu ainda estivesse na escola?

— Você não vai entrar? — perguntou ele, com aquelas sobrancelhas grossas e escuras erguidas de forma interrogativa. — A gente deveria brindar ao ano que teremos de boa sorte, não acha? Pedi um champanhe muito bom para a festa, o legítimo, direto de Champagne, na França.

Normalmente, aquele tipo de declaração vinda de Will Price teria me irritado tanto a ponto de me fazer querer socá-lo — ou pelo menos um dos pôsteres de papelão dele em tamanho real na livraria. Ele achava que eu não sabia que o champanhe legítimo vinha da França?

Mas, por algum motivo, dessa vez aquilo me divertiu — talvez porque eu finalmente soubesse por que ele era assim. Ele não conseguia evitar. Ele era Raul Wolf, que perdera a mãe muito novinho e tinha sido criado por uma fera.

Tirei os óculos de sol — não precisava mais deles agora que o sol tinha se posto —, então ele conseguiu ver como estreitei os olhos para ele com um sorriso sarcástico.

— Ai, meu Deus, *sério*, de Champagne, na França? Me segura que eu vou desmaiar.

Ele arregalou os olhos. Era possível que eu talvez fosse a primeira pessoa em muito tempo, se é que já existiu alguma, a debochar bem na cara dele. Mas ele riu também.

— Vai ser um prazer.

Zás! Meu coração disparou. Tudo bem, isso não era nada bom. Mas era divertido.

Dentro do restaurante, a festa estava animada. Barulhenta, com bossa nova tocando nos alto-falantes, enquanto garçons passavam de um lado para o outro servindo drinques. Em um dos lados do restaurante, portas duplas que tomavam toda a parede estavam abertas para revelar o deque com vista para o mar cintilante e o céu ainda avermelhado. Do outro lado, estavam as mesas do bufê, tão carregadas de pratos de frutos do mar que temi que pudessem desabar.

Claro que todos os benfeitores e leitores estavam reunidos no deque, admirando a vista e batendo papo afastados da batida da música, enquanto os autores se aglomeravam diante da mesa de comida. Nunca vi um autor — não importava se fosse o maior best-seller do mundo — passar uma oportunidade de comer de graça. Nenhum de nós conseguia se esquecer daqueles dias pré-publicação, quando mal conseguíamos pagar as contas. Muitos escritores nunca deixavam esses dias para trás.

Então não me surpreendi ao ver Frannie — apesar de suas reservas anteriores em relação aos peixes locais — praticamente engolindo um prato de mariscos no vapor, enquanto, ao lado dela, Saul sugava ostras cruas. Não muito longe, Jerome estava catando patinhas de caranguejo, e Kellyjean parecia ter abandonado o estilo de vida vegetariano naquela noite para se juntar a Bernadette e atacar o coquetel de camarão. Todos estavam com expressão extasiada, como se tivessem morrido e ido para o paraíso dos autores.

Só Garrett continuava no deque, conversando muito animado com Lauren e as amigas. Fiquei satisfeita por ver que estavam acompanhadas das mães, então não me preocupei de acontecer nada indevido... principalmente considerando o fato de Garrett estar usando uma capa de veludo roxo até o chão, uma camisa de pirata e aparentemente botas e calças de pirata também.

Eu teria de processar aquilo depois. A visão era perturbadora demais para lidar com ela naquele momento.

— Vamos brindar? — perguntou Will, felizmente me distraindo e pegando duas taças de champanhe da bandeja de um garçom e me entregando uma. — À nossa boa sorte neste novo ano?

— Claro.

Brindamos, então, enquanto eu pensava que seria muito deselegante dizer a ele que eu não acreditava em sorte mais do que acreditava em magia. Já Will parecia ter se apaixonado pelo estilo de vida das ilhas Keys, considerando o barco, as camisas de linho e a crença em superstições locais.

— Que tipo de sorte você espera que o clarão verde traga para você? — Ele precisou elevar o tom de voz por causa da música.

— Hum... — Eu não ia contar mesmo sobre o meu desejo da noite anterior... nem o fato de que ele meio que já tinha se tornado realidade. — Acho que o que estou querendo mesmo é um pouco de... hum... sorte no setor imobiliário. — Isso! Boa saída. — Já estou há uns meses procurando um lugar na Flórida para o meu pai morar, mas ele odiou todas as casas que escolhi para ele.

— Sério? — Will pareceu surpreso. — E do que ele não gosta?

— Não sei. Meu pai é difícil de agradar. Um nova-iorquino até a raiz dos cabelos, eu acho.

— Hum. — Will olhou para o teto enquanto tomava um gole de champanhe. — Então, nada parecido com a filha.

Levei um segundo para perceber que ele estava brincando. Will Price, autor das histórias de amor mais melodramáticas já publicadas, estava tentando fazer piada.

— Ah, ha-ha — respondi, dando um tapinha no ombro dele. — Engraçadinho.

Rindo, ele desviou da minha mão... e derramou um pouco de champanhe na irmã dele, que vinha toda saltitante falar com a gente.

— Chloe, me desculpa. — Will pegou alguns guardanapos de uma mesa próxima e tentou secar o braço descoberto da irmã, mas ela se esquivou com impaciência.

— Will, você disse que o nosso grupo de dança poderia fazer uma apresentação durante o coquetel para entreter todo mundo. Ela apontou para o pequeno palco que tinha sido montado perto do parapeito do deque do restaurante, provavelmente para música ao vivo em uma noite normal. Era mais uma plataforma do que um palco de verdade, embora fosse coberta por um teto do estilo de um gazebo, do qual pendiam alguns holofotes e grandes caixas de som de cada lado. Sharmaine e algumas outras Parguitas estavam encostadas nos alto-falantes, parecendo surpreendentemente emburradas para garotas que usavam uniformes de dança em vermelho e branco.

Will assentiu.

— Sim. E qual é o problema?

— Bem, Garrett Newcombe está dizendo que Molly falou que ele poderia fazer um truque de mágica primeiro.

Will olhou em volta até avistar Garrett, ainda com sua fantasia de pirata e de papo com Lauren, as amigas e as mães delas. Ele estreitou os olhos de forma ameaçadora.

— Ela não comentou nada disso comigo.

— Eu sei. — Os olhos escuros de Chloe estavam cintilando de raiva exatamente como os do irmão mais velho. — E eu não quero que você ligue para incomodá-la com isso já que ela acabou de ter o bebê. Mas você pode dizer para o Sr. Newcombe que ele tem que esperar para fazer o número dele depois do nosso? Sharmaine organizou uma festa do pijama com churrasco para depois que sairmos daqui, e a mãe dela quer que a gente chegue antes de o pai dela queimar as costelas. Você sabe como ele é.

Will colocou a taça de champanhe na mesa.

— Com prazer — disse ele, com o maxilar contraído de um jeito que me deixaria nervosa se eu fosse Garrett. — Com licença, senhoritas.

Ele seguiu em direção a Garrett, que ainda estava absorto na conversa com as minhas leitoras e as respectivas mães e não fazia ideia do que — ou quem — estava prestes a atingi-lo.

— Hum — eu disse para Chloe, sentindo-me um pouco preocupada com a expressão obstinada que vi nos olhos do irmão dela. — Você acha que a gente deve fazer alguma coisa?

Chloe tinha puxado o celular do elástico do short de dança e estava olhando para a tela.

— Sobre o quê?

— Aquilo. — Fiz um gesto com a cabeça enquanto Will batia no ombro de Garrett e começava a interrogá-lo em uma conversa que infelizmente não consegui ouvir por causa do volume da música no restaurante.

Chloe olhou para trás.

— Ah, não. — Ela deu de ombros. — Tá tudo bem. Como está se sentindo hoje à noite, Srta. Wright? Gostou do passeio que fizemos de barco? Aqueles golfinhos foram demais, né?

— Hum — respondi, sem conseguir afastar os olhos de Will. Ele tinha toda a atenção de Garrett, que era mais baixo e estava balançando as mãos enquanto falava, a bainha da capa voando enquanto Lauren e as outras meninas, junto com as mães, se afastavam. — Foram mesmo.

— Você soube da Sra. Hartwell? — Chloe estava passando pelas mensagens no celular. — Ela teve um menininho. Bem, não tão pequeno. Nasceu com quatro quilos e meio! É de matar, né? Brincadeira. Aqui, está vendo?

Ela me mostrou a foto do recém-nascido. O filho de Molly parecia igualzinho a todos os outros recém-nascidos que eu já tinha visto, talvez apenas um pouco mais vermelho e indignado por ter sido expulso do útero para o mundo real.

— Ah — eu disse com educação —, que fofo!

— É, eu também achei. O nome dele é Matthew, em homenagem a um personagem do livro *Anne de Green Gables*. Você conhece?

Surpresa com a explosão de emoções que senti ao ouvir isso, baixei o olhar na esperança de esconder meus olhos que tinham ficado marejados de repente.

— Sim, sim, conheço. A história é muito boa.

— É? — Eu não precisava ter me preocupado com Chloe vendo meus olhos, já que ela não tinha afastado os dela do celular. — Ainda não li. Tem muitos livros que ainda não li e que todo mundo já leu, mas logo vou chegar lá. Não estou surpresa de a Sra. Hartwell ter escolhido o nome de um personagem de um livro para o filho dela. Eles se conheceram na biblioteca, sabe? Ela e o marido. Katie disse que eles se odiavam no início, mas que depois se apaixonaram. Não é a coisa mais romântica do mundo?

Tomei um longo gole de champanhe e comecei a procurar freneticamente por alguém que pudesse me salvar.

— É, sim. Com certeza.

O que estava acontecendo comigo? Por que fiquei tão emocionada com a foto de um bebê e a história de como os pais se conheceram? Eu não era muito ligada em bebês — só nas de Bernadette, obviamente. Elas eram adoráveis. Mas outros bebês? Eram fofinhos, mas eu nunca quis um — nem uma única vez durante todo o tempo em que estive com Justin. Bebês só choram e tiram sua atenção da escrita e, claro, da sua gatinha linda.

Mas agora, de repente, a ideia de ter um bebê não parecia a pior coisa do mundo… talvez só a segunda ou a terceira.

Felizmente, Frannie estava abrindo caminho pela multidão cada vez maior à medida que mais pessoas entravam para se servirem no bufê.

— Ai, meu Deus, Jo — disse ela, balançando um prato embaixo do meu nariz. — Esses camarões. Você tem que provar.

Chloe olhou para o prato que Frannie estava segurando.

— Ah, o camarão empanado com molho de pimenta? Nossa, é uma delícia!

— Delícia? — As lindas unhas vermelhas de Frannie não eram mais visíveis embaixo do molho alaranjado do camarão que ela devorava. — É insano.

Kellyjean se aproximou.

— Estamos todas falando dos camarões?

Frannie ficou radiante.

— Divinos, não?

— Estou quase pedindo a receita para o chef!

Não cheguei a ouvir como Frannie respondeu a esse comentário porque Will reapareceu, tocou no ombro de Chloe e se inclinou para dizer alguma coisa. Não consegui ouvir por causa da música alta e do volume das conversas.

Não precisava ser um gênio para perceber que o que quer que ele tenha dito lhe agradou, já que Chloe abriu um sorriso radiante e ficou na ponta dos pés para dar um beijo no rosto dele. Depois, saiu apressada por entre a multidão para se juntar às colegas do grupo que estavam perto do palco externo. Um segundo depois, as caras emburradas desapareceram e elas começaram a correr de um lado para o outro, preparando-se para o grande show.

— Nossa — falei para Will —, você deixou algumas pessoas bem felizes, no fim das contas.

Ele deu de ombros com uma modéstia exagerada.

— Só estou cumprindo meu dever como presidente temporário do conselho. Falando nisso, vejo que você ainda não está alimentada. Vamos pegar um prato?

Infelizmente, ele disse isso bem na frente de Kellyjean, que arfou de animação.

— Claro que sim! — Ela fez um gesto animado com a mão. — Não se esqueçam de pegar camarão! Vocês querem que eu arrume uma mesa? Estão ficando ocupadas muito rápido. Se quiserem, eu guardo lugar para vocês.

— Está tudo bem, Kellyjean. — Will deu um sorriso. — Acho que conseguimos nos virar.

E conseguimos. Will usou sua credencial de presidente temporário do conselho para furar uma fila enorme que tinha se formado diante do bufê e encher dois pratos. Depois, eu usei a minha credencial de autora de uma amada e comovente série de livros infantis sobre gatos falantes para conseguir lugares em uma mesa.

— Srta. Wright! Srta. Wright! — gritou Lauren do outro lado do deque assim que me viu. — Aqui! Vem se sentar com a gente.

Lauren estava em uma mesa não muito longe do palco, com suas duas amigas, Cassidy e Jasmine. Vestidas para matar, as garotas estavam com lantejoulas dos pés à cabeça e penduraram as bolsas e casacos no encosto das cadeiras vazias ao lado delas, mas quando viram que eu estava me aproximando, com Will logo atrás, elas pegaram seus pertences.

— Vocês têm certeza de que esses lugares estão vagos? — perguntei antes de me sentar.

— Para *vocês*, sim. — Lauren olhou com adoração para mim, depois para Will, e em seguida para mim de novo.

— Principalmente para *você* — disse Cassidy, piscando os longos cílios postiços para Will.

Eu não estava muito convencida.

— Vocês não estavam guardando para as mães de vocês?

— Ah, elas estão na fila do bar — disse Jasmine em tom de deboche. — Já estão lá há um *tempão*.

Will pareceu preocupado.

— Mas temos garçons servindo vinho e champanhe...

— Nossas mães só bebem vodca com água com gás. Tem menos calorias. — Cassidy deu um tapinha na cadeira vazia ao lado dela. — Por que você não se senta *aqui*, Will?

— Prefiro me sentar aqui ao lado da Srta. Wright, se não se importam — disse Will, apressando-se para se sentar na cadeira ao meu lado.

— Você que está perdendo. — Cassidy piscou com aqueles cílios de um jeito que não dava para culpar Will por se assustar.

— Ah, esperem só até provarem o camarão! — Lauren estava examinando tudo que estava no meu prato. — Está incrível.

— É mesmo? — Provei um. A explosão de sabor que se seguiu foi uma surpresa bem-vinda. — Meu Deus, você tem razão!

— Viu só? — Lauren sorriu, radiante. — Eu não disse?

— Lauren ficou muito feliz por ter ouvido seu conselho e vindo hoje, não é, Lauren? — Jasmine deu um sorriso malicioso para a amiga. — Ainda mais agora que estamos sentadas com o casal que é o terceiro assunto mais comentado do Twitter.

CAPÍTULO 22

Eu me engasguei com o camarão que tinha acabado de engolir.

Preocupado, Will perguntou:

— Você está bem? — Ele deu tapinhas leves nas minhas costas enquanto fazia sinal para um garçom trazer água.

— Vocês provavelmente estariam em primeiro lugar — disse Jasmine, achando que meus olhos marejados eram de consternação —, se Timothée Chalamet não tivesse sido visto em uma praia em Ibiza com Harry Styles hoje mais cedo.

— Ah, fala sério. — O tom de Cassidy era de desdém. — Todo mundo sabe que Harry e Timothée são só amigos.

A garçonete chegou com a água que Will tinha pedido. Agradeci, pegando o copo e bebendo de um gole só uma quantidade suficiente para não morrer asfixiada naquela mesa.

Se eu ia morrer de vergonha era outra questão.

— Tem certeza de que está bem? — perguntou Will.

Assenti vigorosamente, ainda incapaz de falar. Vasculhando a multidão, finalmente vi Bernadette sentada a algumas mesas de distância com alguns fãs dela. Estava absorta demais na conversa com eles, porém, para notar os sinais de pedido de ajuda que eu estava enviando com o olhar.

— Que bom — disse Will para mim. — Eu sei que servimos uns dos melhores frutos do mar do mundo, mas talvez não seja uma boa ideia inalá-los. Agora, quem vocês disseram que está nos tópicos mais comentados? — perguntou ele para as meninas com curiosidade.

Quando Jasmine respirou para responder, senti toda a vida passar diante dos meus olhos.

Felizmente, porém, uma explosão de estática saiu de um dos enormes alto-falantes não muito longe de onde estávamos, e a atenção de todo mundo foi atraída para o palco, onde Chloe posava na frente de cinco das suas colegas dançarinas — o palco era pequeno demais para acomodar uma quantidade maior — todas com as mãos na cintura, segurando pompons.

— Hum… Oi, posso ter a atenção de todos? — pediu Chloe no microfone que ela segurava com força. — Oi, bem-vindos. Sou Chloe Price, subcapitã do grupo de dança Parguitas da escola de ensino médio da Ilha de Little Bridge. É uma honra estar aqui ajudando a realizar o primeiro Festival Literário da Ilha de Little Bridge. Vocês estão se divertindo?

A resposta foram assobios, vivas e aplausos, não apenas de todos que estavam no deque e dentro do restaurante, mas também do píer, onde as pessoas que não estavam participando do Festival Literário tinham permanecido, mesmo depois do pôr do sol, para aproveitar a noite quente e a brisa do mar. Agora elas olhavam felizes para o palco do Fenda, que de repente estava ocupado por líderes de torcida.

Chloe pareceu encorajada pela resposta positiva, e disse no microfone:

— Que bom! Nós não poderíamos estar mais felizes por ter todos vocês aqui e, para agradecer, queremos apresentar uma coreografia que ensaiamos muito, chamada "Danças para músicas sobre escrita e livros".

Por todos os gatinhos do céu, o que estava acontecendo?

Lancei um olhar rápido e questionador para Will, que sorriu e cochichou no meu ouvido:

— Chloe implorou que eu as deixasse dançar aqui. E depois do que fiz com você no Congresso de Romancistas, não estou exatamente na posição de julgar as escolhas artísticas de mais ninguém, não é?

Tentei retribuir o sorriso, mas não consegui. Não por não concordar com ele — eu concordava —, mas porque o hálito quente e doce fez cócegas no meu pescoço, provocando arrepios no meu braço e fazendo com que outras partes de mim — partes que eu não queria que ele chegasse nem perto, mas, ao mesmo tempo, eu com certeza queria — ficassem em alerta máximo.

Felizmente, ele não pareceu notar nada disso, já que seu olhar estava no palco, onde Chloe tinha colocado o microfone no lugar, levantado os pompons e entrado em formação com suas colegas da equipe de dança bem na hora que a bossa nova parou de tocar no restaurante.

Tenho certeza de que a única expressão que eu consegui fazer foi de total perplexidade, principalmente depois que os primeiros acordes de "Kitty Katz ao resgate" — a música-tema do desenho animado de vida curta *Kitty Katz, a babá de gatinhos* — retumbou pelos alto-falantes.

As Parguitas soltaram os pompons, colocaram as mãos nos ombros umas das outras, formando uma fileira, enquanto erguiam as pernas de forma alternada e sincronizada com a voz aguda da banda feminina:

Que gatinha é a maioral?
Que gatinha é a mais alto-astral?
Que gatinha é a mais incomum?
Que gatinha é a número um?
É a Kitty, Kitty, Kitty, Kitty,
É a Kitty, Kitty, Kitty, Kitty,
É a Kitty, Kitty, Kitty, Kitty,
Kitty Katz!

Eu mal podia acreditar no que estava ouvindo, muito menos vendo. Mas ali estava, bem no palco diante de mim.

Olhei em volta do deque para ver como as outras pessoas estavam reagindo ao que estava acontecendo, mas nenhuma pareceu tão perplexa quanto eu. A maioria parecia encantada… principalmente quando "Kitty Katz ao resgate" acabou e começou a tocar a música de Elvis Costello, "Every Day I Write the Book". O ritmo menos frenético dessa música deu às meninas uma chance de mostrar passos mais trabalhados de balé… pelo menos até que a música de Don Henley, "All She Wants to Do Is Dance", começou a tocar.

O grupo de dança começou a fazer passos que eu supunha ser de capoeira, que Will descrevera mais cedo, já que os vários giros e saltos na coreografia davam a impressão de que as meninas estavam voando do palco para o deque. Os convidados mais próximos do palco se encolheram, com medo de levar um chute na cabeça.

A multidão adorou. Jasmine não tinha sido a única a pegar o celular e começar a filmar. Bati palmas com todo mundo, mas, quando a apresentação acabou — com as meninas saltando do palco e caindo em espacates perfeitos ao som da música tema de *Os prados de Salem*, a série da Kellyjean na Netflix —, eu ainda tinha perguntas.

— "All She Wants to Do Is Dance" é baseado em um livro? — gritei para Will.

Precisei gritar porque a multidão estava aplaudindo de pé. Eu me levantei junto com todo mundo, batendo palmas com tanta força que minha mão começou a doer. As meninas mereciam, principalmente com aquele *grand finale*.

— *O grande Gatsby* — respondeu Will, também gritando, e parecendo muito orgulhoso tanto da perspicácia da sua irmãzinha quanto da proeza atlética. — E *The Ugly American*. Norte-americanos ricos e sem noção dançando enquanto o mundo ao redor queima… Soa familiar?

— Ah. — Eu não estava acreditando que já tinha ouvido aquela música tantas vezes e nunca havia me dado conta de que os coquetéis molotov na letra eram bombas, e não drinques. — Claro.

— Vou postar isso no Insta agora — gritou Jasmine para qualquer um que quisesse ouvir. — Porque ninguém vai acreditar se eu contar.

Eu sabia como ela se sentia. Não que eu não tivesse amado cada instante daquela apresentação. E, aliás, não tinha sido a única.

— Ai, meu Deus, Jo! — Frannie e Saul apareceram do meu lado. — Dá para acreditar numa coisa dessas? — Lágrimas de risos brilhavam no cantinho dos olhos de Frannie. — Juro que elas são melhores do que as Knicks City Dancers!

— São mesmo — concordei.

Eu nunca tinha ido a um jogo do Knicks, porque esportes — tirando competições culinárias na Food Network — não eram a minha praia. Mas eu sabia que Frannie nunca perdia um, então, se ela achava isso, só podia ser verdade.

— Esse é um festival literário e tanto — disse Saul, com sua blusa preta manchada de laranja do molho do camarão, que contrastava fortemente com sua imagem de rei dos livros de terror. — Muito melhor que o Congresso de Romancistas. As refeições e o entretenimento são de muito mais classe, e você não precisa brigar para conseguir um táxi para voltar para o hotel. As filas para bebida são menores também.

Tive que segurar o riso ao ouvir isso. Uma olhada rápida para Will me mostrou que ele também estava se segurando para não rir. O olhar dele, brilhando por segurar a risada, encontrou o meu.

E, de repente, aquela mesma sensação estranha que eu tinha sentido antes — logo que eu saí do avião para o ar quente e úmido e desci a escada instável que me levaria para a pista do aeroporto da Ilha de Little Bridge, e depois quando eu beijei

Will —, me tomou novamente. Uma certeza de que aquele era o lugar ao qual eu pertencia... uma convicção de que eu estava em casa.

O que era um completo absurdo.

O que estava acontecendo comigo? Eu estava tentando entender enquanto desviava o olhar de Will e buscava Bernadette no meio da multidão. Eu estava bêbada de novo? Não, não era possível. Eu só tinha bebido uma taça de champanhe.

Intoxicação alimentar, então. Meu Deus, Frannie estava certa o tempo todo. Por que eu tinha comido frutos do mar?

— Você está bem? — perguntou Will, curioso.

Percebi que o terror que eu estava sentindo diante daquela autorrevelação chocante — que eu gostava daquela ilha e, ainda mais assustador, que eu estava começando a gostar de Will — devia estar refletido no meu rosto.

— Ah, estou bem — respondi para tranquilizá-lo. — Estou bem. Só... — Olhei em volta tentando encontrar uma desculpa qualquer e a encontrei na mesa. — Estou com tanta *sede*. — Peguei minha taça de champanhe vazia.

— Acho que posso resolver isso para você. — Sorrindo, ele fez sinal para um dos garçons.

Ufa. Essa foi por pouco. Agora, desde que as meninas na nossa mesa ficassem de bico calado sobre Will e eu sermos o casal do momento das redes sociais, eu talvez conseguisse sobreviver ao resto da noite e voltar para o hotel sem...

— O que vocês acharam? — Chloe veio saltitante, segurando os pompons sob o queixo, sua expressão ansiosa.

— Vocês foram ótimas! — Will a abraçou e lhe deu um beijo no cabelo, que estava preso em um rabo de cavalo.

— Foram mesmo — confirmei com sinceridade, enquanto Frannie, Saul, Lauren e as amigas também elogiavam.

— Não sei como conseguiram decorar essa coreografia — comentou Lauren.

— Ah — Chloe estava radiante —, a gente ensaiou muito. Fico tão feliz que vocês tenham gostado.

— Vou incorporar alguns dos passos de vocês na próxima coreografia de Felicity Feline — disse eu, meio de brincadeira.

Mas Chloe levou a sério e ficou boquiaberta.

— Nossa, Srta. Wright, você está falando sério? Isso... Isso seria maravilhoso! É o maior elogio do mundo!

Lancei um olhar incerto para Will, só para ver que ele tinha coberto a boca com a mão para esconder um sorriso enorme.

— Claro que é sério — respondi para Chloe. — Se eu tiver permissão para roubar seus passos. Sei que as pessoas às vezes são um pouco sensíveis...

— Ah, você tem *toda* a nossa permissão! Vai ser uma honra! Quais passos você quer usar? Posso fazer uma lista se você quiser. Acho que vai ficar ótimo no seu próximo livro, a Felicity poderia estar treinando um salto mortal...

— Uau, gente, isso não foi demais?

Todos nos sobressaltamos com uma voz masculina vinda dos alto-falantes que ladeavam o palco. Olhei e vi Garrett sob os holofotes, o cabelo despenteado, parecendo um pouco suado na umidade da ilha — provavelmente por estar usando uma capa e estar fazendo mais de vinte graus.

— Mais uma salva de palmas para as meninas, por favor! — Garrett estava dando um largo sorriso para a plateia, que olhou para ele com ar confuso e começou então a aplaudir educadamente. — Foi um número espetacular mesmo. Para quem não está me reconhecendo com esse traje incrível... — Ele deu uma voltinha para mostrar a fantasia de pirata e a capa. — Eu sou Garrett Newcombe, premiado autor best-seller da série de livros *Escola de Magia das Trevas.*

Várias crianças na plateia soltaram gritinhos de comemoração e avançaram pela multidão para ver o que o autor da série favorita delas estava fazendo — fosse lá o que Garrett estava prestes a fazer.

— Muito obrigado — disse Garrett em um tom que senti ser uma modéstia completamente falsa, enquanto as crianças se ajoelhavam na frente do palco. — Muito, muito obrigado. Agradeço também ao conselho e à equipe do Festival Literário da Ilha de Little Bridge por sediar um evento tão incrível esta noite. Todo mundo está se divertindo tanto quanto eu?

As crianças ajoelhadas diante de Garrett explodiram em gritos de comemoração, e o mesmo sentimento ecoou à nossa volta — exceto por Bernadette, que veio se esquivando pela multidão na nossa direção, com Kellyjean e Jerome logo atrás.

— Que diabos ele está fazendo lá em cima? — sibilou Bernadette no meu ouvido assim que chegou ao meu lado.

— Não faço a menor ideia — cochichei em resposta. — Achei que você soubesse. Isso é parte do truque dele?

— Como eu vou saber? — retrucou ela, sentando-se em uma cadeira ao meu lado. — Achei que o show dele ia ser só um truque de mágica.

— Mas se isso vai ser um truque de mágica, por que ele está fantasiado de pirata?

— Ah, querida, isso não é uma fantasia de pirata. — Kellyjean afundou em uma cadeira perto de nós e tirou os sapatos. Estava usando de novo as sandálias de pedrarias, que uma vez mais estavam machucando os pés dela. — Ele está vestido como o Professor Eurynomos, o herói dos livros dele. Vocês não leram? Meus filhos adoram, mesmo que eu não aprove nenhum livro que glorifique...

— Psiu! — Uma das crianças sentada perto de nós levou o dedo aos lábios, calando Kellyjean.

Frannie, com as sobrancelhas levantadas, fingiu estar ofendida.

— Bem, acho que fomos colocados no nosso devido lugar. Mas espero que isso não demore muito. Tem um jogo no Knicks hoje à noite e eu não quero perder o início.

Sorrindo, encontrei o olhar de Will. Ele retribuiu o sorriso. Senti uma onda de desejo ardente passar por mim e me apressei em afastar o olhar.

Ah, aquilo não era nada bom. Nada bom mesmo.

— Esta noite — continuou Garrett no palco —, vou apresentar a todos a arte mística da desmaterialização... Ou, como alguns de vocês talvez conheçam, o teletransporte. Mas, para fazer isso, vou precisar de um voluntário para me ajudar.

Todas as crianças da plateia levantaram a mão.

— Eu! Eu! — gritava cada uma delas. — Eu! Eu! Por favor, me escolhe.

— Hum. — Garrett olhou para as crianças que se retorciam diante dele na ansiedade de serem escolhidas. — Acho que não. Preciso de alguém muito especial para me ajudar. Alguém altamente qualificado nas ciências psíquicas. Alguém que *acredita*. E embora todas vocês, crianças, pareçam encantadoras, esse alguém é...

Garrett começou a olhar minuciosamente a plateia no deque, com o indicador erguido para poder apontar a pessoa que procurava.

— Ah, não — resmungou Kellyjean quando o dedo dele apontou na nossa direção. — Eu não quero ter nada a ver com isso. Magia das trevas é algo errado e ele sabe que eu nunca...

— *Você* — gritou Garrett, apontando diretamente para mim.

O instante, de Will Price

— E agora, pelo poder investido em mim — disse o pastor —, eu os declaro marido e mulher. Johnny, pode beijar a noiva.

Nunca na minha vida eu tinha ouvido palavras mais belas. E nunca na minha vida eu havia tido uma visão mais bela do que o rosto da minha nova esposa, Melanie, quando ela se virou para mim, com os olhos radiantes e brilhantes, lábios vermelhos entreabertos em um sorriso, prontos para o nosso primeiro beijo de casados.

Pelo menos até uma voz trovejar no fundo da igreja:

— Ela não vai ser sua mulher, Johnny!

Eu me virei bem a tempo de ver o marido dela, vivo e bem, entrar pelas portas da igreja, segurando uma pistola dourada nas mãos.

Quando o tiro ecoou, eu sabia que só me restava fazer uma coisa — havia apenas uma maneira de consertar tudo. Eu me joguei na frente da bala que era destinada a Melanie.

CAPÍTULO 23

— Eu? — Olhei em volta, certa de que Garrett estava apontando para outra pessoa.

Mas não. O dedo dele apontava na minha direção, e então ele o dobrou, fazendo um gesto que me convidava a subir no palco.

— Sim, *você*. — Garrett deu um sorriso que fez meu sangue gelar apesar da brisa quente do mar, porque não havia dúvidas: era comigo que ele estava falando. — Venha logo, Jo, não seja tímida. Senhoras e senhores, uma salva de palmas para a Srta. Jo Wright, autora da série que é um best-seller internacional, *Kitty Katz, a babá de gatinhos*. Ela foi muito gentil ao aceitar ser minha assistente esta noite.

— O quê? — Olhei ao redor, sentindo o pânico crescer dentro de mim. — Eu não aceitei nada. — Eu me vi lançando um olhar desesperado para Will. — Não aceitei! — Não me pergunte por que era tão importante para mim que Will soubesse que eu jamais aceitaria ser a assistente de magia de Garrett. Naquele momento, aquilo parecia vital. — Eu nem acredito em magia — balbuciei. — Por que eu seria assistente em um truque?

— Não acredita em magia? — Claro que Garrett tinha me ouvido. Agora, fingindo indignação enquanto repetia minhas palavras para a multidão, que começava a cochichar entre si, ele disse: — Bem, não podemos aceitar uma coisa dessas, não é mesmo? Crianças, o que acham de fazermos a Srta. Wright acreditar em magia?

— *Hocum-pocum* — gritaram as crianças. Isso parecia algo dos livros de Garrett. — Menina-medrosa!

— Ah, pelo amor de Deus — disse Kellyjean, revirando os olhos. — Isso nem é um feitiço autêntico.

Minha nossa, aquilo era um pesadelo.

Claro que não era por eu ser tímida, nem mesmo por não acreditar em magia, que eu não queria subir no palco.

Era porque eu não queria ter nada a ver com Garrett nem com aquele truque idiota que ele estava fazendo para promover a marca dele.

Mas não consegui pensar em nenhuma forma graciosa de escapar daquela situação, ainda mais quando todas aquelas crianças pequenas na frente do palco — e algumas nem tão pequenas assim, como Jasmine e Cassidy — começaram a gritar:

— Por favor, Srta. Wright! Vai lá!

— Isso mesmo! Venha para o palco, Srta. Wright — disse Garrett, estimulando as crianças. — Não seja uma estraga-prazeres.

Argh, aquela palavra. Aquela palavrinha. Como ele sabia como aquela palavrinha me afetaria? Principalmente quando as pessoas a diziam para mim com tanta frequência, primeiro na escola e depois durante toda a faculdade, e até mesmo depois, quando meus amigos (mas não meus *verdadeiros* amigos, porque esses me conheciam bem) ficavam insistindo para eu sair com eles e me divertir.

Mas eu não podia, porque estava ocupada demais trabalhando em meus vários bicos para pagar as contas e, depois, porque precisava cumprir meus prazos. Se isso me tornava uma estraga-prazeres, que fosse.

— Tá — resmunguei e comecei a caminhar em direção ao palco… até Will colocar a mão no meu ombro.

— Está tudo bem — disse ele, parecendo preocupado, como o anfitrião de uma festa na qual o frango assado tinha pegado fogo. — Você não precisa fazer isso. Você não precisa fazer nada que não queira.

— Obrigada. — Dei um sorriso diante daquela tentativa de cavalheirismo. — Mas eu consigo lidar com isso.

Fui seguindo para o palco ao som de aplausos e vivas do público.

— Ah, aí vem ela, senhoras e senhores — disse Garrett, oferecendo a mão para me ajudar a subir o único degrau que levava ao palco. — Ela não é encantadora? Acho que vai ser uma assistente perfeita.

Eu me aproximei do rosto de Garrett como se fosse beijar sua bochecha, mas, em vez disso, agarrei a capa dele e, puxando-a com força, sussurrei em seu ouvido:

— Se você fizer qualquer coisa estranha aqui, eu vou arrancar essa sua capa, enrolá-la no seu pescoço e puxar até você morrer, entendeu?

— Ha-ha! — A risada de Garrett saiu aguda e ele se afastou de mim, assustado. — Não vamos perder mais tempo, não é? O mundo espiritual está clamando pela libertação! E eu tenho as ferramentas de que eles precisam.

Do fundo do bolso de suas calças de pirata — ou de professor, eu acho — Garrett tirou um par de algemas. As luzes do palco cintilaram de forma dramática no metal prateado reluzente, fazendo as crianças da plateia ofegarem.

Eu, por outro lado, não estava tão impressionada.

— Se você acha que vai colocar isso em mim — cochichei para ele —, está muito engana...

— Eu a chamei até aqui, Srta. Wright — continuou Garrett de forma teatral, dirigindo-se à plateia e não a mim —, para examinar essas algemas e assegurar aos nossos espectadores que elas são genuínas. Depois vou pedir que você as coloque nos *meus* pulsos para que eu execute, diante dos seus olhos, o mesmo ato audaz que o famoso personagem Professor Eurynomos, dos meus livros, executará em *Escola de Magia das Trevas,* volume 11, disponível em todas as livrarias a partir de 22 de janeiro: a façanha da desmaterialização.

As crianças na plateia enlouqueceram, gritando e chutando o ar enquanto gritavam:

— Desmaterialização! Desmaterialização!

Fui obrigada a admitir, o número de Garrett era muito bom. Até mesmo os adultos na plateia estavam interessados. Todos sorriam e cochichavam uns com os outros, principalmente Saul, que devia ser o crítico mais difícil de agradar, uma vez que já tinha escrito muitos livros com o tema de ocultismo (só que para leitores adultos). No ancoradouro, as pessoas que não estavam participando do festival literário e não podiam entrar no Fenda se empurravam para conseguir ver melhor.

Até mesmo Will, quando olhei na direção dele, estava sorrindo, curtindo o espetáculo. Garrett até podia ser um escritor, mas ele também tinha uma veia artística para os palcos. Meu pai teria ficado impressionado.

Decidi que o curso de ação mais inteligente era dançar conforme a música para não parecer uma "estraga-prazeres", mesmo que eu ainda não confiasse em Garrett, nem gostasse dele.

— Tudo bem — disse eu. — Me deixe dar uma olhada.

— As algemas, madame. — Garrett as colocou na minha mão. — E a única chave existente. — Ele tirou uma chavezinha presa a uma longa corrente prateada do mesmo bolso. — Você vai ficar com isto até eu voltar do plano espiritual, para onde viajarei na tentativa de me libertar. Você, e apenas você, Srta. Wright, terá os meios para me libertar. Se eu fracassar, embora eu reze para os deuses da escuridão para que isso não aconteça, você deverá usar esta chave e me salvar.

Ele colocou a corrente com a chave em volta do meu pescoço.

— Certo — respondi, entrando na brincadeira. — Eu aceito a honra.

Então, fiz um show para inspecionar as algemas, levantando-as sob os holofotes e franzindo a testa, trancando-as para depois abri-las com a chave, para o delírio estridente das crianças.

— Então? — perguntou Garrett. — Está tudo em ordem?

— Está.

Elas realmente pareciam ser um par comum de algemas, não as de mentirinha que minha mãe me deu quando eu era pequena — um par que quebrou depois de mais ou menos cinco usos — quando eu ainda acreditava em mágica.

Devolvi as algemas para ele, consciente do metal frio da chave descansando contra a pele do meu peito.

— As algemas estão de acordo com o padrão.

— Eu agradeço, madame. Agora, se me der a grande honra... — Ele abriu os braços. — Por favor, reviste meus bolsos para se assegurar de que eu não tenho nenhuma outra chave comigo e que não estou enganando esta nobre plateia reunida esta noite.

Dei um passo para trás.

— Hum, não. Não vou colocar as mãos nos seus bolsos. — Que babaca.

— Srta. Wright — disse Garrett, com uma expressão de consternação fingida. Eu sabia que seus sentimentos não estavam de fato feridos. Mas ele sabia fingir bem. — Você estava indo tão bem até agora. Por que não quer revistar meus bolsos e se assegurar de que não tenho uma chave extra? Você não tem medo do poder da minha *magia*, não é?

Argh, ele era nojento. Eu sabia que ele achava que estava sendo engraçado — algumas pessoas até riram, e as crianças, mesmo que não tenham entendido a "piada", riram também ao ouvir a risada dos adultos.

Mas a piada de Garrett não tinha a menor graça para mim. Era nojenta e inconveniente, principalmente considerando os boatos que eu tinha ouvido sobre ele.

Claro que eram apenas boatos, e era errado julgar as pessoas com base em fofocas... algo que eu deveria ter mantido em mente com relação a Will Price.

Mas eu não ia seguir com aquele joguinho. Respirei fundo para dizer isso a ele quando uma voz grave ecoou da multidão.

— Eu posso revistar.

Mal tive tempo de registar de quem era a voz antes de o dono subir no palco.

Era Will, claro.

— Hum. — O sorriso desapareceu do rosto de Garrett, ele abaixou os braços. — Não, tudo bem. Eu só vou…

— Virar os bolsos do avesso? — perguntou Will friamente, esticando as mãos para fazer exatamente isso. Ele enfiou as duas mãos nos bolsos da calça de Garrett e puxou o forro. — Prontinho. Olhem só. Não tem nada para ver aqui. Nadinha.

O rosto de Garrett estava ficando rosa sob as luzes do palco, mas ele conseguiu manter a pose, mesmo enquanto eu abria um sorriso meio maníaco porque Will Price tinha vindo me salvar.

Não que eu *precisasse* que Will me salvasse, obviamente. Eu era *perrrfeitamente* capaz de lidar com a situação de Garrett Newcombe e sua sugestão inconveniente de que eu enfiasse as mãos na calça dele.

Mas o fato de Will *achar* que precisava vir correndo para o palco me proteger da proposta nojenta de Garrett?

Aquilo era fofo!

Até que percebi que eu não tinha sido a única a notar. Tanto Jasmine quanto Cassidy tinham levantado os celulares e começado a filmar, assim como alguns desconhecidos na plateia. Tive a nítida sensação de que estávamos a segundos de o incidente ser enviado para o BuzzFeed como mais provas de que Will e eu éramos um casal.

Pior, eu estava começando a achar que isso não seria tão ruim assim… ainda mais quando peguei o braço de Will, ao tentar tirá-lo do palco, e senti a firmeza do bíceps debaixo do tecido fino do paletó de linho.

— Muito obrigada, Will — falei. — Mas, se você voltar para o seu lugar, eu posso continuar daqui…

— Tem certeza?

Ele parecia… bem, furioso era a única palavra para descrever. Furioso em minha defesa. Isso era novidade. Eu não conseguia me lembrar de um homem jamais ter ficado furioso por algo que estava acontecendo comigo, a não ser o meu pai quando leu o que Will tinha dito a meu respeito no *New York Times*.

Eu teria que lembrar como me senti para que pudesse incluir isso no volume 27 de *Kitty Katz*.

— Tenho — respondi, guiando Will de volta ao seu lugar. Felizmente, ele permitiu. — Tá tudo bem.

Não estava tudo bem, principalmente com Bernadette dando piscadinhas de quem sabe tudo por cima da taça de martíni. Mas eu só precisava sobreviver aos próximos cinco minutos — ou pelo tempo que Garrett levasse para terminar aquele truque — e então eu poderia voltar para a minha cadeira e continuar paquerando Will — quer dizer, continuar aproveitando a minha noite.

Voltei para o palco e me deparei com Garrett com as mãos estendidas diante do corpo.

— Srta. Wright. Por favor.

— Claro.

Fechei as algemas bem apertadas, já que Garrett não era minha pessoa favorita naquele momento.

Mas ele nem piscou.

— E agora — disse ele, levantando o queixo —, peço que me dê a honra de desamarrar a minha capa e usá-la como cortina enquanto eu me desmaterializo.

Olhei para ele.

— Hein?

Ele revirou os olhos diante da minha incompetência.

— Desamarre a minha capa e a use como cortina para me cobrir enquanto eu… o quê, crianças?

— Se desmaterializa! — gritaram as crianças da plateia.

— Francamente, Srta. Wright — disse Garrett, fingindo indignação. — Parece até que a senhorita não tem nenhum conhecimento sobre o mundo espiritual.

Percebendo que aquela era obviamente uma parte conhecida do número de Garrett, desamarrei as cordinhas da capa no pescoço dele e, quando o tecido escorregou de seus ombros para minhas mãos, levantei o veludo roxo pesado alto o suficiente para que o público não visse o que ele estava fazendo ali atrás.

— O Professor Eurynomos vai vê-los já, já — disse Garrett para o público enquanto apertava um botão de emergência escondido para abrir as algemas e as deslizava de volta para o bolso —, assim que retornar do outro lado do mundo espiritual!

— Sério? — cochichei para ele atrás da capa. — Esse é o seu grande truque de mágica? Eu estava esperando algo um pouco mais dramático.

— Não, Jo. — disse Garrett com um sorriso de pena. — Esse não é o truque de mágica. *Este* é.

E, então, ainda escondido atrás da capa que eu estava segurando diante dele, Garrett foi até o parapeito do deque atrás dele, passou as pernas para o outro lado e caiu no mar.

CAPÍTULO 24

Não vou mentir: eu gritei.

Depois, larguei a capa, coloquei as mãos no rosto e exclamei:

— Meu Deus!

Não é culpa minha que aquilo só tenha acrescentado mais drama ao que as pessoas pensavam ter visto: um homem desaparecer diante dos olhos delas. Só os que estavam mais perto do píer viram o que eu vi — Garrett saltando por cima da grade do deque.

E só os mais próximos ao palco ouviram o que eu tinha ouvido — o som de um corpo caindo na água lá embaixo.

Uma dessas pessoas foi Will. Enquanto todo mundo aplaudia o divertido truque de Garrett — e a minha aparente reação a ele —, Will disparou da cadeira e foi direto à grade onde eu estava paralisada de terror.

— Ele ainda estava algemado? — perguntou-me Will enquanto olhava para a água, procurando algum sinal de Garrett.

— N-n-não. — Daquela vez, era eu que mal conseguia falar. — Eram algemas de mágico. Ele as guardou no bolso.

Will pareceu aliviado — mas só um pouco.

— Graças a Deus.

Will e eu não éramos os únicos debruçados sobre a grade para olhar a água onde Garrett mergulhara. Mais à frente no píer, outros faziam o mesmo, apontando para as ondas frias e gritando: *Ali está ele!*

Só para depois dizerem: *Não, era só um peixe. Espera, ali! Não, também não é ele.*

A altura do ancoradouro até a água não era muito grande — menos de dois ou três metros — e a água bem abaixo do deque do Fenda era iluminada pelos postes do ancoradouro, para que os clientes do restaurante conseguissem enxergar o que estavam comendo. A água era tão cristalina que eu conseguia ver diferentes tipos de peixes nadando sob as ondas e uma grande variedade de algas também.

O único problema era que não havia sinal de Garrett. E além dos círculos de luz dos postes, só havia um vasto e literal mar de escuridão.

— Você acha que ele foi tragado para baixo do ancoradouro? — perguntei para Will, preocupada.

— A corrente aqui é forte, mas puxa para o outro lado. — Infelizmente, Will apontou para a escuridão. — Estou mais preocupado que ele tenha sido puxado em direção ao Golfo do México.

Engoli em seco. Eu não era a maior fã de Garrett, mas não gostava nem um pouco da ideia de alguém ser carregado por uma corrente por toda aquela vastidão escura — ainda mais fantasiado de pirata.

— Ai, meu Deus — exclamei para Will. — Eu não tinha ideia. Juro para você. Eu não tinha ideia de que ele ia fazer isso!

— Eu sei. — Will me abraçou de forma reconfortante. — Como você poderia saber? Ninguém sabia.

Foi só quando eu senti o calor do corpo dele contra o meu que percebi que eu estava tremendo, apesar do ar quente da noite. Talvez eu estivesse em choque por causa do que Garrett tinha acabado de fazer.

— Ei, vocês dois. — Bernadette subiu no palco. — Detesto estragar a festa, mas alguma notícia de quando Garrett vai voltar do mundo espiritual? Alguns de nós gostariam de voltar para o hotel para um banho de hidromassagem. E Frannie está reclamando por estar perdendo o jogo dos Knicks.

Will tirou o braço dos meus ombros na hora.

— Não, não faço ideia. — Apontei para a água. — Garrett pulou, e agora não conseguimos vê-lo em lugar nenhum.

— Ele *pulou*? — Bernadette olhou para a água. — Caramba. Isso é um pouco mais radical do que o de costume.

Will arqueou as sobrancelhas para ela.

— Ele já fez isso antes?

— Ah, sim. Bem, não a parte de pular, mas esse lance de desmaterialização. Ele costuma se rematerializar mais cedo ou mais tarde.

Todos nós olhamos em volta. A equipe do restaurante parecia ter decidido que o truque de Garrett tinha terminado, porque colocaram a bossa nova para tocar de novo, e os garçons voltaram a servir drinques e tortinhas de limão de sobremesa. As pessoas que não sabiam que Garrett tinha pulado na água retomaram suas conversas. Jasmine e Cassidy estavam gravando as reações dramáticas do truque de Garrett enquanto morriam de rir. Não havia sinal de Lauren, o que era estranho. Mas vi a mãe dela com as mães das outras meninas, então presumi que ela também estava por perto.

Só os fãs mais fervorosos de Garrett — as crianças sentadas na frente do palco — continuavam em seus lugares, esperando pacientemente a volta do Professor Eurynomos...

— Eu diria que parece que ele planejou tudo isso como parte do número de desaparecimento — disse Will. — Só que a única escada para sair da água fica a meio quilômetro daqui. Será que Garrett sabia disso?

— Hum. — Agora Bernadette estava começando a expressar preocupação, como eu. — Imagina-se que ele tenha feito alguma pesquisa sobre isso.

— Com certeza. — As sobrancelhas escuras de Will estavam baixas enquanto ele continuava esquadrinhando a superfície do mar.

— Não estou achando esse truque muito mágico — comentou Bernadette.

— Eu também não — concordei. — Vocês acham que a gente devia, sei lá... chamar alguém?

— Acho. — Will tirou o celular do bolso. — A guarda costeira.

CAPÍTULO 25

Meia hora depois, eu observava um helicóptero voar baixo sobre a superfície da água a algumas centenas de metros do píer, vasculhando as ondas com holofotes. Ali perto, lanchas da guarda costeira patrulhavam o porto também em busca do mágico desaparecido.

Nesse meio-tempo, em terra, chegaram policiais para interrogar todo mundo que tinha testemunhado o "truque" de Garrett... mas eles se concentraram em mim, já que eu estava mais perto quando ele desapareceu.

— Ele caiu? — perguntou o policial sentado na minha frente. — Ou foi mais como um mergulho?

— Nem uma coisa nem outra — respondi. — Ele passou as pernas pela grade e *deixou* o corpo cair na água.

— Então — disse o policial, olhando para a cadernetinha na qual estava rabiscando —, foi algo deliberado.

— Com certeza. Ele não caiu sem querer. Ele estava tentando desaparecer.

O policial parecia confuso.

— É essa a parte que não estou entendendo.

O crachá do bolso da frente da camisa dele dizia *Martinez*. De dentro do mesmo bolso dava para ver um charuto com as palavras *É menino!* e um laço azul. Eu tinha visto o delegado Hartwell distribuindo aquilo para todo mundo, e também mostrando fotos do filho recém-nascido, quando não estava ocupado na coordenação da busca de Garrett em terra, "para o caso de o corpo ter sido levado para a praia".

Ouvir aquilo provocou um arrepio na minha espinha. O delegado e os outros policiais pareciam ter certeza de que

Garrett devia ter caído por acidente ou pulado de propósito para se machucar. Por que outro motivo alguém pularia no mar totalmente vestido em uma noite de janeiro?

— Desaparecer? — repetiu o policial. — Por que ele ia querer fazer uma coisa dessas? Ele estava fugindo de alguma coisa?

— Não. Era um truque de mágica. Garrett é escritor. — *Era* escritor? Não, *é*. Com certeza *é*. — Ele escreve sobre magia e faz números de desaparecimento para entreter as crianças — expliquei para o policial. — A questão é que Garrett é a última pessoa que eu conheço que ia querer se machucar.

Eu não conseguia pensar em uma forma mais delicada de dizer que Garrett Newcombe era um completo narcisista que se achava um presente dos deuses para as mulheres. Prova disso era que ele nem sequer parava de cantar no ônibus dos autores quando elas lhe pediam. Várias vezes.

— Ah, é? — O policial Martinez levantou o olhar da caderneta. — Há quanto tempo você o conhece?

— Hum. Não faz muito tempo. — Só tinha passado mesmo um dia desde que conheci Garrett no avião? — Mesmo assim, eu tenho quase certeza que ele não é o tipo de pessoa que faria algo para se ferir. — Outras pessoas, sim... sobretudo mulheres atraentes. Ele mesmo, nunca. — Ele só queria fazer um show legal para promover os livros dele.

— Sim, os livros dele — assentiu o policial Martinez. — Pelo que entendi, é um livro que fala sobre crianças que frequentam uma escola de magia? Não é o mesmo tema daqueles livros do Harry Potter?

— Isso — respondi. — Mas os livros de Garrett são diferentes. No caso dele, as crianças vão para a escola de magia do mal.

— Certo. Entendi.

Vi o policial Martinez escrever *Escola de Magia do Mal* no caderninho.

Ai, meu Deus. Quando ele escrevia daquele jeito, parecia mais bobo do que nunca. O trabalho daquele homem era salvar a vida das pessoas. O meu era escrever histórias sobre gatos falantes. O que eu estava fazendo da minha vida? Eu precisava de algumas mudanças, e bem rápido.

— E por isso Garrett estava fingindo desaparecer — expliquei, tentando desesperadamente fazer o policial entender. — Porque ele estava agindo como um dos professores de magia dos livros dele.

— Certo. — O policial Martinez fechou a caderneta, como se o caso estivesse encerrado. — Só que ele não estava fingindo, não é? Ele desapareceu de verdade. E tenho que ser honesto com você, Srta. Wright. Quando alguém desaparece à noite, a gente não costuma encontrar até o amanhecer. Está escuro demais para vermos qualquer coisa... ainda mais quando, se sua declaração estiver correta, ele desapareceu de propósito e não quer ser encontrado. Aqui. — Ele me entregou um cartão de visitas. — Se você se lembrar de qualquer outra coisa, entre em contato.

— Mas... — Fiquei olhando sem acreditar enquanto ele se levantava da cadeira. — É só isso? Vocês vão encerrar as buscas?

— Temos que fazer isso, senhorita. — O policial tirou o chapéu. — Só temos um helicóptero e temos que compartilhá-lo com o hospital. Temos um morador que acabou de sofrer um infarto e precisa ser levado para Miami para uma cirurgia de emergência. Não temos um cirurgião cardíaco no hospital local. Precisamos nos concentrar em salvar as pessoas que querem ser salvas. Tenha uma boa noite.

E ele se foi, deixando em mim uma sensação de consternação — bem diferente dos outros participantes do festival. A maioria estava adorando a reviravolta da noite, sobretudo as crianças, que não podiam estar mais animadas com o desaparecimento mágico de um dos autores e o subsequente aparecimento de um helicóptero e várias embarcações na água iluminando o mar. Na verdade, aquilo tudo só tornou o truque de Garrett ainda mais espetacular. Dylan, o menininho cujo livro ele passara tanto tempo autografando mais cedo, parecia em êxtase.

— Não adianta nada ficar procurando pelo Sr. Newcombe, sabia? — repetia ele para quem quisesse ouvir, mesmo enquanto os pais, parecendo exaustos, tentavam convencê-lo a voltar para o hotel. — Ele está no plano espiritual. Ele vai se rematerializar quando quiser... provavelmente quando menos esperarmos!

— Espero que o garoto esteja certo — falei para Bernadette.

Ela arqueou uma das sobrancelhas.

— Você está se referindo a Garrett estar no plano espiritual?

— Não. A ele aparecer quando menos esperarmos.

— Ah, tá. Só que, quando ele aparecer, acho que vai se arrepender.

Ela não estava brincando. O subdelegado não era o único que parecia não ter gostado nada da pegadinha de Garrett. Will estava andando de um lado para o outro com uma expressão furiosa no rosto, e Frannie não parava de olhar para o relógio, resmungando:

— Se eu perder o jogo por causa disso, vou matar aquele idiota assim que ele se rematerializar.

— Verdade, mas você tem que dar o braço a torcer para o cara — disse Saul. — Ele realmente sabe prender a atenção da multidão. Estou pensando que talvez o meu próximo livro seja sobre um cara como ele. Sabe? Um romancista que faz um pacto com o diabo para se tornar um autor best-seller.

Kellyjean estremeceu.

— Isso cairia no gênero do terror, com certeza.

— Se você escrever — disse Jerome, segurando uma cerveja em uma das mãos e um charuto de *É um menino!* na outra —, certifique-se de fazê-lo sobreviver a esse golpe publicitário para que o anfitrião do evento que ele estragou possa matá-lo. — Ele indicou Will com o queixo, que falava ao celular a alguns metros de distância, olhando com raiva para a escuridão além da grade do deque. A raiva dele realmente parecia mortal.

— Ah, claro. — Saul tomou um gole de um Baileys que pegou no bar do restaurante. — Todo mundo ia querer matá-lo. Isso faria parte da história. Só que não podem, já que ele tem o diabo como aliado. E...

Eu me desliguei das vozes deles e me concentrei em Will. Não dava para saber com quem estava conversando, mas ele parecia o mais furioso que um ser humano conseguia ficar sem socar alguma coisa. Eu não queria me meter — não era meu papel, e ele com certeza já tinha muita coisa com que se preocupar —, mas senti que deveria contar o que o subdelegado disse.

Então fui até ele, ouvindo distraidamente a conversa das adolescentes que ainda estavam sentadas à mesa que compartilhamos. Chloe e as amigas já tinham ido embora havia muito tempo para a festa do pijama de Sharmaine, mas Jasmine e Cassidy estavam por perto, aparentemente para ver como aquela história com Garrett se desenrolaria.

— Olha — disse Jasmine, o rosto bonito iluminado pela tela do celular —, é a número nove agora.

— Sério? — Cassidy olhou para o próprio celular e pareceu decepcionada. — Mas só aqui nos Estados Unidos.

— Sim, mas isso por causa daquele terremoto. Acho que conseguimos subir mais o assunto se postarmos aquela foto sua com o helicóptero.

— Aaaah, boa ideia.

— Do que vocês estão falando, meninas? — perguntei, curiosa.

As duas ergueram o olhar, parecendo assustadas.

— Ah, não é nada, Srta. Wright — respondeu Jasmine, sorrindo. — Estamos só tentando fazer os nossos vídeos sobre o desaparecimento do Sr. Newcombe ser o assunto mais comentado do momento.

— Nunca tive um vídeo viral — confessou Cassidy. — Estou tão animada. Embora eu não tenha nada para promover.

— Claro que tem — debochou Jasmine. — O seu OnlyFans.

— Psiu! — Cassidy, escandalizada, olhou em volta. — Minha mãe pode te ouvir.

Olhei em volta também.

— Cadê a Lauren?

— Ah, ela voltou para o hotel. Disse que estava cheia de inspiração para trabalhar no romance dela. Uma pena, porque está perdendo tudo. — Então Cassidy pareceu culpada. — Espero que não se importe, Srta. Wright, mas, com tudo o que aconteceu aqui hoje, você e Will Price não estão mais nos top dez dos assuntos mais comentados. Não estão nem no top vinte.

Lancei um olhar rápido na direção de Will e vi, aliviada, que ele ainda estava no telefone e parecia não ter ouvido nada. No entanto, ele esfregava a testa como um homem que estava morrendo de dor de cabeça.

— Hum, obrigada — eu disse às meninas. — Está tudo bem. A gente se fala depois, tá?

— Tá — disseram elas. — Tchau...

Mas eu já estava seguindo apressada em direção a Will e o alcancei bem na hora que ele guardava o celular no bolso.

— Ei — falei com suavidade, colocando a mão no braço dele. — Tá tudo bem?

Ele afastou a mão do rosto e piscou para mim surpreso, como se não conseguisse imaginar por que eu estava do lado dele, muito menos expressando preocupação.

— Claro — respondeu ele, dando tapinhas na minha mão. — Eu estou bem. E *você*, como está?

Quando ele disse *você*, seus dedos apertaram os meus, provocando uma onda de calor em mim.

— Estou bem — respondi. Para minha tristeza, ele soltou minha mão tão rápido quanto tinha pegado. — É com você que estou preocupada. Sinto muito por... bem, por tudo isso. Sei que não era assim que você esperava que a noite acabasse.

Ele me deu um sorriso gentil, mas breve.

— Obrigado, mas não consigo ver como nada disso pode ser culpa sua. De qualquer forma, acabei de falar com Henry. Ele vai trazer o ônibus para cá. Vocês vão poder voltar para o hotel e esquecer esse pesadelo em alguns minutos.

— Ótimo.

Só que eu não queria voltar para o hotel. Eu queria ficar ali com ele. Queria entrelaçar meus dedos nos dele, beijar as rugas de preocupação em sua testa e dizer que tudo ia ficar bem.

No que eu estava pensando? Eu não sabia se tudo ia ficar bem. Eu não podia fazer nada daquilo. Devo ter enlouquecido de vez.

— Hum — comecei a falar, em vez disso —, o subdelegado com quem eu estava falando disse que vão encerrar as buscas. Que está escuro demais lá fora e que eles precisam do helicóptero para levar um paciente infartado para o hospital de Miami.

— Eu sei. — Ele estava olhando mal-humorado para a escuridão de novo. — Eles me disseram a mesma coisa. Eles só têm um helicóptero. Suponho que essa seja uma das desvantagens de se morar no paraíso. O dia a dia é idílico, mas, em caso de emergências, não é nada conveniente.

Olhei para as unhas pintadas dos meus pés.

— Certo. Pela linha do interrogatório, fiquei com a impressão de que eles não acham que tivemos uma emergência de verdade aqui. Eles parecem achar que Garrett…

— Eu sei. — O tom de Will estava neutro. — Se Garrett se rematerializar, totalmente ileso, o festival vai estar em apuros. Parece que existe uma multa de cinquenta mil dólares por apresentar uma queixa falsa de pessoa desaparecida.

— *Cinquenta mil dólares?* — Olhei para ele, perplexa. — É uma quantia muito alta, e muito específica.

— Esse valor é quanto custa para dar início a uma busca como a que vimos hoje à noite. — Ele fez um gesto em direção às embarcações da guarda costeira que estavam começando a sair do porto.

— Bem, Garrett pode pagar — disse eu. — Já procurou saber qual é o patrimônio líquido dele?

— Não. — Will pareceu ficar um pouco menos tenso. E até deu um sorriso. — As pessoas fazem isso?

Eu queria responder que a irmã dele fazia — pelo menos as amigas dela faziam —, mas em vez disso, eu só disse:

— Acho que algumas pessoas fazem. E acredite em mim, Garrett pode pagar.

O sorriso dele desapareceu.

— Sim, mas, mesmo que ele tenha desaparecido de propósito, eu não acho…

— O ônibus chegou. — Frannie passou por nós balançando o celular. — Acabei de receber uma mensagem. Vamos embora, Jo. Já perdi o primeiro tempo do jogo, não quero perder o segundo.

— Eu escreveria essa história — dizia Saul em voz alta enquanto passava por nós, seguindo a mulher — colocando o cara, ou seja, Garrett, escondendo um equipamento de mergulho embaixo do ancoradouro para que, depois de mergulhar, ele nadasse e o pegasse.

— Saul, isso já foi usado tantas vezes antes — declarou Kellyjean. — Eu já vi isso em milhares de episódios de *Magnum*.

— Espere aí — pediu Jerome. — Deixe o homem terminar.

— Certo. Você não me deixou terminar. Esse equipamento de mergulho teria sido amaldiçoado por *satanás*…

Equipamento de mergulho.

Equipamento de mergulho.

Claro.

CAPÍTULO 26

— É isso! — Eu me virei para dizer a Will. — Garrett mergulha com cilindro. Ele me contou.

Will me encarou.

— Como?

— Ontem à noite, no ônibus dos autores, quando estávamos falando sobre sair no seu barco, Garrett estava se gabando por ser certificado para mergulhar em mar aberto. Ele se ofereceu para me ensinar, mas respondi que não estava interessada. — Minha cabeça estava a mil. — Tem algum lugar por aqui que alugue esse tipo de equipamento?

— Com certeza — disse Will. — Estamos na Flórida. Você poderia alugar um tigre se quisesse. Mas você não acha…

— É exatamente o que eu acho — disse eu, encostando o dedo indicador no peito de Will para enfatizar as minhas palavras. — Eu sei onde Garrett está.

— Jo, você vem ou não? — A voz de Frannie soou estridente vinda da escuridão do estacionamento onde o ônibus dos autores estava esperando. — Vou perder o resto do jogo se você não se apressar.

Abri minha mão contra o peito de Will. Gostei de sentir o calor que emanava por baixo do tecido fino da sua camisa e os batimentos constantes do seu coração, *tum-tum, tum-tum*. Eu não me importava com o vídeo que Jasmine, atrás de nós, poderia estar gravando.

— Você está de carro? — perguntei.

— Claro — respondeu ele. — Mas por quê?

— Porque vai ser mais rápido. — Peguei a mão dele, como eu tinha desejado a noite toda. O toque parecia sólido e perfeito, como se nossos dedos tivessem sido feitos para se encaixar. — Venha, vamos logo.

— Mas para onde estamos indo? — Will parecia mais estar se divertindo do que chateado, principalmente quando eu comecei a puxá-lo em direção ao estacionamento, passando direto pelo ônibus dos autores, onde Frannie gritava para Kellyjean se apressar, já que tinha precisado sair para pegar o xale no restaurante. Desde que a conheço, Kellyjean nunca tinha se lembrado de pegar todos os pertences dela ao sair de um lugar.

— Frannie, eu vou com Will — gritei para ela. — Avise a Bernadette para mim, por favor?

Frannie fez um gesto impaciente. Estava preocupada demais em perder mais uma parte do jogo para ficar curiosa sobre o que eu poderia estar fazendo fugindo no carro de Will Price.

E que carro.

— *Este* é o seu carro? — Fiquei tão chocada que soltei a mão de Will.

— É. — Sob a luz dos postes do estacionamento, vi Will enfiar a mão no bolso para pegar a chave, com uma expressão surpresa no rosto. — Por quê? Algum problema?

— Não tem nenhum *problema* — respondi. — É só que não é o tipo de carro que eu esperava que um cara como você dirigisse.

— Como assim, um cara como eu? — Will abriu a porta do Tesla vermelho brilhante. — O que você esperava?

— Algo mais... hum... potente, para dizer a verdade, à gasolina. Um Range Rover talvez. Ou um Porsche. Talvez até uma Ferrari.

— Sério? — Ele fez uma careta. — Você realmente tem uma péssima visão de mim, não é? Acha mesmo que eu sou tão inseguro assim que preciso de um carro esportivo caro e que consome muito combustível para provar a minha masculinidade?

— Acho — respondi com animação enquanto entrava no Tesla, notando que, ao contrário da casa dele, o carro estava imundo. Os tapetes do assoalho estavam cobertos de areia. Algo rolou debaixo de um dos meus pés. Eu me abaixei para pegar e encontrei uma bola de tênis gosmenta. — Você tem um *cachorro*?

— Chloe tem. — Ele se acomodou no volante. — Prometi dar um a ela depois que nos mudássemos. Senti que era o mínimo que eu podia fazer.

— Claro que sim. — Joguei a bolinha gosmenta por cima do meu ombro para o banco de trás. — Me deixe adivinhar: um Rottweiler.

Ele balançou a cabeça.

— Você realmente me odeia, não é? Susie é uma springer spaniel, e é uma fofura.

— Susie? — Eu caí na gargalhada, sem acreditar. — Sua irmã deu o nome de *Susie* para a cachorrinha?

— Sim, minha irmã escolheu o nome em homenagem à sua personagem, Susie Spaniel. — Seus olhos escuros cintilaram. — Viu? Eu li mesmo os seus livros. Conheço todos os personagens. Kitty, os pais dela, a melhor amiga Felicity, Susie Spaniel, Rex, Raul...

Parei de rir abruptamente. Raul? Ele conhecia Raul? Aquilo estava ficando constrangedor.

— Desculpa... Eu só... Isso é muito gentil.

Nossos olhares se encontraram e, de repente, eu me dei conta de como o estacionamento estava silencioso — e do quão sozinhos estávamos. Ele estava sentado tão próximo que eu sentia o calor que emanava do seu corpo... aquele corpo firme e esguio que eu tinha visto seminu mais cedo. Só o que eu precisava fazer era me inclinar um pouquinho sobre ele e colocar minhas mãos naqueles...

Esses pensamentos eram completamente inapropriados quando havia um homem desaparecido.

— Acho melhor eu falar para onde estamos indo, né? — perguntei com a voz esganiçada.

— Isso com certeza ajudaria.

— Para a Pousada Papagaio Preguiçoso, por favor.

Ele ligou o carro, mas o desligou e se virou para olhar para mim, incrédulo.

— O seu hotel? Você acha que Garrett voltou para *o seu hotel*?

— Acho, sim.

— Mas por que diabos ele voltaria para lá?

— Porque para onde mais ele iria? É alta temporada aqui. Todos os hotéis estão ocupados. A não ser que ele tenha planejado isso com meses de antecedência, o que duvido muito, ele não teria outro lugar para se esconder.

— Só se ele for um idiota por achar que ninguém ia procurá-lo lá.

— Bem, ninguém procurou — retruquei. — Até agora.

Will franziu a testa.

— Não é possível. Só um idiota…

— Acho que vale salientar que Garrett estava fazendo uma serenata para sua irmã adolescente com um ukulele hoje à tarde, bem na sua cara. Ele *é* um idiota.

— Não acredito que ele esteja lá — disse ele. — Mas, para provar que você está errada, estou disposto a procurar.

— Ah, perdão — Usei o tom mais sarcástico que consegui. — Passar um tempo a sós comigo é um fardo tão grande assim?

Ele sorriu.

— Não. Eu gosto da sua companhia, por mais repugnante que você pareça achar a minha.

— Você tem me cativado um pouco — admiti de má vontade.

Se ele ao menos soubesse a verdade, que eu estava ali sentada pensando nele pelado.

Ele pareceu feliz.

— É mesmo? O que gerou essa mudança? Foi o meu imenso conhecimento sobre personagens feministas na literatura infantojuvenil, não foi?

Engasguei.

— Meu Deus, não.

— O que foi, então? Foi o barco, não foi? A maioria das mulheres acha irresistível um homem com um grande... barco.

— Não seja nojento. — Por favor, seja nojento. Seja nojento por todo o meu corpo.

Mas o que estava acontecendo ali? Will Price não fazia o tipo paquerador.

Embora, para ser sincera, eu também não. Pelo menos não em muito tempo. Aquilo estava acontecendo porque eu estava sozinha em um carro com um homem muito atraente (que eu odiava de maneira explícita até muito pouco tempo atrás) ou porque a noite tinha sido tão estressante que era bom liberar um pouco da tensão? Ou havia algo mais acontecendo ali? Se acabasse sendo por causa daquele clarão de luz verde idiota — ou pior, do óleo essencial de Kellyjean —, eu não ia ficar nada feliz.

— E que carro *você* dirige, afinal? — perguntou Will.

— O quê? Eu? Nenhum. Sou nova-iorquina. Não tenho carro. Não tenho nem habilitação.

— E quanto ao seu pai?

— Meu *pai*? O que que tem o meu pai?

— Qual é o carro dele?

— Ele também não tem carro.

Will arqueou as sobrancelhas.

— E como ele vai se locomover quando se mudar para cá?

— Meu pai não vai se mudar para cá. Estou procurando lugares mais ao norte para ele, na região de Orlando. — Arrisquei um olhar para Will, mas eu o estava imaginando pelado de novo. — De onde vem toda essa preocupação com o meu pai?

— É que parece que você não pensou bem sobre como cuidar dele, e parece ser um dos bons. Pelo menos, se ele se mudar para cá, vai poder fazer as coisas a pé. Essa é uma ilha pequena. Ele não ia precisar dirigir para lugar nenhum.

Apesar de várias coisas inesperadas terem acontecido desde a minha chegada a Little Bridge — ter uma conversa franca com Will Price (e depois beijá-lo) no iate, ver Garrett Newcombe desaparecer no Golfo do México —, discutir os planos de moradia do meu pai com Will era uma das mais estranhas.

— Hum — falei, assim que ele estacionou na frente do hotel. — Agradeço pela sua preocupação. Mas desconfio que os preços dos imóveis aqui em Little Bridge estejam um pouco fora do orçamento do meu pai. — Na verdade, do *meu* orçamento.

— Não precisa comprar — disse Will. — Alugar primeiro é sempre uma boa forma de avaliar se você gosta da região. Depois pode comprar, quando já conhecer melhor as propriedades locais.

Se alguém tivesse me dito uma semana atrás que eu estaria passando um tempo com Will Price discutindo investimentos imobiliários, minha cabeça teria explodido. Agora, aquilo parecia simplesmente... normal.

Will estacionou o carro em uma vaga exclusiva para *embarque e desembarque de hóspedes da Pousada Papagaio Preguiçoso*. Ele saiu do carro e o contornou para abrir a porta para mim.

— Você primeiro.

— Hum, obrigada. Obrigada também pela dica imobiliária. Vou manter isso em mente.

Talvez pessoas sem pais gostassem de discutir problemas dos pais dos outros, pensei, enquanto observava Will se aproximar do jovem que trabalhava na recepção, apoiar os cotovelos e dizer:

— Olá. Será que poderia nos informar o número do quarto de um dos seus...

Opa. Fui até lá e puxei Will pelo braço.

— Não — falei para o recepcionista. — Não, não precisamos de informação. Está tudo bem. Tenha uma boa noite.

Tanto Will quanto o recepcionista pareceram surpresos.

— Tudo bem, senhorita — disse o recepcionista. — Tenha uma boa noite também.

Enquanto eu puxava Will para fora do saguão e atravessávamos a sala de estar e de jantar até o pátio, ele cochichou:

— O que você está fazendo?

— O que *você* está fazendo? Não pode simplesmente abordar o recepcionista e pedir o número do quarto de Garrett. Ele pode avisá-lo que estamos indo para lá! Temos que ser mais *sutis*.

Will ficou espantado.

— E como vamos descobrir o número do quarto dele?

— Eu sei o número do quarto dele — respondi. Ainda estava com meu braço encaixado no de Will enquanto o puxava para dar a volta na piscina. — Fiz o check-in na mesma hora que ele. Não se lembra? Eu estava parada lá no aeroporto ontem de manhã segurando uma placa com os nomes de vocês dois. Sei que você me viu. Você olhou bem para mim e derrubou sua mala com o susto.

Will congelou, quase me catapultando para dentro da piscina, porque, quando ele parou, continuei andando e o meu braço ainda estava cruzado com o dele.

Não mais, porém. Agora eu estava no meio do pátio, completamente vazio, sem hóspedes nem funcionários, e no mais absoluto silêncio, quebrado apenas pelo gorgolejo da hidromassagem e pelos cantos dos grilos e dos sapos.

— Eu não fiquei *assustado* por ver você — insistiu Will. — Eu só estava um pouco surpreso.

— Não sei por quê. Você está no conselho do festival. Você sabia que eu vinha.

— Sim, mas eu não sabia o horário do seu voo. E eu não sabia o que você tinha feito com o seu cabelo.

Levei a mão ao cabelo por reflexo.

— Achei que você tinha dito que gostava do meu cabelo assim.

— Eu disse. E eu gosto.

A única luz do pátio vinha dos postes do lado de fora de cada quarto e, obviamente, das luzes da piscina, que davam ao ambiente um brilho azulado meio sobrenatural. Mesmo assim, percebi que Will parecia aborrecido — aborrecido o suficiente para enfiar as mãos nos bolsos da calça, como se estivesse tentando esconder ali dentro alguma coisa... talvez suas emoções.

— Foi só um choque. Você estava tão diferente da última vez que a vi... não de um jeito ruim, só diferente. Algumas pessoas me disseram que você estava chateada com o que eu tinha dito para o *New York Times*. — Pessoas? Que pessoas? Só podia ser Rosie, que devia ter encontrado a agente dele em Aruba ou fosse lá para onde os agentes iam quando não estavam em Nova York fechando contratos. Eu ia matá-la. — E eu estava preocupado...

— Com o quê? Que eu tivesse pintado meu cabelo de preto por *sua* causa?

Na verdade, eu tinha, mas não diretamente. O preto meia-noite combinava com a forma como eu me sentia havia meses em relação à minha carreira, à minha vida amorosa e, principalmente, a Will Price.

— Não! Não mesmo. — Quando ele me viu revirar os olhos, continuou: — Está bem, talvez. Eu sabia que eu tinha que me desculpar, e eu queria fazer isso direito. Eu estava ensaiando o que diria quando nos víssemos. Só não esperava que o nosso primeiro encontro fosse ser no aeroporto da Ilha de Little Bridge. Então, admito que eu fugi. Foi covarde, mas você parecia... — ele engoliu em seco — ... zangada.

Tentei controlar um sorriso, lembrando-me de como eu estava prestes a cuspir no quadro branco e apagar o nome dele. Mas então assimilei de repente algo que ele havia dito.

— Você *ensaiou* o que ia dizer quando me visse? Na praia, no dia da confraternização, você tinha *ensaiado* aquilo?

Ele fez uma careta.

— Eu escrevi um discurso com tudo que eu queria dizer quando nos víssemos, mas você começou a falar da Chloe.

Naquele momento eu já não conseguia mais segurar o sorriso.

— E o fato de ela ter dito que eu era a escritora preferida dela?

— Não achei que fosse isso que ela tinha contado. Achei que você fosse falar que ela tinha contado que…

— … você não tinha notado a dislexia dela a vida toda. Eu sei.

Ele fez careta.

— Ah.

— Eu não tinha juntado as peças até hoje mais cedo, quando você me contou no barco. Mas agora eu entendo.

— Eu disse para você. Nunca fui muito bom com as palavras. Pelo menos não com as palavras faladas. Sempre fui melhor na escrita. As coisas que quero dizer… de alguma forma, não parecem sair muito bem, a não ser que eu as digite. Aí parece que sai tudo certo.

— Bem, isso é questão de opinião. — Quando ele olhou para mim sem parecer entender, eu acrescentei: — Você não pode achar mesmo que fazer duas pessoas se apaixonarem para depois uma delas levar um tiro *no próprio casamento* é sair tudo certo.

Um dos cantinhos da boca de Will se ergueu em um meio sorriso.

— Você realmente está lendo o meu livro, não está?

— Claro que estou lendo. Mas posso dizer que não estou achando muito catártico no momento, ou seja lá como eu deveria me sentir. Que tipo de reviravolta é essa? Como o marido da Melanie não está morto? Johnny viu o corpo dele. Ele estava mortinho da silva. Mas aí, de algum jeito, ele se levantou dos mortos e deu um tiro no Johnny no dia *do casamento dele*?

Ele tirou as mãos grandes dos bolsos e as abriu de forma tão suplicante quanto os olhos escuros:

— Não acredito que você está mesmo lendo.

— Ainda faltam trinta páginas, mas não entendo o que pode acontecer nas próximas trinta páginas de um livro em que o narrador em primeira pessoa foi assassinado.

— Sabe de uma coisa, Jo? — Uma daquelas mãos grandes se fechou no meu pulso. — Pense na jornada emocional que todos os protagonistas fazem em todos os livros: de alguém cheio de defeitos, que cometeu erros, às vezes erros bem graves, para se transformar em alguém um pouco menos falho. — Ele fechou a outra mão no meu outro pulso. — Alguém que aprendeu com os próprios erros e só quer perdão, e talvez tenha feito algumas coisinhas para merecer isso… não apenas do leitor, mas também da pessoa que é seu possível interesse amoroso. Isso faz sentido para você?

Pisquei para ele. Tive que piscar, porque meus olhos tinham se enchido de lágrimas de repente. Eu não conseguia acreditar, mas Will Price — cujos livros melosos eu vinha debochando há anos — tinha finalmente me feito chorar.

— Você não está falando mais de Johnny, não é?

— Na verdade, estou — respondeu, enquanto me puxava para ele. — Mas também… talvez não. Porque talvez eu seja o Johnny.

E, então — não me pergunte como —, Will estava me beijando de novo. Não só me beijando, mas repetindo meu nome sem parar — *Jo, Jo, Jo* — como um dos encantamentos de Kellyjean.

Mas eu não me importei, porque o som do meu nome nos lábios dele era um elixir, tão intoxicante quanto o cheiro de dama-da-noite que perfumava o ar. Correspondi ao beijo enquanto todo o meu corpo parecia pegar fogo. Eu estava na ponta dos pés, abraçando-o pelo pescoço agora que ele tinha soltado meus pulsos para envolver minha cintura, me puxando tão perto que eu conseguia sentir, pelo tecido fino do terno, o suficiente do corpo dele para ter quase certeza — mais ainda não absoluta — de que ele estava usando uma cueca tipo boxer, não uma cavada. Eu sabia que precisava descobrir isso o mais rápido possível, quando algo me ocorreu e afastei minha boca da dele.

— Peraí — disse eu, olhando em seus olhos escuros e semicerrados de desejo. — Se você é o Johnny, isso significa que eu sou a Melanie?

— Isso — murmurou ele, enquanto os lábios viajavam pelo meu pescoço.

— Mas Melanie é uma completa idiota.

— Não é, não. — Agora os lábios dele queimavam a pele nua do meu colo. — Para citar a revista *Kirkus*, ela é o "epítome da feminilidade, ao mesmo tempo bela e forte"... como você.

Era difícil pensar direito quando havia tantos músculos pressionando o meu corpo, mas eu consegui dizer:

— Tenho quase certeza de que o epítome da feminilidade não é...

Mas nunca consegui terminar, porque os lábios dele voltaram aos meus, apagando de forma muito eficaz qualquer pensamento racional da minha mente.

Pelo menos até o som de uma porta sendo aberta em algum lugar próximo me fazer afastar a boca da dele e olhar por cima de seu ombro. Então, vi entrar no pátio a última pessoa que eu esperava ver.

— Lauren!

CAPÍTULO 27

Lauren, ainda vestida com seu top e minissaia de lantejoulas, congelou, e seus olhos pareciam ridiculamente grandes nos óculos de armação grossa. Estava carregando uma caixa de pizza em uma das mãos e uma garrafa vazia de champanhe na outra.

Will e eu nos afastamos um do outro ao vê-la, mas era ela quem parecia mais surpresa.

— Ah, oi, Srta. Wright — exclamou ela. — E Sr. Price! Como estão?

— Hum. — Dei um passo para me colocar na frente de Will, para que Lauren não visse o resultado no nosso beijo, que era um volume realmente impressionante na calça dele, algo que eu tinha total intenção de explorar em um momento posterior. — Estamos bem. E você?

— Ah, tudo bem. Ótima, na verdade! Vocês sabem onde fica a lixeira para reciclagem? — Ela sacudiu a caixa de pizza.

Minha mente ainda não estava funcionando bem porque meu corpo ainda estava formigando por causa do beijo de Will, então eu apontei na direção do bar *tiki*.

— Ali.

— Ah, valeu!

Lauren foi até a lixeira. Estava usando saltos plataforma e parecia estar com dificuldades para se equilibrar. Ela lembrava uma criancinha usando os sapatos de salto da mãe. Só depois de eu vê-la dar mais alguns passos que percebi que era porque ela estava bêbada. Lancei um olhar para a porta aberta pela qual Lauren havia aparecido. Era no primeiro andar.

Havia um homem ali, espiando o pátio. Como ele estava contra a luz, dentro do quarto, foi difícil ver quem era.

Difícil, mas não impossível.

Antes que eu tivesse a chance de me dar conta do que estava acontecendo, Will atravessou o pátio correndo.

— Garrett — disse ele. — Saia agora.

Vi a silhueta na porta se sobressaltar — a voz de Will, vinda da escuridão, deve ter soado como um tiro para ele —, e então tentou fechar a porta.

Mas Will foi mais rápido. Ele alcançou o quarto 102 em um instante e colocou o pé na porta bem na hora que Garrett a estava fechando. Eu não fazia ideia de que material era feito o sapato de Will, mas devia ser resistente, já que impediu Garrett de fechar a porta na nossa cara.

— Nem tente, Newcombe — rosnou Will enquanto pressionava o ombro contra a porta. — Você sabia que toda a Guarda Costeira de Little Bridge está lá fora, procurando por você? Sabia que ainda deve ter um monte de criancinhas sentadas naquele ancoradouro, esperando você se rematerializar? Enquanto você está aqui, bem confortável no seu quarto de hotel, com uma menina? Saia do quarto e me enfrente como um homem!

— Eu... Eu.. Não estou me sentindo muito bem — ouvi Garrett choramingar. — Acho que devo ter pegado um resfriado. Vejo você amanhã no evento...

— Sem chance. — Will estava pressionando o ombro com tanta força quanto Garrett, de dentro do quarto, para impedir a entrada dele. — Eu vou pegar aquela merda de capa e enforcar você com ela.

— Sr. Price? — Lauren veio cambaleando da lixeira de reciclagem enquanto eu também seguia para o quarto 102. — Está tudo bem? O que houve?

Eu tinha outras coisas em mente além do fato de que Garrett havia sido encontrado vivo — por ora, pelo menos — e bem.

— Você ficou aqui com Garrett a noite toda? — perguntei para Lauren.

— Bem, não a noite *toda*. — Lauren cambaleou um pouco na sandália de plataforma. — Nós dividimos uma corrida da marina para cá. Ele está me ajudando com o meu manuscrito.

De todas as coisas que eu esperava ouvir, aquela não era uma delas.

— O *seu manuscrito*?

— Isso. — Os olhos de Lauren se iluminaram por atrás das lentes de seus óculos. — É uma releitura moderna de O *grande Gatsby*, só que Gatsby é uma mulher bissexual, e a história se passa na euforia da era da cocaína nos anos 1980. O Sr. Newcombe acha que consegue fazer o agente dele me representar também!

Eu pisquei, só que dessa vez não era por estar com vontade de chorar. Bem, na verdade, eu estava, mas por motivos bem diferentes dos de antes.

— Aposto que ele disse isso, sim — declarei, lançando um olhar de ódio na direção de Garrett.

Ele tinha desistido de tentar fechar a porta e finalmente saiu do quarto — mas só quando Will, ao ouvir Lauren mencionar o manuscrito dela, baixou os punhos.

— Não é o que vocês estão pensando. — Garrett estava usando o roupão do hotel por cima de uma sunga e a camiseta amarela do Festival Literário da Ilha de Little Bridge que ganhamos na sacola de brinde. Ele estava com as duas mãos erguidas em um gesto defensivo, como se temesse que Will ainda o atacasse; uma preocupação válida. — Eu só estava ajudando com o livro dela.

— O *livro* dela? — Achei que Will não conseguiria falar de tanta raiva, então decidi assumir esse papel.

— Claro que ele só estava me ajudando com o meu livro. — Lauren parecia mais confusa do que nunca. — O que mais a gente poderia estar fazendo?

— E o champanhe? Lauren é menor de idade, sabia?

Garrett lançou um olhar assustado na direção de Lauren, mas ela foi rápida em retrucar:

— Não sou, não. Eu já disse que tenho dezenove anos! E a idade legal para beber em Manitoba, onde eu moro, é dezoito.

— Bem, aqui é vinte e um. — Estreitei os olhos para Garrett. — Uma coisa que o Sr. Newcombe, que tem o dobro da sua idade, sabe perfeitamente bem.

— Eu não tenho o *dobro* da idade dela — Garrett começou, mas calou a boca rapidinho ao notar a expressão no rosto de Will, que estava sombria como uma nuvem tempestuosa. — Tá legal. *Quase* o dobro da idade dela. Mas eu não ia tentar nada, eu juro. Eu me considero um tipo de mentor...

— Acho que o que precisamos aqui é de menos explicação e mais pedidos de desculpas — declarou Will. Ele estava encostado no batente da porta do quarto 102, parecendo tão ameaçador quanto uma pantera prestes a dar o bote. — Vamos lá, Newcombe. Você está me devendo cinquenta mil dólares por aquela busca, e você vai pagar cada centavo. Pode pegar seu talão de cheques.

Garrett soltou uma gargalhada nervosa.

— O quê? Você não pode estar falando sério.

— Você prefere que eu chame a polícia? — Will enfiou a mão no bolso para pegar o celular. — Tenho certeza de que eles vão ficar muito interessados em saber onde você está... e com quem você está.

— Espera. — Garrett levantou as duas mãos. — Espera só um minuto. Eu pesquisei, e não é ilegal forjar a própria morte. Isso não é ilegal em nenhum lugar dos Estados Unidos.

— Pode até ser verdade, mas *é* ilegal fazer mau uso dos serviços de emergência.

— Não fui *eu* quem ligou para eles — argumentou Garrett. — Foram vocês. *Vocês* acharam que eu tinha morrido. Eu fui muito claro com todo mundo antes de pular dizendo que eu voltaria. Eu disse que logo veria todo mundo, quando retornasse do mundo espiritual, não disse, Lauren?

A cada minuto que se passava, Lauren parecia menos entusiasmada com toda a situação.

— Tipo, acho que você disse isso, Sr. Newcombe. Mas eu também entendo que as pessoas tenham ficado preocupadas que algo de ruim tivesse acontecido com...

— Jo. — Vendo que Lauren não ia ajudar muito na situação, Garrett apelou para mim. — Você estava bem ao meu lado. Eu disse que ia voltar, não disse?

— Disse — confirmei. — O que você não disse foi quando, nem que você tinha um equipamento de mergulho escondido sob o ancoradouro, nem que você ia nadar até ele e usá-lo para seguir até o próximo ancoradouro para pegar um Uber de volta para o hotel, com uma das participantes adolescentes do festival.

Garrett mordeu o lábio inferior.

— Eu não podia contar tudo isso, Jo. Um bom mágico nunca revela seus truques.

— Odeio ser a pessoa a dizer isso, Newcombe — interveio Will —, mas você não é um bom mágico.

— Uaaaau. — Não pude evitar um olhar de admiração para Will. — É uma ótima fala.

Ele não sorriu. Ainda estava zangado com Garrett e nem um pouco a fim de brincadeiras.

— Fique à vontade para usá-la.

— Vou usar. Talvez no volume 27 de *Kitty Katz,* depois do término de Rex Canino e Kitty Katz, Rex comece a fazer truques de mágica.

— Rex e Kitty vão terminar no próximo livro? — Lauren parecia chocada. — Mas por quê? Eles foram feitos um para o outro.

— Bem, a verdade é que os personagens crescem e mudam, assim como as pessoas. — A calidez no olhar que Will me lançou depois de ouvir isso quase fez meus joelhos fraquejarem.

Garrett parecia mais tranquilo agora que não era mais o centro da conversa.

— Isso é verdade — disse ele. — Verdade mesmo. Os personagens, assim como as pessoas, aprendem suas lições e prometem agir melhor da próxima vez. Então posso dizer que todos estão de acordo e que está tudo bem aqui? Não é necessário que ninguém ligue para a polícia nem faça um cheque?

Ele cometeu o erro de rir e erguer a mão como se fosse cumprimentar Will com um "toca aqui" — e congelou quando Will lhe lançou um olhar tão frio e cortante quanto tinha lançado um cálido para mim.

— Acho que estamos todos de acordo — disse Will, ácido — que você é confiável o suficiente para ligar, você mesmo, para a polícia e avisar que está tudo bem, e depois aparecer no almoço de despedida na biblioteca para se certificar de que todo mundo que viu seu número de desaparecimento desta noite também fique sabendo.

Garrett baixou a mão.

— Hum, claro. Claro que eu posso fazer isso. Vou entrar e ligar agora mesmo. E vejo todos vocês amanhã de manhã.

Eu queria acreditar nele. Parecia muito improvável que ele fosse mentir sobre algo tão sério.

Mas, por outro lado, aquele era Garrett.

E foi por isso que peguei o cotovelo de Lauren e disse:

— Ótimo. Então Will e eu vamos dar uma carona para Lauren de volta ao hotel dela. Não é, Will?

Will não perdeu tempo. Guardou o celular de volta no bolso e assentiu.

— Certamente.

Lauren estava um pouco perplexa com o rumo dos acontecimentos.

— Peraí. O que estamos fazendo?

— Em que hotel você está hospedada, Lauren? — perguntei, enquanto a guiava em direção ao corredor que levava ao saguão. — O carro do Will está parado aqui fora.

— Ah, estamos no Marriott Beachside. — Lauren não parava de olhar na direção de Garrett. — O Sr. Newcombe não vai ter problemas, vai?

— De jeito nenhum. — Garrett estava afundado em problemas, na minha opinião, mas eu não ia me preocupar com aquilo agora. — Me conte mais sobre o seu livro. Qual é o título?

— Ah! Bem, o título ia ser *Garota Gatsby*, mas eu pesquisei no Goodreads e já usaram esse título. Então eu decidi que vai ser *Gatsby!*, com um ponto de exclamação, tipo o musical *Oklahoma!*, sabe?

Lauren continuou tagarelando, aparentemente alheia ao perigo do qual Will e eu tínhamos acabado de salvá-la. Ou talvez não. Quem podia saber? Talvez os boatos sobre Garrett fossem falsos e ele não teria tentado nada.

Só que, julgando pelo que eu tinha visto com meus próprios olhos, aquilo parecia bastante improvável. Ele era um autor best-seller em posição de poder. Ela era uma jovem que nunca tinha publicado nada, que tinha a metade da idade dele, e estava mais do que levemente embriagada.. Sério, Garrett estava se safando dessa bem fácil. Considerando a expressão que eu tinha visto no rosto de Will enquanto ele empurrava a porta, a noite poderia ter seguido um rumo bem diferente.

De qualquer forma, Lauren falava sem parar sobre os personagens de *Gatsby!* quando, assim que saímos da Pousada Papagaio Preguiçoso, o ônibus dos autores finalmente chegou.

— Jo! Will! — Kellyjean foi a primeira a sair, muito provavelmente por ter sido a última a entrar no ônibus, graças ao xale esquecido. Mas ela parecia tê-lo encontrado, já que o tecido dourado e fino cobria seus ombros. — Aí estão vocês. Eu estava me perguntando onde vocês dois tinham se metido.

— Com licença — Frannie passou empurrando, ansiosa para entrar e ver os últimos minutos do jogo. — Oi, Jo, oi, Will. Me desculpem, mas tenho que ir. Tchau.

— Tchau. — Observei Frannie desaparecer pela porta do hotel. — Hum, então. — Eu me virei para Saul, que era o próximo a descer do ônibus. — Encontramos Garrett. Ele está bem. Estava no quarto dele aqui no hotel o tempo todo.

— Ah, que bom. — Saul olhou por sobre o ombro para Jerome, que estava descendo logo atrás dele. — Ei, Jarvis. Newcombe estava no quarto dele o tempo todo. Pode me pagar.

Jerome soltou um xingamento e enfiou a mão no bolso.

— Eu caí direitinho nessa — disse ele, tirando uma nota de vinte da carteira robusta e entregando para Saul.

— E como ele fez isso? — Bernadette foi a última autora a descer do ônibus. Ela carregava um copo para viagem que parecia cheio de champanhe. — Tinha alguém esperando por ele em um barco no ancoradouro?

Neguei com a cabeça.

— Equipamento de mergulho. Saul estava certo.

— Que droga! — Saul parecia irritado. — Eu quase nunca acerto nada e, na vez que eu acerto, Frannie nem está aqui para ouvir. Bom, de qualquer forma — ele levantou a nota de vinte que tinha acabado de ganhar —, quem quer tomar um drinque na piscina? Estou pagando.

— Ah, eu adoraria — respondi —, mas temos que levar Lauren para o hotel dela. Fica para a próxima, então?

Saul não foi o único que me lançou um olhar estranho. Bernadette estava sorrindo para mim por sobre a borda do copo, como se dissesse: *Claro, levando a menina de volta para o hotel. É só isso que vão fazer.* Apenas Jerome estava agindo de forma minimamente normal, acenando enquanto entrava no hotel:

— Tá legal! A gente se vê mais tarde, então.

Foi Kellyjean, claro, quem balançou dois dedos, apontando para mim e Will, e deu um gritinho:

— Ah, vocês dois são tão *fofos* juntos! Não é de estranhar que a internet inteira esteja chamando vocês de o casal mais sexy do mundo literário.

CAPÍTULO 28

— Você pode me explicar o que foi tudo aquilo? — perguntou Will quando voltei para o carro depois de levar Lauren até o quarto dela.

— Ah — disse eu, colocando o cinto de segurança. — Nem sei por onde começar.

Cassidy, muito sonolenta — as meninas estavam dividindo um quarto, e as mães, o outro —, não tinha gostado de ser acordada por uma batida na porta (claro que Lauren tinha perdido a chave dela).

— Ah, *aí* está você. A gente estava começando a ficar preocupada — disse ela quando viu Lauren. Os olhos da jovem, bem menores agora, sem os cílios postiços, se arregalaram um pouco quando me viram. — Srta. Wright! O que *você* está fazendo aqui?

— Só deixando essa encomenda. — Dei um empurrãozinho que fez Lauren cambalear pela porta do hotel e cair nos braços de Cassidy, que parecia surpresa. — Até amanhã, meninas.

— Por favor, não faça Kitty e Rex terminarem, Jo — implorou Lauren. — Eles são o casal perfeito.

— Kitty e Rex vão terminar? — Cassidy me encarou. — Do que ela está falando?

— Nada — respondi. — Boa noite, meninas!

No carro de Will, expliquei:

— Teve um boato no Congresso de Romancistas do ano passado que havia um autor dando em cima das fãs. Algumas pessoas acharam que poderia ser Garrett. — Ou você, pensei, mas não disse isso em voz alta. Nem que era eu quem tinha cogitado isso.

Mas não mais.

As sobrancelhas escuras de Will quase saltaram do seu rosto de tanto que ele as arqueou.

— Sério? Eu nunca ouvi nada disso. Se eu soubesse, jamais o teríamos convidado para cá.

— Bem, esse é o lance com boatos. Até se confirmarem, como vamos saber se são verdadeiros ou não? Mas acho que, depois do que acabamos de testemunhar, podemos presumir que Garrett não é um dos mocinhos.

— Suponho que sim. — Will apertou os olhos para um grupo de hóspedes que passavam por nós cambaleando, entrando no saguão do Marriott, felizes depois de uma noite de farra. — Mas, na verdade, não era sobre isso que eu estava perguntando. Eu queria saber se você poderia me explicar o que Kellyjean estava falando lá no hotel quando disse que a internet está nos chamando de casal mais sexy do mundo literário.

Santos bigodes! Baixei o quebra-sol para me olhar no espelhinho do carro, só para ganhar um tempo e organizar os pensamentos.

— Ah, aquilo?

— É, aquilo. — Não me atrevi a olhar na direção de Will, mas fiquei aliviada ao notar um ar de diversão na voz dele. — Faz alguma ideia do que ela estava falando?

Vi que a maior parte do delineador e do batom tinha desaparecido e enfiei a mão na bolsa.

— Ah, nada de mais. Alguém postou aquelas fotos que aquele rapaz tirou de nós hoje na hora dos autógrafos e algumas pessoas acharam que a gente fica bem juntos. — Talvez dezenas de milhares de pessoas. Ou mais.

Will ficou observando enquanto eu retocava a maquiagem.

— É só isso?

— Claro que sim. — Depois que acabei de retocar, arrisquei olhar para ele. — Por quê? O que você achava? Que *eu* tinha postado?

— Não. — Ele pareceu perplexo. — Por que eu acharia uma coisa dessas?

— Sei lá. Mas seu tom parecia meio acusatório.

— Não estou acusando ninguém de nada. Só acho que, se meu nome está sendo ligado ao seu, eu tenho o direito de saber.

— Bem, é o *meu* nome que está sendo ligado ao *seu*, mas eu não estou nervosa por causa disso.

— Você *parece* bem nervosa com isso.

— Não estou — retruquei, fechando o quebra-sol com força. — Só estou com fome. Quase não comi nada essa noite, com toda aquela palhaçada do Garrett, e o fato de que só serviram frutos do mar. Por que você escolheu um restaurante que só serve frutos do mar? Frutos do mar são bons, mas não enchem a barriga como um bom prato de massa.

Will pareceu irritado.

— Você quer um prato de massa agora? É isso que você está me dizendo?

— É. Eu quero um prato de massa agora mesmo.

— Bem, sinto muito decepcioná-la, mas estamos em uma pequena ilha de um arquipélago no sul da Flórida, e não na cidade de Nova York. Já passam das dez da noite, e não tem nenhum lugar aberto que sirva massa. O único lugar onde você vai conseguir isso é na minha casa.

— Ótimo — retorqui, cruzando os braços e me recostando no assento confortável. — Vamos para a sua casa, então.

— Para a minha casa? — Os cantos da boca de Will se contorceram, como se ele estivesse se esforçando para continuar parecendo irritado. — Você quer que eu faça macarrão para você na minha casa?

— Quero — respondi. — Quero, sim.

E foi assim que acabamos na casa dele — embora não tenhamos comido macarrão.

Ah, Will colocou uma panela grande de água no fogo. Disse que tinha uma receita maravilhosa de macarrão com queijo

— que era a comida caseira que ele fazia para Chloe quando ela era pequena.

Ele tirou o paletó e ficou cortando queijo cheddar na ilha de granito daquela cozinha incrível enquanto eu tomava um gole de vinho branco e fazia carinho em Susie, a springer spaniel, ouvindo a chuvinha suave que começava a cair do lado de fora. Will tinha deixado todas as portas de vidro abertas para a brisa fresca do mar e o cheiro de chuva se misturarem com o cheiro do molho.

— O truque — dizia Will, parecendo mais feliz e mais relaxado do que nunca — é adicionar pimenta, porque ninguém gosta de macarrão só com queijo, fica sem graça.

— Isso é verdade — respondi. Susie estava com a cabeça no meu colo. Eu nunca fui muito fã de cachorros, mas a cachorrinha de Chloe era calma e fofa, como a dona. — Posso te fazer uma pergunta?

Ele largou o pedaço de queijo que estava cortando com um olhar cauteloso.

— Oh-oh.

Eu ri.

— Por que "oh-oh"?

— Nunca é bom quando alguém pergunta se pode fazer uma pergunta.

— Tem razão. O que eu quero saber é por que estou recebendo um cachê de dez mil dólares e os outros autores só mil e quinhentos?

Ele abriu a torneira e lavou as mãos sujas de queijo, ganhando tempo para responder.

— Para ser sincero, achei que você não viria por menos.

Eu quase engasguei com o vinho.

— Você só *pode* estar brincando. Dez mil dólares? Espero que você mesmo tenha doado o dinheiro.

— Eu doei.

Ele fechou a torneira, secou as mãos e contornou a ilha para se colocar diante de mim. Susie abanava o rabo, talvez sentindo o cheiro de queijo e achando que ia ganhar um petisco. Mas ela ia se decepcionar. Todos os petiscos de Will eram para mim.

— Eu disse que fiquei sabendo que você estava bem chateada comigo. E precisava garantir que você viesse, para que eu pudesse me desculpar da maneira adequada. — Ele se encostou na bancada, encurralando-me com seus braços. — E pessoalmente.

Franzi a testa, embora, por dentro, meu coração estivesse disparado por causa da proximidade. Ele tinha cheiro de sabonete, da chuva lá fora e do queijo cheddar que havia ralado.

— Você sabe que eu não vou poder ficar com o dinheiro.

Os lábios dele estavam a centímetros dos meus.

— Por que não?

— Porque seria conflito de interesses.

— Que conflito?

Coloquei a taça de vinho na bancada e puxei o rosto dele para o meu.

— *Esse aqui.*

O instante, de Will Price

— Vamos, Johnny — disse minha irmã, sentada na beirada da minha cama. — Por favor, você precisa comer.

Mas eu não conseguia. Sem Melanie, a comida não tinha sabor.

— Não faça isso com você mesmo — implorou Zoey. — Eu também amava a Melanie, mas você tem que esquecer. Acabou agora.

— Nunca. — Eu sabia que nada daquilo era culpa de Zoey, mas não conseguia evitar. — Nunca vai acabar! Melanie era tudo para mim... tudo o que um homem poderia querer em uma mulher. E agora ela se foi, e você espera que eu coma? Qual é o sentido? Qual é o sentido de eu ainda estar vivo?

Dei um tapa na tigela, fazendo-a voar da mão dela. Ouvi o barulho de cerâmica se espatifando no chão a alguns metros de distância.

Mas, quando me virei para olhar os cacos quebrados — como os cacos da minha vida —, vi que havia uma mulher na porta. Ela usava um chapéu com véu que cobria o rosto e carregava uma mala na mão.

Lentamente, ela levantou o véu para revelar um par de olhos azuis reluzentes e lábios de um vermelho-rubi.

— Bem, sou obrigada a dizer, Johnny. — Ela sorriu para mim. — Você com certeza sabe como fazer uma dama se sentir bem-vinda.

— Melanie!

Um instante depois, ela estava nos meus braços.

— Ah, Johnny, Johnny! — chorava ela, beijando minha boca, meu rosto, minhas orelhas, enquanto lágrimas escorriam

de seus olhos. — Eles me disseram que você tinha morrido. Mas eu sabia que não era verdade. Eu simplesmente sabia. Levei um tempão para te encontrar, mas, agora que encontrei, nunca mais vou te deixar. Nunca mais!

— É melhor mesmo — respondi.

Então, eu a beijei. E dessa vez, quando a abracei, eu sabia que seria para sempre.

DOMINGO, 5 DE JANEIRO

CAPÍTULO 29

Abri os olhos e os apertei contra a luz matinal que banhava o quarto. No início, não consegui entender onde eu estava. Não era a luz da manhã que entrava pela janela do meu apartamento em Manhattan. Sabia disso porque eu tinha cortinas do tipo blecaute, e eu sempre me lembrava de fechá-las antes de dormir.

E também porque o ar tinha um cheiro diferente — pesado e úmido, como o oceano. Além disso, havia sons desconhecidos, um tipo de tinido que não seria incomum em Manhattan no dia da coleta de lixo. Mas um pouco mais além, havia um sussurro rítmico.

O que era aquele barulho? E de quem era aquele lençol acetinado cinza e macio? E de quem era o relógio digital, extremamente masculino, na mesinha de cabeceira, que marcava 8:05 da manhã? E quem ainda tinha relógio digital quando todo mundo tinha celular com despertador para avisar que era hora de...

Eu me sentei abruptamente na cama, apertando o lençol acetinado cinza e macio em volta do meu corpo, pois percebi que estava nua. Eu estava nua, o sol entrava pelas janelas que iam do chão ao teto, e eu estava na cama de Will Price.

O sussurro rítmico era o das ondas do mar, quebrando na praia particular da ilha de Will, e o som tilintante, percebi assim que vesti a roupa da noite anterior e fui cambaleando até a cozinha, era Will, só de cueca boxer, preparando o café da manhã.

— Ah, bom dia — disse ele em tom animado quando me viu parada na porta. — Você não precisava ter se levantado. Eu ia levar o café da manhã na cama. Quer um pouco de café?

Eu me encostei no batente, tentando descobrir se o que eu estava vendo era real ou ainda alguma parte de um sonho alucinógeno que eu havia tido na noite anterior. Kellyjean tinha colocado alguma coisa além de óleos essenciais no difusor do meu quarto?

Então percebi como a pele do meu rosto — e de outras partes — estava sensível, onde Will tinha me beijado e roçado a barba por fazer. Assadura de barba.

Ah, não. Aquilo era real, com certeza.

Além disso, a cachorrinha de Chloe, Susie, estava arfando aos pés de Will enquanto ele cozinhava, na esperança de cair um pedaço de bacon ou outra coisa. Eu nunca teria alucinações com um cachorro. Nem com lábios sensíveis. Nem com outras partes sensíveis. Maravilhosa e deliciosamente sensíveis.

— Você prefere ovos fritos ou mexidos? — perguntou ele. — Presumindo que goste de ovos. Você parece gostar de tudo. Nunca vi você se recusar a colocar nada na boca…

— Tá bom! — Eu me afastei da porta e fui até a cafeteira. — Vou aceitar o café. Quer também?

— Eu já tomei dois. Acordo cedo. Você?

— Não, não mesmo. Não sou uma pessoa matinal.

— Que pena. E somos tão compatíveis em todos os outros aspectos.

Eu soltei uma risada.

— Onde você guarda o…

Ele me pegou pela cintura quando eu estava levantando o braço para pegar a xícara e me puxou contra aquele peito largo e forte no qual eu gemi tantas vezes na noite anterior no mais puro êxtase, e então plantou um beijo confiante na minha boca.

E todos os ossos do meu corpo se derreteram, exatamente como na noite anterior.

— Oi — disse ele, sorrindo, enquanto o bacon no fogão de oito bocas sibilava.

— Oi. — Retribuí o sorriso. — Acho que o bacon vai queimar.

— Deixa queimar. Gosto dele crocante.

— Eu, não. O que, exatamente, é tudo isso?

— O que é o quê?

— Isso? — Fiz um gesto para a bandeja de café da manhã que ele estava preparando para mim, arrumada com um guardanapo de tecido amarelo e um vaso cheio de buganvílias que ele devia ter colhido das trepadeiras perto da piscina. Reconheci o tom de rosa chamativo. — Isso tudo é porque você ainda se sente culpado pelo que disse para aquele jornalista sobre os meus livros?

— Hum — disse ele. — Não. Isso é porque eu acho que você é muito boa de cama e eu espero que, se eu te mantiver bem alimentada, você continue transando comigo.

— Interessante. E quanto ao livro O *instante*?

Ele arqueou uma das sobrancelhas.

— O *instante*?

— Sim. — Dei impulso e me sentei na bancada da cozinha. — Eu encontrei um exemplar ontem à noite quando estava a caminho do banheiro… aliás, você tem muitos exemplares dos seus livros em casa, já pensou em doar alguns?… então eu terminei de ler.

Dessa vez, ele arqueou ambas as sobrancelhas.

— E?

— E ainda não acredito que você finalmente escreveu um final feliz em algum dos seus livros.

Ele apagou o fogo do bacon e me lançou um olhar sério.

— Não era a minha intenção. Eu queria matar o Johnny. Ele merecia morrer.

— Merecia? Acho que não. O que ele fez de tão errado?

— Ele matou o que Melanie mais amava no mundo.

— Não — respondi. Percebi que não estávamos mais discutindo sobre Melanie e Johnny. — Ele só achou que tinha feito isso. E não tinha sido a intenção dele. E ele estava muito arrependido e tentou compensá-la da melhor forma possível. Talvez seja esse o motivo de, no fim, você ter permitido que ele vivesse.

— Talvez. — Will me deu um pedaço de bacon. Estava quente, mas delicioso.

— E, no final, Melanie perdoou Johnny.

— Sim, mas só depois que foi revelado que não só o marido dela estava vivo, como ele era um bruto abusivo.

— Verdade. Mas foi Johnny quem a ajudou a enxergar isso. Ela conseguiu fugir dele sozinha.

— Conseguiu.

Will começou a traçar uma linha com o dedo pela minha clavícula na direção da abertura do meu macacão, provocando arrepios deliciosos pela minha espinha.

— Você acha mesmo que meus olhos são dois lagos azuis com profundezas inescrutáveis?

— Acho, mas eles não são o que mais me interessa. Lembra quando você gritou comigo na frente de todo mundo por não permitir que meus personagens tivessem finais felizes?

Eu dei de ombros.

— Claro que lembro. Foi ontem. E eu não gritei.

— Eu não conheço outra forma de descrever aquilo. De qualquer forma, foi quando comecei a perceber que você era completamente diferente de qualquer outra mulher que já tinha conhecido, e que eu realmente me sentia muito atraído por você. Eu teria me ressentido muito daquilo, se você não tivesse razão… e se sua bunda não fosse tão bonita.

Ele então ilustrou a afeição que sentia por aquela parte do meu corpo ao agarrar as minhas nádegas com as mãos.

Demorou muito tempo para preparar — e comer — o café da manhã, porque parávamos para nos beijar — e fazer outras coisas. Era nauseante (não o café da manhã; claro que ele era um cozinheiro incrível) a forma como não conseguíamos manter as mãos longe um do outro. Eu queria vomitar diante do nosso comportamento tão juvenil, o que acabou me lembrando:

— Que horas sua irmã volta da festa do pijama? — perguntei algumas horas depois.

— Que coisa estranha de pensar neste instante específico. — Estávamos de volta na cama depois de termos tomado banho juntos. Nós dois nos certificamos de lavar direitinho todas as partes dos nossos corpos. — E por que isso seria tão terrível? Chloe adora você.

— Eu sei. Mas não gostaria que ela nos pegasse no flagra. Seria constrangedor.

— Ah, ela só vai voltar daqui a algumas horas — disse ele, com um olhar casual para aquele relógio digital extremamente masculino. — Ela tem o... — Ele se afastou de mim praguejando.

— O quê? — Eu me sentei, assustada. — O que foi?

— O *festival*. — Will começou a correr pelo quarto, pegando roupas, e jogando as minhas para mim. — Eu me esqueci. *Temos que ir para o festival literário.*

CAPÍTULO 30

FESTIVAL LITERÁRIO DA ILHA DE LITTLE BRIDGE, ITINERÁRIO PARA: JO WRIGHT

Domingo, 5 de janeiro, das 10h às 12h

- Brunch de despedida e leituras -

Com Saul Coleman (como Clive Dean), Jerome Jarvis, Kellyjean Murphy (como Victoria Maynard), Garrett Newcombe, Will Price, Jo Wright e Bernadette Zhang

Mediação de: ~~Molly Hartwell~~ Will Price
Auditório da Biblioteca

M*iiiiii-AU!*

— Que barulho *horrendo* é esse? — perguntou Will enquanto subíamos correndo a escada da biblioteca.

— O toque do meu celular. — Eu tinha acabado de me lembrar de ligar o celular.

— Que tipo de toque é esse? Parece um gato escaldado.

— Pois fique o senhor sabendo que esse é o toque oficial da Kitty Katz, feito apenas para os membros do fã clube da Kitty Katz, e apenas alguns poucos selecionados o têm.

O tom de Will foi seco.

— Dá para imaginar o porquê.

Miiiiii-AU!

— Deixe de ser grosseiro. — Coloquei a mão no ombro largo dele para me estabilizar, olhei para a tela do meu celular e enfiei o pé de volta no mule que tinha saído, tudo ao mesmo tempo. — Doze mensagens não lidas! Will, acho que estamos em apuros.

Will olhou para o próprio celular.

— Doze? Eu tenho vinte e duas. O que pode estar acontecendo lá dentro?

Quando entramos no saguão, vimos que apenas algumas pessoas ainda circulavam do lado de fora do auditório, onde um brunch estava sendo servido, com chá, café e a "autêntica culinária cubana de desjejum", como pão doce de goiaba e torrada com queijo.

— Ah — comentei. — É tão corajoso da biblioteca permitir que os leitores comam dentro do prédio novinho.

— Esse foi um ponto controverso durante o planejamento do festival — contou Will. — E vou te dizer...

— Jo! *Aí* está você!

Bernadette veio na minha direção, com os saltos batendo no piso e parecendo aliviada. Estava vestida, como sempre, no mais puro estilo chic urbano, desta vez com *leggings* de couro sintético, botinhas de salto alto e uma camisa estampada de leopardo que chegava à altura do quadril.

— Por que você não estava atendendo ao celular? Estou tentando falar com você para... — Então ela viu o Will. — *Ah.*

— Desculpa pelo atraso. — Eu não ia entrar em detalhes com ela, ainda mais na frente de Will, embora desse para perceber, pelo sorriso que ela abriu de orelha a orelha, que era exatamente o que ela queria. — Já começou?

— Hum, já. — Bernadette parecia não conseguir parar de sorrir. — Quer dizer, tivemos que vir andando para cá do hotel, mas...

— Peço desculpas por isso — disse Will. Ele enrubesceu e ficou da cor da buganvília que tinha colocado na bandeja de café da manhã. — A culpa é toda minha.

— Com certeza, é. — Bernadette ainda estava sorrindo e nos olhando de cima a baixo. — Jo, essa não é a mesma roupa de ontem?

Agora era eu quem estava corando.

— Fica quieta, Bernadette.

— Não, só estou dizendo que você está bonita, mas a maioria das pessoas estava na festa ontem à noite, então todo mundo vai perceber. Além disso, seu pescoço está cheio de assaduras de barba.

Levei as mãos instintivamente ao pescoço.

— Dá para *ver*? — exclamei, horrorizada.

Will começou a parecer menos constrangido e mais fascinado pela nossa conversa.

— O que são assaduras de barba?

— Você tem hidratante? — perguntei para Bernadette.

— Posso olhar na minha bolsa, mas você precisa mesmo de...

As portas do auditório se abriram abruptamente, e ouvimos um burburinho — o salão estava bem cheio com uma plateia ansiosa — assim como Frannie, que veio correndo, toda vestida de preto e parecendo impaciente como sempre.

— Algum sinal deles, Bernadette? — perguntou ela. Então, seu olhar pousou em mim e Will. Ela arregalou os olhos. — Ah, *aí* estão vocês.

Eu me senti tão constrangida como se Frannie fosse minha própria mãe.

— Desculpa mesmo, Frannie — eu disse. — Nós perdemos a noção do...

— O *que você fez com o pescoço dela*? — Frannie exigiu saber, fulminando Will com o olhar enquanto me abraçava de forma protetora.

— Nada! — Will parecia defensivo. — A gente só se beijou! E, hum...

— Está tudo bem. — Achei que Will não precisava entrar em mais detalhes. — Bernadette tem hidratante.

— Ah, tome aqui. Hidratante não vai funcionar. — Frannie começou a tirar a echarpe roxa que estava usando em volta do pescoço. — Isso vai cobrir. E assim não vai ficar parecendo *tanto* que você está exatamente com a mesma roupa de ontem à noite. — Ela amarrou a echarpe, que estava com o cheiro do perfume dela de sempre (Chanel Nº 5), no meu pescoço, enquanto olhava de cara feia para Will. — Você precisava mesmo ter sido tão descuidado?

— Ainda não entendi o que eu fiz de tão errado. — Will parecia confuso.

Frannie balançou a cabeça, enojada.

— Você poderia ter, no mínimo, se barbeado. Ou ter deixado a barba crescer de verdade.

— O que está acontecendo lá dentro? — perguntei enquanto Frannie dava o toque final na echarpe.

— Bem, não tem nenhum mediador, já que Molly está em casa com o bebê, e Will estava tão atrasado. — Frannie fulminou Will com o olhar mais uma vez. — Então, Saul assumiu. Bernadette leu um trecho do seu último livro, *Coroa de estrelas e brumas*, e todo mundo adorou.

— Ah. — Abri um sorriso para Bernadette. — Que pena que perdi.

Bernadette deu de ombros.

— Eu sei. Arrasei.

— E Saul acabou de ler um trecho do último livro dele, *Cão infernal* — continuou Frannie —, mas só os fãs mais devotados dele gostaram, já que ele escolheu um capítulo no qual o cão arranca a perna do dono e a come.

— Não posso dizer que lamento ter perdido isso — brincou Will.

— Cedo demais para fazer piadas, meu jovem. — Frannie estreitou os olhos para ele. — Você ainda não está de volta às minhas boas graças. Vamos ver, o que mais? Ah, sim. Jerome leu um de seus últimos poemas, que foi muito emocionante e provavelmente a melhor coisa que qualquer um de nós vai ouvir hoje, e agora Kellyjean está prestes a ler um trecho do último lançamento da série *Prados de Salem*, que com certeza será edificante para todos nós, sobretudo para as crianças da plateia, já que é bem provável que ela escolha uma descrição bem gráfica de sexo. — Frannie olhou para Will, depois para mim e de volta para ele. — Sexo com lobos. Não do tipo que vocês dois parecem ter feito a noite toda.

— Tudo bem, Fran — disse Bernadette, rindo enquanto pegava Frannie pelo ombro e a levava de volta ao auditório. — Você já se divertiu muito às custas deles. Por que não os deixa em paz agora?

— Porque — continuou Frannie — eles merecem.

No instante que elas viraram as costas para nós, Will pegou a minha mão.

— Ei — disse ele, apertando meus dedos de leve. — Me desculpa pelo que quer que seja que eu fiz com você.

Sorri e retribuí o aperto.

— Tudo bem. Eu gostei.

Justo quando Bernadette estava prestes a abrir as portas para o auditório, Will a chamou:

— Ei! E Garrett?

Ela olhou para nós, parecendo confusa.

— Garrett? Vocês não ficaram sabendo?

— Não. — O aperto de Will na minha mão se intensificou. — O que aconteceu?

— Garrett não está aqui. Foi expulso da ilha.

Will soltou a minha mão.

— O *quê?*

Frannie se virou, o rosto iluminado de alegria. Ninguém amava mais uma boa fofoca do mundo literário do que Frannie Coleman.

— O delegado foi ao hotel na hora do café da manhã e acusou Garrett de negligência, depois o expulsou permanentemente da Ilha de Little Bridge! Garrett está agora mesmo em um avião, voltando para Nova York.

— E não foi só isso — acrescentou Bernadette. — Garrett vai ter que pagar uma restituição pela missão de busca e resgate do corpo dele... Sessenta mil dólares!

— Sessenta mil dólares! — Eu nem conseguia acreditar no que ouvia. Acho que Will também não.

Mas ele não pareceu muito insatisfeito com os acontecimentos.

— Bom — disse ele, pegando minha mão de novo —, tudo fica bem quando acaba bem, suponho.

— Verdade — comentei. — Para todo mundo, menos para Garrett.

— Não se preocupe — disse Bernadette. — Saul falou para todo mundo na plateia que Garrett voltou do mundo espiritual, só que não conseguiu vir esta manhã por causa de uma emergência familiar. E ele com certeza vai enfrentar uma mesmo, porque descobrimos mais uma coisa: Garrett é casado.

— Ele é *o quê?* — Eu estava pasma.

— É isso mesmo. — Bernadette ria com malícia. — Só que acho que não por muito mais tempo, depois que essa história vier à tona.

Então ela abriu as portas para o auditório e entrou com Frannie.

Will puxou a minha mão quando tentei acompanhá-las.

— Ei.

Lancei um olhar questionador.

— Falando em avião — disse ele —, que horas é o seu voo?

— Ah. — Aquela era a conversa que eu esperava evitar. — Mais tarde. É melhor a gente entrar.

— Mais tarde, que horas?

— Eu não sei. Odeio itinerários. Não é melhor a gente entrar?

Ele estava sorrindo.

— Eu sei que você odeia itinerários. Você deixou isso bem claro ao se atrasar para todos os eventos que organizei para este fim de semana, incluindo este.

— Ei, eu protesto! Foi você quem quis…

— Eu sei, tá? Só queria saber o que você acha da possibilidade de mudarmos o seu voo? Não para passar mais tempo comigo. — Ele ergueu a mão em um gesto para que eu esperasse antes de falar. — Juro que não sou um *stalker* maluco que vai pedir para você vir morar comigo depois de uma noite. Eu estava pensando que a gente poderia dar uma olhada em casas para o seu pai. É alta temporada aqui, o que significa que tem muita coisa à venda, e talvez não seja má ideia você dar uma olhada, já que está aqui.

Mordi o lábio. Ele não estava errado.

— Vou pensar nisso — falei.

— Que bom.

Ele abriu as portas do auditório e nós entramos sem fazer barulho, porque estava escuro e todo mundo estava concentrado em Kellyjean, que tinha subido ao palco com mais um vestido máxi esvoaçante, este azul-escuro com fios dourados que brilhavam sob os holofotes.

— Obrigada por essa linda introdução, Saul. Ou melhor, Clive — dizia ela, enquanto Will e eu nos apressávamos para ocupar os dois últimos lugares que restavam na plateia, bem na frente, na parte reservada para os convidados.

Depois de nos sentarmos, tive a chance de olhar em volta, então avistei Lauren com a mãe e as amigas e, perto do corredor, Chloe e suas colegas do grupo de dança, ainda trabalhando. Ela notou meu olhar e acenou. Eu acenei de volta.

— Bem, todos sabem que eu deveria ler um trecho do meu mais novo livro hoje — continuou Kellyjean no palco —, mas fiquei tão emocionada com o poema de Jerome, que achei que eu poderia fazer algo um pouco diferente e ler um poema de minha autoria.

Ah, não. Vi Jerome esconder o rosto com as mãos. Eu não o culpava. Aquilo não ia ser nada bom.

Aparentemente, Kellyjean percebeu o que alguns de nós estávamos pensando, já que ela se apressou a acrescentar:

— Eu sei, eu sei. Sou escritora de ficção, não sou poeta. *Existe* uma diferença, para vocês que não sabem. Mas eu fiquei tão emocionada com a magia e a calidez da minha estada aqui na ilha que *tive* que escrever sobre isso, e a escrita saiu na forma de um poema. Isso já aconteceu com alguém aqui?

Ela olhou para o público, e havia muita gente murmurando em concordância. Eu mesma me vi assentindo. Não estava muito certa sobre a parte da magia, mas minha estada em Little Bridge com certeza tinha sido calorosa. Quente, até. Empurrei levemente meu ombro contra o de Will, sentindo o que eu me convencia ser apenas uma explosão amigável de dopamina em relação a ele, nada mais. Ele retribuiu o gesto, sorrindo.

— De qualquer forma, foi isto o que eu escrevi — disse Kellyjean, desdobrando uma folha que reconheci ser o papel de carta da Pousada Papagaio Preguiçoso. — Não sejam muito críticos ao ouvirem.

A plateia riu com gentileza. E Kellyjean começou a ler.

O clarão verde

Lá estávamos nós, todos juntos, a comemorar
Enquanto o ritual estava para começar.
Todos parados ali, a aguardar,
O sol no horizonte a baixar.
E todos começaram em um pedido pensar,
Fama ou dinheiro, o que podemos desejar?
Quando o sol sumiu no mar
E o clarão verde lampejou, a brilhar,
Foi por amor que minha amiga se viu ansiar
E quem um desejo pode questionar?

A magia conta com muitos crentes
Que fazem pedidos para estrelas cadentes,
Clarões verdes e até para duendes.
Creio em desejos concedidos de presente,
Creio no amor pungente.
São sinais que Deus nos envia fielmente
De que Ele é todo-poderoso e onipotente.
E diante do clarão verde brilhando tão lindamente,
Pedi que se realizasse o que minha amiga desejava secretamente
E tal pedido foi atendido prontamente.

Quando terminou de ler, Kellyjean olhou direto para mim — que estava paralisada, com meu ombro pressionado contra o de Will, e meus olhos, marejados — e sorriu.

— Escrevi esse poema para uma amiga minha — disse ela. — Estou muito feliz que ela tenha encontrado o que estava procurando depois de todo esse tempo. Agradeço a todos por terem nos recebido nessa ilha tão bonita.

Seguiu-se um momento de silêncio enquanto a plateia absorvia o que tinha acabado de ouvir. Então, todos começaram a aplaudir, muitos se levantando… inclusive Will.

— Sabe — disse ele para mim, todo animado enquanto aplaudia —, achei muito bom. Um pouco amador, mas emocionou todo mundo na plateia, e é exatamente isso que queremos em um festival literário. O que você acha?

Eu me levantei também, aplaudindo.

— Acho que vou seguir seu conselho — respondi — e vou mudar o meu voo. Talvez eu fique por alguns dias.

Ele me olhou, surpreso.

— Sério? Para procurar casas?

— Para procurar casas — confirmei. — E… talvez umas outras coisinhas também.

Ele abriu um sorriso feliz para mim.

E eu retribuí.

SEIS MESES DEPOIS

A autora best-seller internacional número um, Jo Wright, lança o livro mais aguardado do ano:

***Kitty Katz, a babá de gatinhos*, volume 27:**

SUPERRRESTRELA

Kitty Katz concluiu o ensino fundamental e entrou no ensino médio!

Kitty Katz e Felicity Feline são as melhores amigas da vida e sempre sonharam em ser estrelas da Broadway. Esse sonho fica a um passo de se tornar realidade quando as duas são escolhidas para participar da produção escolar do musical:

Oi, Au-Au!

Mas, à medida que os ensaios avançam, Kitty não tem certeza de que a vida nos palcos é para ela, principalmente quando começa a desenvolver sentimentos pelo colega de elenco, Raul Wolf. Antes um rival em todas as atividades acadêmicas e extracurriculares, Raul sempre pareceu distante e arrogante, até que Kitty começa a conhecê-lo melhor e percebe que as coisas — e os lobos — nem sempre são o que parecem à primeira vista.

Poderia este ser o fim do romance entre Kitty e Rex Canino, seu namorado de longa data? E o que acontece quando a estrela do show, Susie Spaniel, aparece cheia de pulgas e não consegue se apresentar na noite de estreia?

Parece que talvez seja necessário que uma SUPERRRESTRELA assuma o papel e salve o dia!

Elogios a *Kitty Katz: Superrestrela*

"Mais uma vez, Kitty salva o dia — para todos nós." — *USA Today*

"A história mais perrrfeita de Jo Wright." — *Kirkus Reviews*

"Cinco estrelas. Raul Wolf é o meu novo namorado literário." — Lauren

"Uma estrela. Alerta de spoiler: Rex + Kitty se separam. Obrigada por destruir minha infância, Jo Wright!!! — Cassidy

"Perrrfeito." — Reese Witherspoon

Kitty Katz, a babá de gatinhos, volume 27: *Superrestrela*, em breve em todas as livrarias do país!

Para: jowright@jowrites.com; willprice@willprice.com
De: molly.hartwell@lbilibrary.org
Assunto: Festival Literário da Ilha de Little Bridge

Prezada Srta. Wright,

Chegou a hora! Estou escrevendo na esperança de que você possa, uma vez mais, se juntar a nós na Ilha de Little Bridge para o nosso festival literário anual. Você foi um sucesso no ano passado e não poderíamos realizar o próximo festival sem a sua presença!

O segundo Festival Literário da Ilha de Little Bridge terá início na sexta-feira, 8 de janeiro, e terminará no domingo, 10 de janeiro.

Podemos lhe oferecer uma passagem de primeira classe para a Ilha de Little Bridge, uma suíte de luxo na Pousada Papagaio Preguiçoso, e um cachê de 1.500 dólares pela sua participação em algumas mesas. Adoraríamos que você também desse uma sessão de autógrafos, bem como fizesse a leitura de um trecho do seu novo livro da série *Kitty Katz, a babá de gatinhos*, volume 27: *Superrestrela*! E que discutisse também a nova série da Netflix, o *reboot* de *Kitty Katz, a babá de gatinhos.*

O que você nos diz? Mais uma vez, preciso dizer que o festival não seria o mesmo sem você. E sei que não serei a única a sentir sua falta se não puder comparecer!

Atenciosamente,
Molly Hartwell
Bibliotecária da seção infantil
Biblioteca Pública Norman J. Tifton
Will Price
Presidente do Conselho do Festival Literário da Ilha de Little Bridge

Para: molly.hartwell@lbilibrary.org; willprice@willprice.com
De: jowright@jowrites.com
Assunto: Re: Festival Literário da Ilha de Little Bridge

Prezados Molly e Will,

Muito obrigada pelo gentil convite para o festival do ano que vem. Eu não perderia por nada nesse mundo!

Mas, por favor, não se preocupem em relação a um cachê para mim. Podem doar para o próprio evento. E eu também não vou precisar de hospedagem, pois posso ficar na casa nova do meu pai em Little Bridge.

Agradeço novamente pelo convite! Espero ver vocês logo!

Atenciosamente,
Jo

Para : jowright@jowrites.com
De: willprice@willprice.com
Assunto: Re: Re: Festival Literário da Ilha de Little Bridge

Vai ficar mesmo na casa do seu pai, é? É o que vamos ver!

Para: willprice@willprice.com
De: jowright@jowrites.com
Assunto: Re: Re: Re: Festival Literário da Ilha de Little Bridge

♥

AGRADECIMENTOS

Muito obrigada por lerem este livro! Espero que tenham gostado.

A primeira coisa que as pessoas me perguntaram quando souberam que eu estava escrevendo uma comédia romântica sobre dois autores em um festival literário era: "Ah, você vai escrever sobre autores que conhece?"

A resposta é não! Nenhum dos autores retratados neste livro se baseia em alguém que eu conheça. Embora Key West, onde eu moro a maior parte do ano, tenha um seminário literário anual, o festival literário deste romance não é baseado nele, e eu com certeza não tenho nenhum nêmesis literário.

No entanto, tenho muitas pessoas incríveis na minha vida a quem eu gostaria de agradecer pela ajuda e apoio enquanto escrevia este livro. Elas incluem minha agente, Laura Langlie, e todos na HarperCollins/William Morrow, especialmente minha editora, Carrie Feron, e a assistente editorial Asanté Simons.

Agradecimentos especiais para as amigas e leitoras Beth Ader, Nancy Bender, Jennifer Brown, Gwen Esbenson, Michele Jaffee, Rachel Vail e para as minhas incríveis gerentes de mídia Janey Lee e Heidi Shon.

Agradeço também aos tantos e tantos leitores que conheci em festivais literários e sessões de autógrafos ao redor do mundo. Agradeço por apoiarem seus autores preferidos. Nós somos muito gratos a vocês. E, por favor, continuem lendo!

Por fim, mas não menos importante, muito obrigada ao meu marido, Benjamin, por me alimentar não apenas enquanto eu escrevia este livro, mas todos os dias nos últimos trinta anos.

NOTA DA AUTORA

Escrever o livro *Sem palavras* representou um desafio estimulante para mim, porque não era apenas uma comédia romântica, mas também continha um livro dentro de um livro. Além disso, a história foi ambientada em um festival literário, com itinerários distintos para cada um dos personagens principais, e para muitos dos secundários também.

Jo, a protagonista, tinha uma atitude que chamo de *laissez-faire* em relação a chegar na hora marcada aos eventos. (Bem diferente de mim. Sou muito mais parecida com Bernadette quanto à pontualidade ao participar de um evento, mas conheço vários autores que são mais como Jo. Admiro-os por serem tão despreocupados.)

Uma forma que tentei usar para manter todas as linhas narrativas corretas foi criando documentos separados para cada uma delas. Aqui, por exemplo, está o itinerário de Jo, mesmo que ela nunca o tenha consultado. Eu com certeza o consultei para poder acompanhar para onde ela estava indo, quando estava indo e o que precisava fazer:

FESTIVAL LITERÁRIO DA ILHA DE LITTLE BRIDGE "CONSTRUINDO PONTES ENTRE AUTORES E LEITORES"

FESTIVAL LITERÁRIO DA ILHA DE LITTLE BRIDGE, ITINERÁRIO PARA: JO WRIGHT

Hotel: Pousada Papagaio Preguiçoso

Exceto quando indicado, todas as mesas, sessões de autógrafos e palestras ocorrerão na:

Biblioteca Pública Norman J. Tifton
1.311, Truman Avenue
Ilha de Little Bridge, Festival Literário, Festival Literário 33.041

(*Indica eventos exclusivos para patrocinadores, membros da diretoria, palestrantes e respectivos acompanhantes.)

Sexta-feira, 3 de janeiro, das 18h às 21h
***Coquetel e jantar de confraternização e boas-vindas**

Os organizadores do Festival Literário da Ilha de Little Bridge lhe dão as boas-vindas à casa de um dos benfeitores de maior prestígio.

Sábado, 4 de janeiro, das 9h10 às 10h da manhã
Mesa

"De *Mulherzinhas* a *Assassinas adolescentes no espaço*: como a literatura infantojuvenil com foco na perspectiva feminina evoluiu e mudou ao longo dos anos?"
Uma conversa com as autoras best-sellers Jo Wright e Bernadette Zhang
(Mediação de Molly Hartwell)

Auditório da Biblioteca

Sábado, 4 de janeiro, das 13h às 14h
Sessão de autógrafos

Com Saul Coleman (como Clive Dean), Jerome Jarvis, Kellyjean Murphy (como Victoria Maynard), Garrett Newcombe, Will Price, Jo Wright e Bernadette Zhang

Estacionamento da Biblioteca
Providenciaremos tendas para maior conforto.

Sábado, 4 de janeiro, das 13h às 15h
Caldeirada de frutos do mar

A tradicional caldeirada de frutos do mar das ilhas Keys servida no cais para todos os participantes do festival, no Café Sereia.

Sábado, 4 de janeiro, das 14h30 às 16h30
Passeio a bordo do barco *O instante

Will Price convida seus colegas autores para velejarem em torno da Ilha de Little Bridge a bordo do seu catamarã de sessenta pés. Será servido almoço.

Sábado, 4 de janeiro, das 20h às 23h
Jantar Construindo Pontes

Junte-se aos participantes do festival para uma noite de boa bebida e comida à beira-mar no restaurante Fenda, no píer.

Domingo, 5 de janeiro, das 10h às 12h
Brunch de despedida e leituras

Com Saul Coleman (como Clive Dean), Jerome Jarvis, Kellyjean Murphy (como Victoria Maynard), Garrett Newcombe, Will Price, Jo Wright e Bernadette Zhang
(Mediação de Molly Hartwell)

Auditório da Biblioteca

Partida

* * *

Para manter o fio narrativo do livro de Will, O *instante*, que dá a Jo alguma percepção sobre os sentimentos de Will por ela, e que talvez ele tivesse mudado depois da "traição" dele, também escrevi capítulos suficientes daquela história para ter uma visão clara do que acontecia. A ideia era que todos os capítulos aparecessem em *Sem palavras*.

Mas, ao contrário de Will e Jo, não sofro de falta de palavras. Esses capítulos ficaram grandes demais, e senti que talvez pudessem distrair o leitor do que realmente importava — a história de amor entre Will e Jo! Então, fiz cortes significativos nesses trechos.

Mas estão todos disponíveis na página da série da Ilha de Little Bridge em megcabot.com, se quiserem conhecer a história de Johnny e Melanie!

Agradeço mais uma vez por ter lido *Sem palavras*, e lembre-se, se você vir uma estrela cadente ou um clarão verde, faça um pedido!

Este livro foi composto na tipografia Berling LT Std,
em corpo 11,5/15,3, e impresso em papel off-white
no Sistema Cameron da Divisão Gráfica
da Distribuidora Record.